# Ольга Егорова

# Розовая пантера

аст люкс лихе
ИЗДАТЕЛЬСТВО
Москва • 2005

УДК 821.161.1
ББК 84 (2Рос=Рус)6-44
Е30

*Оформление А.А. Кудрявцева*

*Художник Ю.Н. Николаева*

**Компьютерный дизайн Ж.А. Якушевой**

Подписано в печать 27.10.2004. Формат 84×108 $^1/_{32}$.
Усл. печ. л. 15,12. Тираж 10 000 экз. Заказ № 6772.

**Егорова, О.**

Е30    Розовая пантера : [роман] / Ольга Егорова. — М.: АСТ: ЛЮКС,
2005. — 286, [2] с.

ISBN 5-17-025133-5 (ООО «Издательство АСТ»)
ISBN 5-9660-0426-9 (ОАО «ЛЮКС»)

Это была НАСТОЯЩАЯ ЛЮБОВЬ.

Любовь, подобно удару молнии обрушившаяся на Машу, падчерицу
крупного политика, и Алексея, непризнанного художника...

Любовь обещала девушке и юноше счастье, а обернулась трагедией и
предательством...

Казалось бы, что может остаться от такой любви ШЕСТЬ ЛЕТ СПУСТЯ?
Боль, обида, равнодушие?

Однако судьба дарит Маше и Алексею новую встречу — и эта случайная
встреча, подобно искре, вновь зажигает огонь их любви...

УДК 821.161.1
ББК 84 (2Рос=Рус)6-44

# АЛЕКСЕЙ

Капли, ударяясь о стекло со звуками, напоминающими барабанную дробь, стекали вниз так покорно, как будто, вложив все свои силы в эти удары, уже больше не могли сопротивляться. Покорялись судьбе, теряя свою загадочную плотность и необыкновенную форму, сливаясь одна с другой, превращаясь в потоки уныло стекающей по стеклу воды.

Алексей смотрел в окно и думал о том, что судьба — странная штука.

Еще совсем недавно, три года назад, он даже и представить себе не мог, что будет вот так сидеть возле окна, смотреть на скользящие вниз капли и думать об их судьбе и причине их грусти, при этом находясь на рабочем месте. Как будто бы смотреть на эти капли и было его непосредственной задачей, за выполнение которой он и получал свои не слишком большие деньги. Но, собственно, чем ему было еще заняться? Читать охраннику на рабочем месте запрещено. Охранников с мольбертами и кистью, судорожно зажатой в руке, в природе тоже не встречается. Женщины-вахтерши обычно вяжут, коротая время за спицами или крючком. Вязать Алексей не умел, да если бы и умел, нашел бы, пожалуй, для этого занятия другое место. Чтобы хоть как-то поднять настроение, опустившееся — наверное, в связи с погодой — практически до нулевой отметки, он принялся сосредоточенно представлять себя — крупного, здоровенного, можно сказать, мужчину, облаченного в камуфляж, — сидящим в школьном вестибюле и проворно работающим спицами.

Веселее от этого почему-то не стало. Он даже не улыбнулся, несмотря на то что прекрасно развитое воображение нарисовало очень четкую картинку. Снова отвернулся к окну и принялся рассматривать капли, скользящие по стеклу. Капли, разбивающиеся о стекло неизбежности, почему-то подумал он, и ему стало совсем тоскливо, потому что и в его жизни, как оказалось, оно было — это самое стекло неизбежности, о которое разбивались, как капли, его надежды. Никаких тебе книг, никаких холстов и красок, никаких спиц и крючков — сиди себе и выполняй свою работу. Смотри на эти чертовы капли и думай о том, как ты, собственно, здесь оказался. И в чем он заключается — смысл твоей бессмысленной жизни.

«Нужно было родиться на свет мужиком, чтобы малевать красками холсты!» — возмущенно сдвинув брови, сказал отец, пристально глядя Алексею в глаза, наверное, и в самом деле не веря в то, что сын говорит серьезно. Его желание поступить в художественное училище вызвало такую бурю возмущений, что даже сейчас, по прошествии стольких лет, Алексей слишком явственно мог вспомнить, как гулко стучало сердце — как капли, тут же пришло в голову надоевшее, набившее уже оскомину сравнение, как капли, разбивающиеся о стекло неизбежности. Художник — разве это профессия? Так сказал отец, а с отцом Алексея связывала многолетняя и преданная дружба.

И все-таки почему он тогда согласился? Ведь было столько аргументов «против», можно было привести их, хотя бы побороться за свою мечту, которой он был одержим на протяжении стольких лет. Может быть, виной тому были умоляющие глаза матери, которые просили об одном — чтобы он не спорил с отцом. Отец что-то еще возмущенно кричал, а мать смотрела на него и, казалось, говорила ему глазами: «Послушайся, Алешенька. Ведь рисовать ты будешь, все равно будешь рисовать, просто профессия у тебя будет другая, а рисовать-то можно в свободное время».

Хотя, если разобраться, что это были за аргументы? Он мог бы сказать отцу, что, по его мнению, не каждое родившееся на свет существо мужского пола непременно должно становиться мужиком — бывают ведь не только художники, но и музыканты, и профессора, артисты, в конце концов, есть масса людей, которые совсем не вписываются в это узкое, попахивающее потом понятие.

Тогда он не думал, что сдался, — он просто дал себе отсрочку, решив, что после армии, став наконец мужиком и успокоив отца, сможет уже по-другому смотреть ему в глаза, сможет настоять на своем. Но, прослужив два года на границе, пришел домой и увидел, что мать совсем больна, отец тоже сдал — похудел, как будто высох даже, перенес инфаркт за время его армейской службы. Сердце его стало совсем слабым. Алексей досадливо подумал о том, что нужно было рожать его раньше, лет хотя бы в тридцать, но уж не в сорок, никак не в сорок. Но, с другой стороны, тогда бы его вообще на свете не было — был бы другой Алексей, родившийся из совершенно иного сочетания хромосом, а может, это вообще была бы какая-нибудь Наташа или Лена. Ей было бы проще — ей-то уж точно совсем ни к чему было бы мужиком становиться. Она могла бы быть самой собой...

Нужно было искать работу. Алексей не особенно утруждал себя поисками — спустя несколько недель, прошедших после возвращения домой, он просто позвонил по первому попавшемуся на глаза номеру телефона в охранную фирму, где требовались мужчины — военнослужащие, уволенные в запас. Позвонил и вскоре оказался в этом самом школьном вестибюле в роли «тети Маши», заняв ее привычное место, которое раньше, в более спокойное время, когда террористические акты случались гораздо реже, совсем не считалось местом для настоящего мужчины. Черт бы побрал эти новые времена...

Он не собирался слишком долго здесь задерживаться, рассматривая свое пребывание в столь унылой должности всего лишь временным островком на пути, который ему еще предстояло проделать. Наверное — едва ли стоит в этом сомневаться! — в жизни его все-таки ждет нечто более интересное и значительное. И это чертово стекло он проломит — как и полагается настоящему мужчине. Дай только время...

Алексей посмотрел на часы: время подходило к одиннадцати, а это значило, что до конца смены остается ни много ни мало пять часов. Еще пять часов ему предстоит беспрестанно таращиться на эти капли — даст Бог, дождь, может быть, кончится, а вместе с ним и его мучения, возникшие, казалось бы, на пустом месте. Обыч-

6

ный день, просто дождливый, почему-то выворачивал душу наизнанку, нагонял такую хандру, от которой, как в худшие армейские дни, в петлю хотелось лезть...

Он с усилием заставил себя наконец отвести взгляд от окна, даже голову повернул, чтобы уж наверняка больше не дать ни малейшего шанса хандре, источник существования которой находился именно там, в этом серо-мутном прямоугольнике. Отвернулся и принялся смотреть на лестницу, которая расстилалась перед ним и вела на второй этаж здания школы. Широкая, красивая лестница с мраморными ступенями, поблескивающими, отражая свет ламп дневного освещения.

На лестнице, на самой последней ступеньке, в уголке, сидела какая-то девчонка.

Алексей понял, что смотрит на нее уже достаточно долго и пристально, и с досадой отметил, что и здесь его поджидает ловушка; теперь для своего взгляда ему пришлось срочно подыскивать новый «объект» — появилась еще одна запретная зона, потому что вот так вот пялиться на ребенка было совсем уж неприлично, а снова смотреть в окно он не будет. Обещал себе, что не будет, — и точка, значит, не будет.

Взгляд заметался по сторонам, везде ему было неуютно, и уж совсем против правил были эти портреты на единственной остававшейся безопасной стене — лица из администрации района, которые Алексей до тошноты изучал все предшествующие дни. Лица, не вызывающие вообще никаких эмоций, — и это, наверное, было даже хуже, чем тоска. Расплывшиеся, не имеющие четких линий, никак не сопоставимые с законами рисунка — лица без «изюминки», без «зацепки», или слишком правильные, или слишком защищенные от вмешательства художника жировой прослойкой. Взгляд скользнул вниз, на пол, — эх, дали бы волю, как бы он размыл, растушевал всеми мыслимыми и немыслимыми цветами палитры эти строгие бело-коричневые треугольники и квадраты! Ничего больше не оставалось, как снова начать смотреть на лестницу, пытаясь изобразить на лице тупое выражение блюстителя порядка.

— Ну и чего ты на меня уставился?

Алексей вздохнул, подумав о том, что к взрослым вообще-то принято обращаться на вы. И еще о том, что это у нее следовало бы спросить, почему она, собственно, сидит на лестнице в то время, когда должна находиться на уроке — на какой-нибудь физике или литературе, выводить формулы или постигать премудрые мысли классиков. Вообще почему она, собственно, сидит на лестнице, даже в том случае, если формулы ей надоели, а мысли классиков не находят отклика в душе, — можно было бы по крайней мере сесть на скамейку, пустующую в противоположном конце вестибюля, возле гардероба, как раз под фотографиями лиц из администрации. Туда он уж точно бы смотреть не стал. Господи, насколько все было бы проще, подумал Алексей, если бы ей не пришла в голову дурацкая идея посидеть на ступеньках! Или по крайней мере если бы она пришла ей в голову несколько раньше или позже — короче, не во время его дежурства. Тогда он мог бы сколько душе угодно пялиться на эту милую сердцу лестницу и никто не задавал бы ему вопросов, на которые нет ответа.

— А ты почему не на уроке?

Объяснять девчонке, почему он на нее, собственно, смотрит, было бы глупо, поэтому он и постарался деликатно уйти от темы, задав этот совершенно ничего не значащий для него вопрос.

— А у тебя зажигалка есть? — спросила она в ответ.

— Чего-о? — протянул он, пытаясь рассмотреть это непонятно откуда взявшееся явление, которому на вид от роду было не больше двенадцати лет, нахально требующее у него зажигалку.

На первый взгляд ему на самом деле показалось, что девчонке никак не больше двенадцати, а если учитывать тенденцию к акселерации подростков, то ей могло быть в принципе и десять. Но рассмотреть ее было трудно — он видел только острые коленки, обтянутые светло-голубыми джинсами и торчащие на уровне подбородка. Над подбородком был нос, глаза и абсолютно белая, прибалтийская какая-то, растрепанная челка — самовольная деталь практически отсутствующей прически.

— Тебе лет-то сколько? И уже куришь?

— А ты меня поругай — может, брошу. И вообще с чего ты взял, что я курю?

Ругать ее Алексей, конечно, не собирался. Ему было все равно, сколько пачек в день выкуривает это создание определенно очень юного возраста. Сам Алексей начал курить в семнадцать, но кто сказал, что современные подростки должны видеть в нем пример для подражания?

— С того, что зажигалку спрашиваешь. Зачем же тебе зажигалка?

— Может, я школу хочу поджечь?

— Школу поджечь? Чем же она тебя так достала, эта школа?

— А всем. Всем достала.

Они разговаривали, разделенные достаточно большим расстоянием, но, поскольку в вестибюле было абсолютно пусто и тихо — только они двое и безмолвные, бездыханные лица из администрации, — голос повышать не приходилось.

— И чем же именно?

— Отвяжись.

«Создание» с правилами приличия явно было не знакомо или же принципиально их игнорировало. Но Алексей почему-то обиды не почувствовал — может, оттого, что не придавал правилам приличия слишком большого значения, а может, потому, что девчонка начинала потихоньку его заинтересовывать. «Надо же, так мало лет на свете прожила, а уже бунтарка, сидит себе демонстративно во время уроков на лестнице, школу хочет поджечь, зажигалку требует», — подумал он, чувствуя, как на лице появляется улыбка. Девчонка на самом деле была немного смешной, но смешной как-то по-хорошему. И эти волосы растрепанные...

— Лучше дай зажигалку.

— Я вообще-то здесь для того, чтобы пресекать беспорядки, а не создавать их. К тому же, если ты сейчас с моей же помощью спалишь школу, где я работать буду?

— Другую школу найдешь. Мало ли школ в Саратове, — ответила она нетерпеливо. — Да есть у тебя зажигалка или нет, черт возьми?

— Ну, есть, — ответил он, уже не в силах скрыть улыбки, настолько забавным было это ее «черт возьми».

Она резко поднялась с лестницы и направилась к нему, в тот же момент он понял, что ей уж точно не десять лет.

И даже, наверное, не двенадцать... Черт бы побрал эту акселерацию — эта пигалица с круглыми, детскими еще, но уже подведенными тушью глазами направлялась к нему походкой от бедра, настолько привыкая уже, видимо, к тому, что она женщина... Алексей вдруг почувствовал, что у него пересохло в горле.

Она подошла ближе, убрала пальцами со лба челку, напомнив Алексею тут же набоковскую Эммочку из «Приглашения на казнь». Такая же белая челка, такое же нетерпеливое движение пальцев. Он даже на миг заподозрил ее в плагиате — настолько точно воспроизведенным показалось ему это движение, настолько оживляющим образ несуществующей девочки, бегающей вприпрыжку по темным коридорам тюрьмы. Но только вряд ли, тут же подумал Алексей, Эммочка ей знакома, вряд ли доводилось ей листать страницы этого скучноватого и в общем-то мало известного романа Набокова. Если уж эта девица что-то и читала из наследия великого писателя, то это, наверное, была «Лолита» — образ, внутренняя суть которого прекрасно уживалась с этой ее походкой. Лолита, но уж никак не Эммочка...

Она подошла, что-то рассеянно поискала глазами — возможно, она искала стул, потому что в следующую минуту уже легко запрыгнула прямо на стол, не обнаружив ничего более подходящего.

— В самом деле, нужно ведь где-то сидеть, — прокомментировал Алексей, пытаясь избавиться от подступающего шока — настолько необычной, настолько не от мира сего казалась ему эта Эммочка-Лолита, несмотря на то что вела себя сейчас по шаблону обычной малолетней шлюшки, каких вокруг полным-полно.

— Не стоять же, — откликнулась она тихо, закинула ногу на ногу, расстегнула молнию на сумке, переброшенной через плечо, и извлекла оттуда пачку «Парламента». Достала две сигареты. — А ты что, правда подумал, что я школу спалить собираюсь?

— Ага, подумал.

— Не ври, — тут же раскусила она его, но все-таки улыбнулась от этой мысли — от того, наверное, что ее заподозрили-таки в чем-то великом. — Ну где твоя зажигалка?

Она, видимо, всерьез полагала, что он сейчас закурит вместе с ней как ни в чем не бывало, будет вот так сидеть за столом, на котором она сидит, закинув ногу на ногу, и тоже покуривать. Что они будут сидеть и курить, стряхивая пепел куда придется, невзирая на присутствующие строгие лица из районной администрации и потенциально возможное появление реальных лиц из более близкой администрации школы. Он снова представил себе эту картинку — вторую, вслед за более ранней, той, на которой он вяжет спицами. Достал из кармана зажигалку, чиркнул, поднес к ее сигарете...

Она жадно вдохнула — как будто целые сутки не курила — и улыбнулась почти блаженной улыбкой.

— На, возьми, — протянула сигарету.

— Спасибо, я курил только что.

— Как хочешь. А ты ничего. — Она скосила на него глаза, в первый раз посмотрела оценивающе. — Нормальный. Я бы ни за что не подумала, что ты разрешишь мне здесь курить.

«Я бы и сам...» — подумал Алексей.

— Тебе ведь попадет за это, если нас сейчас увидят.

Она сказала это вполне равнодушно, но ему почему-то почудился какой-то странный смысл в словах «если нас сейчас увидят». На самом деле — если их сейчас увидят?

12

— Мне-то что. Тебе попадет — уроки прогуливаешь, куришь. На стол вот залезла, сидишь...

— Да мне плевать. Тебя зовут-то как?

Она снова убрала с лица челку, снова тем же движением стряхнула пепел, не глядя, розовым поблескивающим ноготком. Он почему-то — наверное, впервые в жизни — почувствовал себя каким-то деревенским увальнем, который не знает, с какой стороны подойти к понравившейся красавице. На роль понравившейся красавицы она явно не подходила — главным образом по возрасту, что полностью исключало всякую возможность рассмотрения иных параметров. Она вела себя — и это, видимо, шло от внутреннего ее ощущения — так, как будто это он, а не она пребывает в двенадцатилетнем возрасте. Она говорила так же небрежно, как стряхивала пепел, как убирала челку, — как будто в жизни для нее абсолютно ничего не имело значения.

— Ты лучше скажи, сколько тебе лет, а? — спросил он насмешливо, пытаясь подражать ее небрежности и чувствуя, что у него получается лишь жалкая копия с неподражаемого оригинала.

— Пятнадцать, — ответила она спокойно и почему-то добавила: — Скоро будет шестнадцать.

— Понятно, что не тридцать пять. После пятнадцати всегда так бывает.

— Тебе виднее, — покорно согласилась она. — А самому-то тебе сколько лет?

— А как ты думаешь?

— Ну, не знаю. — Было заметно, что ей просто лень заставлять себя о чем-то думать. — Лет двадцать, наверное.

— Двадцать два, — поправил он почему-то с гордостью.

— А-а, — протянула она и улыбнулась.

На некоторое время наступила тишина — слышно было только, как потрескивает, сгорая, бумага тлеющей сигареты, как бьются капли о стекло. Налетевший порыв ветра на короткое мгновение заставил их стучать еще громче, еще отчаяннее.

«Наверное, все-таки хорошо, что я ее встретил», — подумал Алексей, прислушиваясь теперь уже спокойно к звукам падающих за окном капель.

Она снова стряхнула пепел и снова поправила челку.

— Слушай, ты, случайно, не читала Набокова?

— Набокова?

— Ну да, Набокова. «Лолиту», например.

— «Лолиту» до конца не дочитала. Бросила на середине.

— Не понравилось?

— Не знаю. Дура она, по-моему, эта Лолита.

— Почему дура?

— Потому что сама не знает, чего от жизни хочет.

Алексей усмехнулся, подумав о том, что на свете не так уж много людей, которые знают, чего они хотят от жизни. Вот, например, он сам, собственной персоной.

— А ты про себя-то знаешь? Знаешь, чего хочешь от жизни? — спросил он, тут же подумав о том, что ей, наверное, все же еще не по возрасту пытаться отвечать на такие вопросы.

— Знаю, конечно. Жить хочу, чего же еще. Вот пять минут назад курить хотела, — без тени сомнения в голосе ответила она, щелчком отшвырнула окурок, снова блеснула розовым ноготком и повернулась к нему. — А теперь уже не хочу.

14

Алексей смотрел, как тлеет на полу, возле скамейки, крошечная оранжевая точка. А может, она права, подумал он, — нужно жить сегодняшним днем, даже не сегодняшним днем, а текущим мгновением? Может быть, тогда жизнь покажется более радостной и счастливой, потому что каждое мгновение человек будет делать то, что он хочет, — а именно — жить.

— Что так смотришь?

Он с трудом оторвал взгляд от притягивающего как магнит оранжевого огонька и увидел близко ее глаза — светло-зеленые и круглые. Она смотрела на него пристально — так, наверное, рассматривает ребенок, не умеющий читать, книжку с картинками, пытаясь определить, интересная ли там сказка и о чем она.

— Странный ты какой-то. Даже ничего не сказал, что я «бычок» бросила.

Алексей внутренне поморщился от слова «бычок».

— Ты у нас давно работаешь?

— Третью неделю.

— Что-то я тебя раньше не видела. Наверное, просто не обращала внимания.

— Я тебя тоже раньше не видел. Наверное, тоже...

Он почему-то подумал о том, как странно, что он раньше не заметил этой забавной копны светлых волос и этих круглых зеленых глаз. Странно, потому что в ней было что-то, что притягивает взгляд и навевает мысль о том, что было бы интересно нарисовать ее волосы, глаза, плавную линию подбородка, пухлые, без видимого контура, губы и высокие скулы. Пропорций в ее лице не было, но оно было интересно именно этим отсутствием пропорций, нехарактерностью, которая делает некоторых людей объектами вдохновения художника.

— Ты о чем задумался?

В ушах у нее поблескивали сережки замысловатой формы. В тот момент, когда она спросила, Алексей думал о форме ее ушных раковин. Было бы глупо честно признаться ей в этом, хотя, тут же подумал он, скорее всего она просто протянула бы равнодушно «а-а», не обнаружив признаков удивления.

— О твоей прическе, — улыбнувшись, ответил он почти честно. — Ты ее сама создавала, или над ней потрудились лучшие стилисты города?

— Какие там стилисты. — Она не обиделась. — Я просто сегодня в школу проспала. Встала поздно, некогда было их мочить. Если их с утра не намочить и не пригладить, они все время так торчат.

— Да нет, ничего. Тебе идет даже, знаешь. Шарм какой-то...

— Ну да, — с прежним равнодушием ответила она, и Алексей в очередной раз подумал о том, что этому ребенку, похоже, все по барабану.

А она как будто услышала это слово «ребенок», прочитав его мысли, и тут же, в доказательство обратного, ее рука нырнула под горловину кофточки, натянув на плечо спустившуюся вниз бретельку от невидимого бюстгальтера.

— Тебя, кстати, как зовут-то? — спросила она снова и уставилась на него так, как будто первый раз видела.

Он, поймав себя на том, что слишком уж долго думает о ее бюстгальтере, даже чертыхнувшись про себя, ответил немного смущенно:

— Алексей.

Она, видимо, заметила его смущение и истолковала его совершенно оригинальным образом:

— Да ничего, нормальное имя. У меня папу так звали.

— Ну спасибо. — Он широко улыбнулся, а она почему-то продолжала его утешать:

— И улыбка у тебя красивая. Зубы ровные такие...

— Господи, я же не лошадь! — не выдержав, он рассмеялся.

Она смотрела серьезно, без улыбки, с заметным на-
пряжением, и он, как будто заразившись этой ее серь-
езной неулыбчивостью, как-то резко оборвал свой смех,
снова услышал бьющиеся в оконное стекло капли.

— Ты странная какая-то. Чокнутая немножко.

— Я знаю, — спокойно, совсем не обидевшись, сказала она, как он, впрочем, и предполагал. — Мне все
так говорят.

Она посмотрела на часы, висящие над лицами,
плавно соскользнула со стола, перебросила через плечо
сумку.

Алексей вдруг понял, что за несколько минут успел
привыкнуть к ее присутствию настолько сильно, что теперь ему стало как-то неуютно: стол показался огромным, на нем явно чего-то не хватало, какой-то важной
и неотъемлемой детали, вестибюль — слишком пустым,
и эти лица — ох уж эти лица!

— Ты куда?

Наивно было бы полагать, что она станет его веч-
ной спутницей, сидящей на столе и помогающей разве-
ять хандру. Для этой цели гораздо более пригодной оказалась бы фотография в рамочке, какие обычно ставят
на стол, ей-то там и место, а девчонка-то ведь живая, и
жизнь у нее своя — какое ей может быть дело до его
хандры? Если бы радость можно было законсервиро-
вать в банке и лезть в эту банку всякий раз, когда на
душе хреново... Интересно, надолго хватило бы банки?

— Мне пора, на немецкий. Гуд бай! — Она тряхнула волосами, последнее слово почти утонуло в пронзительном школьном звонке.

— Гуд бай — это по-английски, — бросил он ей вдогонку.

Она обернулась.

— Ну да, по-английски. Я знаю.

Конечно же, ей на это было наплевать...

— Эй! А зовут-то тебя как?

Он уже заранее предчувствовал, что сейчас услышит что-нибудь типа Виолетты, Ангелины или на худой конец Каролины, заранее знал, что имя это будет придуманным, как и вся она — лохматая, зеленоглазая и спокойная как удав. Разве бывают такие? Он уже заранее собирался сказать ей: «Врешь!», потому что насквозь ее видел. Собирался, и вдруг услышал:

— Маша.

— Маша?!

Она пожала плечами и, больше не оборачиваясь, стала удаляться — походкой от бедра, по ступенькам, один, второй лестничный пролет, снова тряхнула лохматой гривой и исчезла.

— Маша, — снова повторил он, примеряя к ней это имя, как портной примеряет костюм. Костюм определенно был тесноват и трещал по швам во всех местах, где только эти швы имелись. «Не может быть. Если бы сказала — Ангелина или Каролина, еще можно было бы поверить. Но Маша? Тоже мне, Маша. Маша, три рубля — и...» — вспомнилась дурацкая детская дразнилка.

На душе почему-то кошки скребли. Он прислушался: дождь, кажется, закончился, не слышно больше было этих ненавистных звуков, но, может быть, это просто шум ожившей на время перемены школы заглушал их. Посмотрел на стол, убедился, что он пуст, потом перевел взгляд на мраморный пол, усеянный бесконечными бело-коричневыми треугольниками и квадратами. Увидел окурок. Поднялся, подошел и загнал его носком ботинка под скамейку.

— Алешенька, ты? Ну наконец-то! Где так задержался? На работе? Ой, да промок весь! Что же зонт не взял, не догадался?

Алексей вздохнул. Он очень любил мать, был к ней по-настоящему привязан, несмотря на уже не детский возраст, но эта ее привычка задавать огромное количество вопросов и тут же самой на них отвечать иногда его раздражала. От него в общем-то ничего и не требовалось — она уже и так знала, что задержался он на работе, а зонт не взял, потому что не догадался. Поэтому, соответственно, и промок. Все просто, как дважды два.

— На работе задержался, — подтвердил он: промолчать после такого количества обрушившихся вопросов тоже было бы как-то странно. — Террористы здание захватили, пока их всех перестреляешь, знаешь, куча времени на это уйдет. А они, гады, живучие...

Достав из шкафа вешалку, он аккуратно повесил куртку и водрузил ее на бельевую веревку в ванной.

— Да брось ты свои шутки, Алеша, — укоризненно произнесла Анна Сергеевна, прислонившись к дверному косяку и внимательно наблюдая за бельевой веревкой, которая под тяжестью намокшей куртки грозила оборваться. — Не оборвется?

— Да с чего ты взяла, что это шутки, — возразил Алексей, задумчиво поглядывая все на ту же бельевую веревку: нет, должна выдержать, тем более что с каждой минутой куртка будет становиться легче. — Не оборвется.

— Да, не должна. Ну давай, мой руки, и идем ужинать. Я пельменей налепила. Ты, наверно, проголодался, пока террористов обезвреживал.

— Да, руки в крови по локоть, надо помыть...

— Да перестань же ты наконец, Алексей!

«Алексей» в устах матери было ругательством — самым оскорбительным, какое ему за двадцать два прожитых года доводилось от нее слышать.

— Извини, мама. — Он легонько обнял ее. — Не сердись. Конечно, не было никаких террористов. Сидел, как обычно, целый день в школьном вестибюле, смотрел в окно. Вот и все события сегодняшнего дня. Как ты считаешь, не зря он прожит? Не будет ли потом твоему сыну мучительно больно за бесцельно прожитые годы?

— Ну это же временная работа, — утешила она его, глядя с любовью. — Идем кушать.

Алексей прошел на кухню и уселся за стол. На плите, на самом краешке, возле едва горящей конфорки примостилась алюминиевая кастрюля, поджидающая его прихода, видимо, так же нетерпеливо, как родная мать. Радостно забулькала вода, принимая в свои кипящие объятия маленькие желтоватые кусочки теста, начиненные вкуснейшим фаршем, — в этот момент Алексей почувствовал, что на самом деле проголодался. Еще бы не проголодаться, когда полтора, а то и два часа бродишь по улицам, не имея никакой конкретной цели, кроме одной, весьма сомнительной — промокнуть до нитки, промерзнуть до костей, тем самым доказав себе очевидную истину — что ты человек и состоишь из плоти, которая требует какого-никакого внимания. Теперь, к вящей радости, он выяснил еще одну существенную деталь — что у него, кроме костей и мяса, есть желудок. Весьма нахальный...

— Сметана вот, кетчуп, помидоры достать соленые?

— Достать, и огурцы тоже. Выкладывай на стол всю прозу жизни, какая только есть в холодильнике.

— Ох, Лешка, ну какой же ты у меня...

Мать, как и все матери на свете, просто радовалась тому, что у ребенка хороший аппетит. Радовалась, по-видимому, этому гораздо больше, чем чему-то туман-ному, неопределенному, заключенному в словах «какой же ты у меня...».

— Прожорливый, — закончил он за нее начатую фразу, заталкивая в рот сразу два маленьких пельменя, насаженных, как сиамские близнецы, на вилку. — Тебе есть чем гордиться, мама. Прожорливый — значит, здо-ровый, а здоровье мне необходимо при моей работе, требующей значительных...

— Прожуй сначала, потом философствуй!

— ...физических и умственных нагрузок, — закон-чил он с набитым ртом, проигнорировав ее требова-ние. — Лично я считаю, что философия и пельмени, особенно такие вкусные, — вещи, вполне совмести-мые.

— Вот и хорошо, — таинственно улыбнувшись чему-то неведомому, сказала Анна Сергеевна.

— Что хорошо, мама?

— Хорошо то, что настроение у тебя хорошее.

— Да? У меня хорошее настроение? — Он удивился на самом деле, искренне. Кажется, такого паршивого настроения, как в этот день, у него не было уже несколько недель кряду.

— Ну да, — подтвердила она. — Все шутишь...

Алексей промолчал, не став убеждать мать в том, что его пустомельство в данном случае является как раз признаком состояния, прямо противоположного хорошему настроению. Только он ведь и сам еще пока не разобрался в своем настроении — может быть, оно у него и вправду скорее хорошее, чем плохое?

— Людочка звонила два раза. Ты где задержался-то так долго?

«Да, все-таки скорее плохое, чем хорошее». — Услышанная фраза тут же склонила чашу весов в сторону пессимизма.

— Два раза? И что она хотела?

— С тобой хотела поговорить, что же еще? Вы с ней, кажется, завтра в театр собирались...

— Так это же завтра, мам. Вот завтра и звонила бы.

— Все шутишь, — отмахнулась Анна Сергеевна.

«Если бы», — подумал Алексей, но вслух ничего не сказал, чтобы не расстраивать мать.

— Шучу, конечно.

— Тебе чай или кофе?

— Чай, наверное... Или кофе?

Желудок, наполненный, по-видимому, до краев, если таковые у него имелись, полностью утратил свою наглость и стал спокойным, как насытившийся хищник, милостиво предоставляя залить свое содержимое всем, что только взбредет в голову. Чаем, кофе, молоком, водкой или вообще ничем. Алексей, отдавая дань своему творческому воображению, даже представил себе его, улыбающегося блаженной улыбкой,

22

с розовыми, пухлыми, как у хомяка, щеками, набитыми пельменями.

— Людочка...

Все остальное, последовавшее за словом «Людочка», почему-то было настолько неинтересным, что Алексей постепенно стал отключаться, погружаясь в свои мысли — впрочем, как ни парадоксально, о той же Людочке.

Они познакомились не так давно, два с небольшим месяца назад, когда он только вернулся из армии и, дико истосковавшийся по краскам и холстам, отправился в городской парк и, устроившись на бетонном ограждении возле пруда, стал рисовать. Он рисовал, как обычно, отключившись от всего, что было за рамками воображаемой картины, пытаясь не упустить глянцевого блеска листьев и запечатлеть, насколько это возможно, их нервную дрожь на ветру. Как оказалось впоследствии — он, конечно, даже не подозревал об этом, — Людмила почти целый час проторчала у него за спиной, деликатно не обнаруживая себя до тех пор, пока он наконец сам не почувствовал, что нужно сделать передышку.

Она оказалась достаточно яркой, привлекательной брюнеткой, женщиной, что называется, знойного типа, при этом обладающей — и теперь он не мог этого не признать! — не только тонким профилем, но и тонкой натурой. Завязавшийся непринужденный разговор о стилях живописи, в которых она — опять же необходимо признать — неплохо разбиралась, перешел постепенно в разговор о личном, о все более личном и, наконец, уже совсем о личном — это было уже в ее постели. Потом он рисовал ее обнаженной, не имея сил после двухлетнего армейского воздержания следовать незыблемой заповеди, касающейся отношений художника и натурщицы во время работы. Они все больше этим и занимались, портретами с длинными паузами, в которые вмещалось все больше и больше личного, пока однажды Алексей не осознал слишком ясно, что с личным уже перебор. Но, впрочем, он не имел ничего против отношений с Людмилой, она от него ничего не требовала, ни к чему его не обязывала, никогда не просила остаться на ночь... Со временем он стал понимать, что в Людмиле ему нравится гораздо больше то, чего она не делает, чем то, что она делает. За это ее определенно следовало ценить — но не любить же! А вот мама — Алексей снова услышал ее голос, произносящий слово «Людочка», — считала, что именно так она и выглядит, любовь. Людочка ей нравилась... Хотя — кто ее знает, что она есть такое, эта любовь? И есть ли она на самом деле? Алексей уже вышел из возраста, когда на этот вопрос отвечают безапелляционное «да», но еще, по-видимому, не дожил до тех лет, когда ответом становится лишь скептическая усмешка. Не хотелось впадать ни в детство, ни в старческий маразм, поэтому он предпочитал в этом вопросе занимать промежуточное положение, не отрицая ни наличия, ни отсутствия чувства, будоражащего сознание людей на протяжении веков. Относился к нему настороженно и с большим сомнением, никому, кроме мамы, слова «люблю» в жизни не подарив ни разу. Он даже побаивался немного этого слова — «люблю»...

А Людочка, как выяснилось недавно, вообще была помешана на художниках — до такой степени, что все остальное ей было не важно, — что сделало ее образ в

24

сознании Алексея совсем уж прозаическим. Да, наверное, именно после того, как он случайно обнаружил в одном из ящиков ее письменного стола целую кипу разнообразных рисунков, на которых Людочка была изображена обнаженной, она окончательно потеряла в его глазах то самое главное, что притягивает мужчину в женщине, — свою загадочность. Работы к тому же принадлежали разным кистям — поверхностного взгляда хватило на то, чтобы выделить как минимум трех, а то и четырех авторов. Какая уж тут загадочность...

Людочка о его находке так ничего и не узнала — у Алексея просто не возникло никаких вопросов по этому поводу и уж тем более желания выслушивать ее ненужные оправдания, уверения в том, что он единственный, которые, как он предполагал, непременно последовали бы. Что в очередной раз утвердило его в мысли — это не любовь. Была бы любовь, он бы, наверное, только и требовал от нее, чтобы она часами твердила свои глупые оправдания, буквально насилуя его сознание, только чтобы он в них поверил. И поверил бы, наверное, в конце концов, если бы это была любовь. Если опять же есть она на свете и не является литературной выдумкой, авторской собственностью, скажем, того же Шекспира. Только поди разберись — в те времена ведь и не было никакого закона о защите авторских прав. Может, поэтому и растиражировали ее, эту любовь, потому что ответственности не боялись.

Алексей усмехнулся: знала бы мама, до чего он дошел в своих умозаключениях!

— ...так что ты ей обязательно позвони!

Она уже стояла возле раковины, намыливая губку, собираясь мыть посуду. Алексей поднялся, бережно, но настойчиво ее отстранил:

— Ты иди, мам, отдыхай. Я сам все помою. Теперь я твой, как говорится.

Мама улыбнулась старой — древней уже, можно сказать, шутке, которую Алексей принес домой, еще будучи школьником. Известный анекдот о том, как мужик устроил у себя дома для шикарной дамы романтический ужин со свечами и шампанским, а потом, когда на столе остались только пустые тарелки и пора было приступать к самому главному, услышал из уст своей захмелевшей подруги фразу: «Теперь ты мой!» Фразу, вполне подобающую дальнейшему развитию ситуации, однако истолковал ее мужик неправильно и возмутился, глядя на тарелки: «Сама мой, я ничего мыть не собираюсь, не за этим тебя вообще сюда звали». С тех пор анекдот бытовал в их семье в сильно укороченном виде, каждый раз вызывая улыбку на лице матери.

Она покорно отошла от раковины, позволив сыну заниматься совсем не мужской работой, которую не одобрил бы отец, — мытьем посуды. Но отец уже ушел в ночную смену, поэтому они могли себе это позволить.

— Я пойду, сынок, там «Санта-Барбара».

— Иди, иди, мама.

— Ты не забудь позвонить-то...

— Не забуду. Привет Иден и Крузу!

— И тебе от них тоже.

Это тоже была старая, привычная шутка, не вызывающая даже улыбки, настолько бесчисленное количество серий она сопровождала — со стороны казалось, что они абсолютно серьезно разговаривают про эти приветы. Все было привычным, слишком привычным: и эта кастрюля, и губка, исходящая мыльной пеной, и запах средства для мытья посуды. Только в этот вечер все почему-то казалось не просто привычным, а опостылевшим.

Раковина в заключение процедуры была щедро надраена «Пемолюксом» и оттого стала отчаянно блестящей, как будто не было никакой мыльной пены, перемешанной с остатками кетчупа и сметаны, как будто ее только что принесли из магазина и проза жизни в виде остатков пищи была ей неведома. Раковина в самом деле могла бы даже спасибо ему сказать, подумал Алексей.

Из кухни он направился в ванную, где и самого себя привел в вид подобающий, свежий и почти сверкающий, только настроение от этого ничуть не улучшилось. Осторожно прикрыв за собой дверь собственной спальни, он улегся на диван, закинув ногу на ногу, и попытался читать. Но сосредоточиться на чтении не получалось. Он с досадой отложил книгу, приметив рассеянным взглядом раскрытую на странице с кроссвордом газету. Отыскал, не вставая с дивана, в ящике письменного стола ручку и принялся сосредоточенно царапать в пересекающихся клетках отгаданные слова, подложив под кроссворд «Фандорина», которому в этот вечер, похоже, не суждено было найти более достойного применения. Кроссворд был слишком легким и оттого скучным — до того скучным, что он даже вспоминал, сам себе удивившись, что собирался позвонить Людмиле. Собирался или просто делал вид, что собирается, но это не важно, потому что звонить все равно придется —

те же яйца, только в профиль, как любил шутить начальник погранотряда.

Подумав о том, что, наверное, такова судьба, если телефонная трубка оказалась как раз под диваном — где она, впрочем, чаще всего обычно и пребывала до тех пор, пока окончательно не разрядится батарея, — он принялся набирать номер своей скучающей подруги.

— Смирись, покорствуй русской силе, неси меня, — Алексей вздохнул, — к моей Людмиле.

Телефон выполнил его просьбу прямо-таки моментально, видимо, польщенный тем, что к нему обратились в столь изысканной поэтической форме. Первый же гудок оборвался, сменившись привычным голосом и традиционным «алло».

— Послушай, — начал он без приветствия, — тебе не кажется, что это «алло», которое мы постоянно, изо дня в день, из года в год, твердим, поднимая телефонную трубку, что это «алло» уже всем надоело, прямо-таки оскомину набило? Ведь, по сути, такое бессмысленное слово абсолютно ничего не означает. Пора бы его чем-нибудь заменить. Ты со мной не согласна?

— Если тебе так хочется, замени его чем-нибудь более осмысленным, — с готовностью откликнулась Людмила. — Я не буду иметь ничего против, если, поднимая трубку, ты будешь говорить мне «стул», «пианино» или произносить любое другое слово, наполненное смыслом, — например, «корова».

Она явно не прониклась его настроением.

— А ты не обидишься, если я буду говорить «корова»? Ведь получится, что это я к тебе обращаюсь.

— Почему ко мне? Подумай головой. Получится, что ты таким образом представляешься. Знаешь, как часто бывает — звонишь куда-нибудь, а тебе отвечают: «Отдел маркетинга», или «Склад», или «Отдел сбыта». — Людмила хихикнула, но Алексею почему-то было совсем не смешно.

— Ладно, будем считать, что мы в очередной раз не поняли друг друга. Не прониклись, так сказать, настроением. Ты просто так звонила?

— Да, просто так, поболтать хотела. Кстати, ты не поздоровался.

— Привет. О чем болтать будем?

— Не знаю, может, ты что-нибудь предложишь...

Алексей вздохнул. Но, впрочем, единственный орган, который у него в этот вечер прекрасно и безотказно работает — исключая, конечно, тут же вспомнившийся розовощекий желудок, — так это, пожалуй, речевой аппарат, или попросту язык, так почему бы не предоставить ему такую возможность, тем более если это еще кому-то необходимо.

Он пододвинул поближе газету, сжал в пальцах ручку и принялся, как часто с ним случалось во время скучной телефонной беседы, выписывать на полях кудрявые вензеля. Они разговаривали о погоде, о курсе доллара, о последней выставке работ Рериха в Центре национальных культур, которую вместе посетили на прошлой неделе. Беседа затянулась минут на пятнадцать, по прошествии которых Алексей с видимым и уже знакомым облегчением наконец повесил трубку. Он посмотрел на часы, прилег на диване, закинув руки за голову в надежде, что сон сморит его и этот бесконечно тянущийся день наконец станет всего лишь вчерашним. Закрыл глаза и стал представлять себе по привычке морские пейзажи, портреты и натюрморты, реальные, имеющие автора и еще не написанные, автором которых полагалось стать ему самому. Для Алексея это был достаточно распространенный способ «убийства времени», как он сам выражался, и относился он к нему с большой долей иронии.

Впрочем, он заранее с тоской предчувствовал, что в этот проклятый вечер ему едва ли удастся сосредоточиться даже на пейзажах, потому что в принципе они и были источниками его тоски, эти ненарисованные пейзажи. Предчувствия его оправдались, но оправдались каким-то странным образом. Он даже сначала не понял, в чем дело, откуда взялось это непонятное ощущение и почему оно крепло с каждой минутой: как будто в комнате присутствовал и наблюдал за ним кто-то посторонний. В комнате Алексей был один, он это точно знал, потому что мама смотрела за стеной телевизор, а в квартире, кроме них двоих, никого не было. Он все-таки открыл глаза, мысленно посмеявшись над самим собой, никого не увидел, конечно, снова закрыл глаза и тут же вскочил с кровати, внезапно догадавшись... Схватил со стола газету с кроссвордом — ну конечно, вот в чем дело.

— Не понимаю... Ты-то каким образом здесь оказалась? Чего тебе здесь надо и кто тебя сюда звал? Не понимаю...

Ответа, конечно, не последовало, но Алексей и не рассчитывал его услышать. Он пристально вглядывался в знакомые черты, отмечая про себя, что достаточно точно обрисовал и линию подбородка, и губы, и круглые глаза, которые казались живыми, а если добавить в них чуточку цвета, они бы точно заискрились... Шапка растрепанных волос и челка, которую она, видимо, только что убрала со лба только ей присущим движением пальцев...

«Ну надо же, — подумал он, — это ведь я сам сотворил. Пока с Людочкой беседовал про доллары и про погоду. Взял и нарисовал. Ох уж эти ручки шаловливые мои — творят, что им вздумается! Ведь и в мыслях не было никакого портрета...»

Он опустил газету на стол, какое-то время еще смотрел на портрет, изучая каждую линию, каждую деталь. Потом рассеянно обвел глазами комнату, шагнул к книжному шкафу.

— Четвертый... Да, кажется, это был четвертый том, где-то в начале...

Перелистав несколько страниц, он достаточно быстро нашел то, что искал.

«...дочка директора, Эммочка, в сияющем клетчатом платье и клетчатых носках — дитя, но с мраморными икрами маленьких танцовщиц, — играла в мяч, мяч равномерно стукался об стену. Она обернулась, четвертым и пятым пальцем смазывая прочь со щеки белокурую прядь, и проводила глазами коротенькое шествие...»

Бесшумно открылась дверь.

— Алеша?

Он опустил раскрытую книгу на грудь.

— Что читаешь?

— «Приглашение на казнь».

— Ну читай, читай. — Анна Сергеевна любила Набокова. — Ты Людочке-то позвонил?

— Позвонил.

— «Приглашение на казнь» ты уже читал вроде... Дай-ка я тебе шторы задвину. — Она прошла в комнату, остановилась возле окна. — Перечитать, значит, решил?

— Да, вспомнить кое-что...

— Ну читай, читай, — снова повторила она, постояла немного и, собравшись выйти из комнаты, заметила вдруг портрет на полях газеты, взяла в руки, поднесла к близоруким глазам. — А это кто?

Алексей молчал некоторое время, думая о том, что он сам, если разобраться, понятия не имеет, кто это. Кто она такая, откуда взялась — да и есть ли на самом деле?

— Это я так... Иллюстрациями баловался. Это Эммочка, помнишь, дочка директора тюрьмы...

— Эммочка? — Анна Сергеевна продолжала пристально вглядываться в абрис.

— Похоже?

— Не знаю, — задумчиво ответила мать. — Та вроде совсем маленькая была, девочка. А эта скорее на Лолиту похожа. Ладно, Алешка, спокойной ночи. Что-то у меня голова разболелась, пойду лягу.

— Спокойной ночи, мама. Значит, говоришь, больше на Лолиту похожа?

— Ну да.

Анна Сергеевна закрыла дверь. Алексей некоторое время прислушивался к ее шагам, потом услышал, как щелкнул в родительской спальне выключатель.

— Вот и поди-ка разберись, на кого ты похожа. Он снова поднялся, искоса глянул на портрет. Закрыл книгу, поставил ее на полку и принялся стелить постель.

Предстоящий день обещал быть таким же серым и скучным, как и предыдущий. Правда, погода немного наладилась: небо не было голубым, но и не свинцовым, ветер — теплым, и, казалось, пары солнечных лучей хватило бы для того, чтобы получить все основания причислить этот день к погожим. В окне на фоне безрадостно-серого неба покачивались из стороны в сторону абсолютно голые и серые ветки деревьев, как гигантские высохшие веники, торчащие из оконной рамы, как будто из нее, а не из земли произрастали эти угрюмые чудища.

Алексей стоял возле входа в вестибюль, равнодушно взирая на родителей первоклассников, которых он по идее был обязан не пускать в здание школы. Но родителей, он это знал, ничем не остановишь, и если он сейчас остановит хоть одного, то образуется такая пробка, что вовеки не рассосется. Поэтому Алексей смотрел на свои утренние обязанности сквозь пальцы, лишь для виду через определенные промежутки времени достаточно вяло повторяя:

— Родителям в здание школы нельзя. Оставляйте детей в вестибюле, — и вздыхал, задумываясь о тщетности своих усилий и суетности бытия.

Прозвенел звонок, толпа стала редеть — теперь она в основном состояла из старшеклассников, которые, несмотря на свое очевидное опоздание, не выказывали никаких признаков беспокойства, потихоньку шнуровали кроссовки, девчонки непременно пялились в небольшое зеркало возле гардероба, придирчиво оглядывали себя, поправляли прически, — Алексей с интересом человека из другого мира наблюдал за их движениями, искренне не замечая разницы между прической до всех этих манипуляций и после. Но разница эта, по-видимому, была, потому что девчонки от зеркала отходили вполне удовлетворенные и довольные собой. Спустя пять — десять минут последние опоздавшие потихоньку поднялись наверх, и Алексей снова остался в вестибюле один.

От этой работы на самом деле можно было сойти с ума. Целый день напролет сидеть и глазеть по сторонам, не оставил ли кто-нибудь в вестибюле сумки или пакета, в котором может оказаться несколько килограммов тротила, выискивать среди проходящих лиц подозрительных, проверять пропуска у преподавателей. Быть готовым ко всему... Непонятно к чему. Утром, по дороге в школу, Алексей купил в киоске газету с объявлениями о работе, твердо решив подыскать для себя что-нибудь более... «Что-нибудь более... более приемлемое, — сознание наконец выдало подходящий по смыслу вариант, — в конце концов, мало ли возможностей приложения силы для настоящего мужчины у нас в стране...»

Он разложил газету на столе, оглядевшись по сторонам, — читать на рабочем месте вообще-то было запрещено, но, кроме лиц из администрации, иных свидетелей нарушения порядка не было, а если таковые и появятся, то он, пожалуй, успеет заблаговременно запихнуть газету в ящик.

Первые страницы пестрели объявлениями о поисках работы. Затем пошли предложения — Алексей старался вчитываться внимательно, но чем больше он читал, тем более им овладевала тоска. Наконец, не выдержав, он отложил газету в сторону, снова припомнив любимое выражение начальника погранотряда: «Те же яйца, только в профиль». Грубовато, но очень метко сказано. Что ж, придется, пожалуй, заняться своей непосредственной работой. Благо, на этот раз лестница была совершенно пуста, можно было пялиться на нее сколько душе угодно, чем Алексей и занялся. Он смотрел на лестницу, а мысли блуждали, перескакивая по воображаемым ступенькам — вверх и вниз бесцельно.

«Может, заболела. А может, просто прогуливает. Ну не может же быть такого, чтобы я ее проглядел. Ведь только этим и занимался, что искал ее взглядом в толпе. Неужели пропустил?»

Словно прочитав его мысли, она внезапно распахнула дверь и появилась в вестибюле. Еще более лохматая, чем накануне, если такое вообще было возможно. С заспанными, припухшими ото сна глазами.

«Сто процентов, даже не умывалась», — подумал Алексей, продолжая с заметным интересом наблюдать за ее действиями.

Она вытащила из сумки кроссовки, бросила на пол, сняла ботинок, постояла на одной ноге, сверкнув розовой пяткой, обтянутой прозрачным капроновым носком, наклонилась, зашнуровала, обернулась к нему:

— Привет.

Она так и стояла, вполоборота, на одной ноге — ботинок, на другой — кроссовка, второй ботинок в руке. Потом опустила ботинок в пакет и зачем-то пригладила волосы.

— Привет, — ответил он, чувствуя легкое оцепенение от созерцания всего этого невероятного беспорядка. Невозможно было себе представить, чтобы в реальной жизни девчонка, неумытая и непричесанная, с опухшими глазами и непонятно во что обутая, могла казаться настолько обворожительной.

— Вот, опять проспала.

— Это я уже понял.

Она наконец закончила переобуваться, перекинула уже знакомым движением сумку через плечо, бросила короткий взгляд в зеркало, поправила кофточку, даже не подумав о прическе, и вихрем пронеслась мимо него.

— Ты куда? — бросил он ей вслед.

— На немецкий! — донеслось уже сверху, и она снова скрылась из поля видимости.

«Наверное, она очень любит этот свой немецкий, если так старательно его посещает», — подумал он почему-то с легкой обидой. А ощутив эту обиду, разозлился на самого себя — ну в самом деле, неужели он думал, что она теперь все время у него на столе сидеть будет? Чтобы ему не так скучно было? И собственно, чем плох немецкий? И что с того, что вчера он нарисовал ее портрет? Она ведь его об этом не просила, в конце концов.

«Слишком много вопросов». Вздохнув, он пододвинул газету и принялся настойчиво изучать объявления. Минут через десять, перевернув третью по счету страницу, он наконец понял, что предыдущая целиком и полностью была посвящена вакансиям официанток, барменш и крупье в казино. Захотелось позвонить Андрюхе, старому приятелю, который всегда готов был поддержать, когда речь шла о выпивке, да и вообще поддержать любое «мужское» начинание. Который так же, как и Алексей, бредил живописью и рисовал немного странные картины. Так сильно захотелось ему позвонить, но эта чертова работа требовала неотлучного торчания в вестибюле, а поскольку телефона там не имелось, оставалось ждать до конца смены. А до этого конца было еще черт знает сколько времени, потому что смена началась всего лишь час назад. Придется ждать до вечера... И тут он вспомнил, что вечером они с Людмилой идут в театр, и от этой мысли ему и вовсе захотелось прямо-таки раствориться в воздухе и исчезнуть из этого мира, в котором категорически нет никаких радостей.

После пятого урока он увидел ее снова — она прошла в толпе одноклассников, мелькнула ее белая грива. Они шли и громко смеялись, как и полагалось смеяться подросткам. Алексей проводил эту толпу взглядом, утешая себя мыслью о том, что до конца смены остается всего лишь два с небольшим часа. Потом будет театр с Людочкой, но об этом можно пока не думать, в конце концов, еще три часа тягомотины, три часа для него — это совсем не срок, он закаленный в борьбе со временем боец. А потом — два выходных, и ради этого, наверное, стоит жить. Стоит даже напиться, подумал он, вспомнив о том, что собирался после работы позвонить Андрею, и тут же подумал, затосковав, что напиться перед посещением театра было бы настоящим свинством и неуважением в искусству.

После работы он заехал в охранное агентство, получив причитающийся ему в этом месяце аванс, от чего настроение явно поднялось. Даже мысль о посещении театра стала казаться не настолько кошмарной — ну и что с того, что ему придется идти туда в малоприятной компании, по крайней мере насладится великолепной игрой актеров, отдохнет душой, забудет суетность окружающего мира, наполнится энергией...

На ужин были котлеты из щуки, которые в семье обожали все. Телефонный звонок, прозвучавший резко и требовательно, прервал семейную трапезу. Алексей ни минуты не сомневался в том, кто звонит.

— Людочка, — проговорила мама почти торжественно, протягивая ему телефонную трубку, — тебя, Алешка.

Алексей взял трубку. Она просто хотела уточнить насчет театра, не забыл ли он, во сколько начало спектакля, и не изменились ли его планы. Удовлетворенная его ответом, бросила на прощание торопливое «пока, я уже почти на выходе». Алексей солгал, что он тоже, и, положив трубку на стол, принялся спокойно поедать котлеты дальше.

— Не опоздаешь, Алеша?

— Не опоздаю, мама. Здесь же пешком двадцать минут идти.

— А вы во сколько договорились?

— В половине шестого.

— Так всего полчаса осталось.

— Мама, — взмолился Алексей, — с каких это пор духовная пища стала для тебя важнее пищи насущной? Я есть хочу, а она меня из-за стола гонит.

— Да кушай, кушай. — Анна Сергеевна даже как будто немного смутилась, заставив Алексея улыбнуться. — Кушай, только не опоздай в театр. Вообще-то нехорошо девушку заставлять ждать.

— Да ничего с ней не случится, там прекрасная погода. Воздухом подышит — цвет лица, говорят, от этого улучшается.

— Алексей! — выругалась мать.

— Все, все, — он запихал в рот остатки котлеты, — уже иду.

Быстро переодевшись в единственный, купленный еще до армии по случаю свадьбы лучшего друга костюм, который был тесноват в плечах, чмокнув на прощание мать, Алексей вышел из дому.

До начала оставался целый час — он мысленно возмутился, что мать его выгнала так рано, с тоской подумав о том, что теперь-то он наверняка не опоздает, даже если будет ползти как черепаха, останавливаясь возле каждого столба и читая абсолютно каждое наклеенное на этот столб объявление. Он совершенно искренне не понимал, почему Людмила так любит приходить в театр задолго до начала спектакля. Это был уже третий их совместный поход в театр, и каждый раз они встречались у входа за тридцать минут до начала, каждый раз долго бродили по фойе, останавливаясь возле каждого портрета, внимательно изучая уже знакомые лица, читая одни и те же надписи.

Он на самом деле остановился у столба и честно прочел объявление о том, что продается трехкомнатная квартира улучшенной планировки. Следующий столб поджидал его через пять метров, но занятие это ему уже заранее осточертело. Он снова подумал о том, как бы хорошо сейчас было позвонить Андрею, договориться с ним и засесть часа на два — на три в излюбленном баре «Вавилон» попить пива, поговорить «за жизнь», просмотреть его эскизы, которые тот всегда таскал с собой в карманах брюк и куртки, в барсетке вместе с карандашом и чистыми листами бумаги, которые могли пригодиться ему в любую минуту. Возможно, мысль эта зародилась в сознании именно потому, что этот бар «Вавилон» был в тот момент от него неподалеку, нужно было только повернуть направо и пройти еще метров сто. Преступная мысль промелькнула в сознании, но он тут же отогнал ее от себя, попытавшись переключиться. И в самом деле, что это с ним сегодня? Ну что плохого в том, что ближайшие два-три часа он проведет с Людмилой в театре? Спектакль, возможно, будет интересным, Людмила, как всегда, будет выглядеть потрясающе, от нее будет пахнуть «Черутти», он обожает этот запах, можно даже сказать, сходит от него с ума. Потом они, вероятно, зайдут в какой-нибудь бар, может, даже в тот же «Вавилон», выпьют по бокалу вина, и Людмила будет не против, если он на часок-другой задержится у нее дома. Пожалуй, он и задержится...

Настроение медленно, но верно начинало улучшаться. Алексей даже стал идти чуть быстрее, его захватили мысли о том, что будет после театра, и он даже начал подумывать о том, что Людочка в общем-то не такая уж и плохая, с ней по крайней мере не скучно, она его понимает, не задает лишних вопросов, умеет поддерживать нужный тон в разговоре, никогда не бывает нетерпеливой, всегда ласкова и безотказна. Что его, собственно, не устраивает? Может, права мама, сказавшая однажды, что нечего им с Людочкой вокруг да около ходить, можно бы и свадьбу сыграть, она будет так рада внукам. «Ну не знаю, как насчет внуков, а вот насчет внука, то есть одного внука, может быть, стоит поразмышлять...» Осознав, о чем только что подумал, Алексей усмехнулся: что-то совсем развезло, какие внуки, о чем это он вообще. Какие внуки...

В тот самый момент, когда в голове бродили туманные мысли о внуках, он ее и увидел.

Увидел и остановился как вкопанный — она как будто материализовалась из воздуха, потому что минуту назад, да что там минуту, несколько секунд, вот только что, ее и не было вовсе. А теперь появилась внезапно и шла прямо ему навстречу, в ярко-розовом джемпере, перекинув все ту же школьную сумку через плечо. Она шла и улыбалась, причем улыбалась явно не ему, а каким-то своим мыслям, и даже губами немного шевелила, как показалось Алексею. В общем, шла, разговаривала сама с собой и улыбалась самой себе. Все признаки налицо, подумал он, ценный кадр для психбольницы. Шла, неумолимо приближаясь. А он продолжал стоять, пытаясь подсчитать количество ее невесомых шагов, через которое она на него наткнется. Получилось пятнадцать — двадцать, но она увидела его раньше — посмотрела сначала вскользь, отвела равнодушный взгляд, потом снова посмотрела и, видимо, узнала. Перестала бормотать себе под нос, заулыбалась еще шире — теперь эта улыбка предназначалась уж точно ему, и он не смог не улыбнуться в ответ.

«Восемнадцать, — мысленно досчитал он, когда она наконец подошла и остановилась, — почти точно».

— Привет, — сказала она, остановившись.

— Привет, — ответил он, разглядывая ее лицо, которое показалось каким-то не таким, и только позже он догадался, что она накрасилась, наложила на свою физиономию приличное количество штукатурки, которое ее, возможно, не сильно портило, но определенно делало взрослее. И прическа была какой-то не такой, приглаженной, что тоже казалось немного странным.

— Как хорошо, что я тебя встретила. Ты торопишься?

— Вообще-то... Вообще-то нет, не тороплюсь, — ответил он, заинтригованный все еще не разгаданными изменениями в ее лице, подумав, что было бы глупо торопиться, если до начала спектакля еще целых сорок минут осталось. В принципе, если прибавить шагу, минут за десять можно дойти. Ну если не дойти, то добежать по крайней мере можно. — Слушай, что у тебя с лицом?

— А что у меня с лицом? — Она испуганно прижала обе ладони к щекам, как будто боялась, что лицо у нее могло совсем исчезнуть.

— Да нет, лицо на месте, что ты пугаешься.

Она снова улыбнулась.

— Просто оно у тебя какое-то другое. Как будто... Да ты накрасилась, что ли? — наконец догадался он.

— Ну да, накрасилась. Привела себя в божеский вид. А что?

«Зачем, интересно, бесу божеский вид?» — вспомнилась прочитанная где-то фраза.

— Нет, ничего. Просто как-то непривычно видеть тебя... такую, — ответил с заминкой Алексей. «Когда это ты успел привыкнуть?» — тут же промелькнула мысль, оставшаяся, впрочем, без ответа.

— Так ты, значит, не торопишься... Ну надо же, я и не думала, что тебя встречу.

— Я тоже, — искренне ответил он, — тоже не думал тебя встретить. Но последнее время мне на тебя исключительно везет.

— Ну да, — торопливо ответила она, — это хорошо.

— Что хорошо?

— Что я тебя встретила, потому что мне, правда, так скучно было.

— Скучно? — Он усмехнулся. — Глядя на тебя, не скажешь, что тебе было скучно. Ты, между прочим, улыбалась, и даже, кажется, извини, конечно, разговаривала.

— Да я не разговаривала. Я так, песенку напевала.

— Песенку напевала, — повторил Алексей. — Ну да, как же я сразу не догадался.

— Ну пойдем. — Она вдруг вцепилась в его рукав и потянула за собой.

— Эй, отцепись. — Он, коснувшись и почувствовав холод пальцев, убрал ее руку. — Порвешь единственный приличный костюм. Ты замерзла, что ли?

— Да вроде нет, с чего ты решил, что я замерзла?

— Руки холодные, — сказал он почему-то тихо.

— Да, руки. — Она приподняла обе ладони, растопырила пальцы и некоторое время рассматривала их. Рассматривала так, как будто это были не ее, а какие-то чужие и незнакомые руки. — Да, замерзли немножко.

— Ну давай их сюда, если замерзли.

Он взял ее ладони в свои, большие, слегка притянул к себе. Она послушно, как кукла-марионетка, которую потянули за ниточку, сделала шаг вперед, приблизившись, коснувшись его своим дыханием.

— Ты что, молоко пила?

От нее на самом деле пахло молоком — теплым, горячим даже, дымящимся, только что с плиты снятым.

— Вот еще. Терпеть не могу молоко, с чего это ты взял, что я его пила?

— От тебя молоком пахнет.

— Не придумывай.

Он продолжал сжимать в руках ее ладони, удивляясь тому, что было так естественно — какие же они маленькие, крошечные совсем, утонули в его ручищах, и чувствовал блестящие ноготки, представляя их розовый блеск.

— Ну, согрелись немножко?

— Согрелись, — покорно согласилась она, он выпустил ее руки. — Пойдем?

— Пойдем. А куда, если не секрет?

— Не знаю. — Она пожала плечами. — Пойдем куда-нибудь, посидим. Может, в кафе, — ты какое-нибудь кафе знаешь?

— Знаю, — ответил он, подумав о том, что от судьбы, наверное, не убежишь. — Здесь неподалеку есть кафе, «Вавилон» называется.

В сознании промелькнул и тут же исчез образ Людочки, стоящей возле входа в театр и нетерпеливо поглядывающей на часы. Самое печальное — что билеты лежали у него в кармане, и об этом лучше было совсем не думать.

— Ну вот и отлично, — ответила она, просунула как ни в чем не бывало тонкую руку ему под локоть и повисла. Отшвырнула носком ботинка пивную банку, попавшуюся на пути, — та загромыхала, заставив обернуться идущего впереди пожилого мужчину. Недовольно сдвинув брови, он что-то пробормотал себе под нос, касающееся, вероятно, нравов современной молодежи.

— А ты ведь, кажется, в другую сторону шел? — напомнила она о наболевшем.

— Я же тебе сказал, что не тороплюсь. Еще успею, — сказал он, нахмурившись, понимая, что теперь-то уж точно никуда не успеет. Представилось лицо Людмилы — холодный взгляд, как бы говорящий, что она все может понять, но ведь можно же было, в конце концов, предупредить. Просто позвонить и предупредить. Внутренне поежившись от этого воображаемого взгляда, он даже поискал глазами телефонную кабинку, но ее поблизости не оказалось. Да если бы и ока-

44

залась, все равно было поздно звонить, потому что пунктуальная его подружка уже наверняка вышла из дома. Так что единственным выходом из ситуации было примириться с ее неизбежностью, что Алексей и сделал, запретив себе даже вспоминать о Людмиле. К тому же это было не так уж и сложно — учитывая то, что он получает взамен. А с Людмилой он как-нибудь разберется.

Некоторое время они шли молча — Алексей помимо воли прислушивался к своим ощущениям, вызванным присутствием ее руки под его локтем, — он скосил взгляд и увидел коротко подстриженные ноготки, поблескивающие розовым лаком на фоне его черного рукава. Тут же подумал почему-то о том, что пиджак ему тесноват и не надо было его надевать, в кафе можно было бы посидеть и в джемпере. Если бы он, конечно, знал, что пойдет в кафе, непременно надел бы джемпер, а не пиджак — только ведь не мог же он этого знать, и черт бы побрал эту Людочку с ее настойчивым пожеланием видеть его в театре непременно в черном классическом костюме.

— Ну вот. Кажется, в моей жизни наступила черная полоса. — Она вздохнула, ее рука выскользнула из-под его локтя, и накопившееся тепло быстро стало улетучиваться.

Они стояли возле входа в бар «Вавилон», на дверях красовалась вывеска «Извините, у нас банкет». У кого-то черная полоса, а у кого-то банкет, и нет никому до этого дела. Кто-то отмечает радостное событие, а кому-то и приткнуться негде, вздохнув, подумал Алексей. Он посмотрел на нее — лицо было безнадежно грустным.

— Да брось ты. — Он взял ее руку и снова просунул ее себе под локоть, на прежнее место, не почувствовав сопротивления. — Ты просто еще не знаешь, что такое черная полоса. Черную полосу никакая хлорка не возьмет, если она настоящая. А это так, пустяки. Единственное кафе в городе, что ли? Сейчас мы твою черную полосу быстренько разукрасим всеми цветами радуги. Пошли!

— Пошли. — Она покорно потянулась за ним, снова пристроила свою руку так, чтобы ей было уютно.

Теоретически Алексей знал, что в городе существует не один десяток кафе, баров и ресторанов, а вот практически, как оказалось, кроме пресловутого закрытого на банкет «Вавилона», больше ничего вспомнить не мог. Но своего отчаяния не обнаруживал, продолжая идти прямо по улице, справедливо рассудив, что рано или поздно на их пути встретится хоть какое-нибудь питейное заведение. И не ошибся — оказалось, что совсем неподалеку от «Вавилона» существовало кафе «Голубая лагуна», гостеприимно подмигивающее прохожим неоновыми огоньками. Название не вызвало в душе никакого отклика — по большому счету ему на самом деле было без разницы, где сидеть, главное сейчас было успокоить, прогнать грусть с этого лица, которое так приятно было видеть веселым и умиротворенным. А поскольку аванс в нетронутом виде лежал в кармане, это значило, что в этот вечер ему любое, даже самое дорогое кафе по плечу. «По карману, — поправил он себя и решительно распахнул дверь, звякнувшую колокольчиком. — В крайнем случае — и это уж самое страшное, что может случиться, — пропью всю зарплату. Так это ж ничего, через две недели будет получка».

В баре было темно и уютно, в небольшом зале стояло всего несколько, пять или шесть, столиков, застеленных белоснежными кружевными скатертями. Официантка с длинными ногами, в голубом коротеньком платье плавно шествовала по залу с голубым опять же подносом, на котором стояли бутылка шампанского и два фужера. Людей было не много — три столика совсем пустовали, за другими сидели по два человека. Алексей приметил один, расположенный в дальнем конце зала, — место показалось ему уютным, а главное, почти недосягаемым для взглядов большинства посетителей, что особенно пришлось по душе.

Она нерешительно замялась на пороге.

— Да пойдем же, чего ты? Вон тот, дальний столик — по-моему, в самый раз?

— Ну да.

Алексей почувствовал, как она схватила его за мизинец, вцепилась крепко, как маленький ребенок, который боится потеряться. Он потянул ее за собой — она так и шла, держась за его палец. Подойдя к столику, свободной рукой отодвинул для нее стул и только собирался сказать «садись», как с противоположной стороны вдруг послышалось:

— Машка!

Она обернулась — рука разжалась, освобождая мизинец от плена, взметнулась вверх.

Там, за дальним столиком, сидели двое парней.

— Я сейчас. — Она снова легонько коснулась все того же мизинца, словно прося у него прощения за то, что покинула так внезапно. — Ты меня подожди.

Ничего не оставалось, как сесть на тот самый стул, который он только что отодвинул для нее. Она быстро и плавно прошла по залу, остановилась. Уселась за столик как-то странно, поджав под себя одну ногу.

«Впрочем, нечему удивляться, этот человек, наверное, ничего в жизни не может делать нормально, как все люди, — отстраненно подумал Алексей, — ей же обязательно выпендриваться нужно, везде и всегда. Подумала бы сначала...»

О чем она должна была подумать сначала, он так и не решил — в ту же минуту подлетела официантка в голубом, поздоровалась, представилась — ее звали Валерией — и положила перед ним меню, напечатанное, как можно было заранее догадаться, на голубой бумаге. «Странно, почему это место до сих пор не облюбовали голубые, тут для них прямо-таки рай», — усмехнулся Алексей, обводя взглядом соседние столики, за которыми сидели пары исключительно традиционной ориентации, стараясь почему-то не смотреть на тот, дальний угол. Но, даже стараясь не смотреть, все же увидел, как она откинула голову назад и чему-то громко рассмеялась. Этот смех прямо-таки обжег его, и он вдруг снова подумал и о своем костюме, который был тесноват в плечах, и о Людочке, которая, наверное, все еще ждет его возле входа в театр. Все еще ждет.

Опустив взгляд, он принялся рассматривать меню: салат крабовый, салат грибной, «Оливье», мясо по-французски, рулет из курицы... Вполне понятные русские слова казались абсолютно бессмысленными, он снова и снова пробегал по строчкам вверх и вниз, возвращался назад, не в силах избавиться от ощущения, что читает какую-то тарабарщину, написанную на непонятном языке. Потом снова посмотрел в ту сторону, откуда доносился хохот.

Она сидела, по-прежнему поджав под себя ногу, с дымящейся уже в руке сигаретой. Ярко накрашенные губы, тени на веках и полоски искусственного румянца на щеках — вся эта боевая раскраска, которая с первого взгляда вызвала только удивление, теперь показалась ему ужасно вульгарной. Ярко-розовый пушистый джемпер, обтягивающий фигуру, — вещичкой из гардероба уличной шлюхи.

«Господи, да это что же за прикид такой, что за имидж, ошалеть можно! И над чем же, интересно, можно вот так заливисто смеяться?»

— Что-нибудь желаете? — услышал он голос, поднял глаза и едва сдержался, чтобы не нагрубить официантке. Она, конечно, ни в чем не была виновата, она вообще была здесь совершенно ни при чем.

— Желаю, — ответил он, мысленно продолжив: желаю надрать вон той девице за дальним столиком задницу, да так крепко, чтобы на всю жизнь запомнила. Но все же сдержался, снова нырнул взглядом в меню, прочитал первое попавшееся на глаза — «рулет из курицы» — и озвучил.

— Все?

— Нет, еще пиво... Семерку, «Балтику».

«Какая уж тут Эммочка, тут сама Лолита отдыхает, — думал он с нарастающей почему-то яростью, снова разозлившись на себя, потому что слишком уж сильные чувства вызвали у него последние события. — В самом деле зрелище, иначе не скажешь. Она, интересно, сама себя в зеркале-то видела? Или глядя в отражение стекла себя так размалевала? Вот подойти сейчас и в самом деле надавать по заднице, и эти сидят, два павлина, такими маслеными глазками оба смотрят, знают они, интересно, сколько ей лет?»

Алексей поморщился от собственных мыслей. Чужая жизнь — она и есть чужая жизнь, и нет у него никакого права распускать руки, учить ее, воспитывать — у нее, в конце концов, родители есть, вот они пусть этим и занимаются, ему-то какое дело? Он знать ее не знает, видел пару раз. Просто не надо было дурью маяться, идти на поводу у собственной меланхолии — сидел бы сейчас в театре, рядом с Людочкой, которая, он был в этом уверен, накрашена была бы безупречно и одета совсем не вульгарно, а со вкусом. Не в пример некоторым...

Наконец принесли пиво и рулет, он смотрел на этот рулет и не понимал, с чего ему вздумалось его заказывать, он с детства терпеть не мог курицу. Очередная насмешка злой судьбы, которая, похоже, решила окончательно доконать его этим рулетом. Он ткнул вилкой в розоватое мясо — не отдавать же его обратно, вряд ли кто поймет. Щедро залил холодным пивом, при этом почти не почувствовав вкуса курицы, зато почувствовал прилив затаенного торжества, как будто на самом деле сейчас вступил в поединок с судьбой и этим щедрым глотком пива умудрился-таки одержать маленькую победу. «И очень даже ничего. Отличная, надо сказать, курочка. Пожалуй, надо будет заказать еще одну порцию!»

Алексей, дав себе твердое обещание, что больше ни взгляда не кинет в ту сторону, принялся сосредоточенно рассматривать куриный рулет — розоватое мясо, внутри оранжевые полоски моркови и белые — чеснока.

— А ты мне ничего не заказал?

Она отодвинула соседний стул, уселась рядом, локоть к локтю.

«Явилась», — чуть не сорвалось с языка.

— Я откуда знал, что ты придешь, — ответил он не глядя и отхлебнул остатки пива из кружки.

— Я же тебе сказала, что приду.

— Мало ли что ты сказала.

— Сказала приду, значит, приду, — ответила она спокойно, равнодушно, как показалось ему, в своей привычной манере. Затушила принесенную с собой сигарету в пепельнице, нырнула пальцами в тарелку с рулетом, подцепила один кусок.

— Вилкой вообще-то едят, — буркнул он, уже не понимая, на кого злится больше — на нее или на самого себя за эту неутихающую, а главное, не желающую скрываться злость.

Но она его злости, кажется, совсем не замечала, жевала курицу с аппетитом, и он уже начинал злиться на этот ее аппетит. Равнодушно пожала плечами в ответ на его замечание, что едят вилкой:

— У нас же одна вилка. Ей ешь ты.

— О Господи, — вздохнул он, — ну так подожди, пока принесут вторую.

Подозвав официантку, он снова попросил меню. Подвинул голубой листок немного вправо:

— Чего тебе заказать?

— Курица такая вкусная.

— Еще один рулет, девушка.

— Крабовый салат обожаю.

— Крабовый салат, пожалуйста.

— Мясо по-французски...

Он не чувствовал подвоха — она называла все пункты меню по порядку, просто читала вслух, а он все повторял за ней, каждый раз добавляя «пожалуйста» или «пожалуйста, девушка». Он, собственно, вообще не задумывался над смыслом и, только услышав ее громкий смех, внезапно очнулся. Она смеялась, а официантка в голубом платье, терпеливо переписывающая или делающая вид, что переписывает все меню с первого до последнего пункта в свой блокнот, еле сдерживалась, чтобы не рассмеяться вместе с ней.

— Ты что... Ты что, на самом деле подумал, что я все это съем?

Он провалиться был готов, даже собирался встать из-за стола, уйти подальше от этой ненормальной девицы, которая находит для себя такие странные забавы. Но в последний момент удержался, поняв, что поставит себя в совсем уж глупое положение.

— Откуда я знаю. Может, у тебя дома есть нечего, вот ты и решила затариться продуктами на ближайшую неделю, — ответил он и через силу улыбнулся.

— Девушка, вы, пожалуйста, все там вычеркните, кроме... Рулет, наверное, оставьте и салат крабовый. Пока все.

— И пива еще принесите, — добавил Алексей.

Официантка улыбнулась и ушла выполнять заказ. Алексей смотрел исподлобья.

— Ну, что ты на меня уставился? Уж и пошутить нельзя. Обиделся?

Она прикоснулась к его руке, легонько погладила, и это было уже совсем невыносимо, потому что Алексей почувствовал себя маленьким ребенком, которому в мире взрослых многое объяснить просто невозможно. Вот уж чего он в жизни больше всего терпеть не мог, так это снисходительности.

— Можно мне еще кусочек? — Она, как будто прочитав его мысли, убрала руку и не стала возвращаться к уже исчерпанной теме.

— Да ешь, пожалуйста. Я курицу вообще терпеть не могу.

52

— Да? А зачем же заказывал?

— Для тебя заказывал.

— Для меня? — Она почти удивилась, что было ей не свойственно. — А откуда ты знаешь...

— Да ладно тебе, какая разница. Ешь, если хочешь.

Она взяла еще один кусок, снова руками.

— Приятели твои, что ли? — спросил Алексей с видимым равнодушием, бросив короткий взгляд на парней за дальним столиком. Те сидели, не обращая на них никакого внимания.

— Ага, — проговорила она с набитым ртом, — приятели. Бывшие.

— То есть как это — бывшие? — не понял он.

— Ну так, бывшие. Я с ними встречалась.

— Встречалась? С двумя сразу, что ли? — Он прямо-таки ошалел от ее невозмутимого тона.

— Ну нет, не сразу, конечно. Сначала с одним, потом с другим.

— Господи, да тебе лет-то сколько? — не сдержался он.

Снова появилась официантка, плавными движениями рук поставила на стол вторую порцию рулета, крошечную вазочку с салатом и пиво.

— Пятнадцать, я же тебе говорила. Скоро шестнадцать будет... Да ты ревнуешь, что ли? — поинтересовалась она, пододвинув салат.

— Ревную? — опешил Алексей, подумав: неужели и правда? — Да я тебя знать не знаю, с чего это я стану ревновать?

— Вот именно. — Она кивнула в знак согласия салат вкусный. Вообще неплохое местечко, у да же?

летом, который, видимо, интересовал ее лишь до тех пор, пока его можно было есть руками, а теперь, когда появилась вилка, совсем перестал ее привлекать.

— Что я еще люблю? — переспросил он, почему-то не совсем четко представляя себе, каким должен быть ответ на этот вопрос.

— Ну да. Ты любишь театр. Пиво, кажется, любишь... А больше я про тебя ничего не знаю. Расскажи что-нибудь.

— Даже не знаю, что тебе рассказать. Вообще-то я...

Какой-то внутренний барьер не позволял ему взять и вот так запросто рассказать ей о том, что в жизни больше всего он любит и больше всего мечтает рисовать. Теперь ее равнодушие, которое до этой минуты забавляло его, показалось опасным. Как тонкий лед, который может в любую минуту провалиться под ногами. И сама она, подумал Алексей, как тонкий лед, по которому — ведь говорила в детстве мама! — ходить не следует. Но, с другой стороны, какая разница — идти вперед или назад, провалиться-то он может в любом месте, а вперед идти все же интереснее.

— Вообще-то я люблю рисовать, — выдохнул он и опустил глаза просто потому, что не хотел видеть ее лица. Представилось почему-то, что она грызет семечки. Грызет себе семечки, поплевывая шелуху, проглатывает зернышки, все на один вкус, и снова плюет — вот такая вот игра в вопросы и ответы. А если зернышко все-таки окажется особенным? В крайнем случае, подумал Алексей, закатит театрально глаза к небу и восторженно прошепчет: «Нарисуешь мой портрет?» «Ну, нарисую», — ответит он равнодушно, потому что настанет его очередь грызть эти чертовы семечки...

— Я тоже, — услышал он после долгой паузы и ошалело уставился на нее. — Больше всего на свете люблю
рисовать.

— Да ладно, — ответил он, пытаясь разглядеть в глазах лукавую искорку, но видел что-то другое, новое, в
ее лице. — Не ври.

— Правда, — ответила она задумчиво. — Я действительно редко рисую. Чаще по ночам, когда все спят,
никто не мешает, не врывается в комнату. Или когда
настроение очень плохое, или когда совсем хорошее.
Но такое редко бывает.

— Почему? — спросил он недоверчиво.

— Не знаю. Наверное, у меня грустные хромосомы.

— Наверное, — согласился он, представив себе, насколько это было возможно, бесхвостых головастиков с
печальными глазами навыкате. И ничего с ними не сделаешь, никак ты их не развеселишь, не исправишь уже,
потому что они — хромосомы... Не попрешь против ге-
нетики, хоть ты тресни.

— Смотри.

Она расстегнула молнию на сумке — он с любопыт-
ством наблюдал за нетерпеливыми движениями ее рук,
раздумывая, что же сейчас она ему покажет, — взвизгнула еще одна молния, еще одна, место, наверное, по-
тайное, подумал Алексей, и извлекла на свет божий аккуратно свернутый в трубочку альбомный лист, протянула ему.

Альбомный лист вызвал в сознании ассоциации с
детскими рисунками — голубое небо, солнышко с
улыбкой до ушей и с круглыми глазами, восторженно
взирающими на папу, головой подпирающего тучку,
маму — поменьше и самого автора пейзажа, с непре-

менными воздушными шарами в руке. Собственно, далеко ли она ушла от этого возраста, юная художница? Воздушные шарики в ее руке едва ли смотрелись бы кощунственно...

Осторожно разворачивая драгоценный сверток, он сперва заметил карандашные штрихи. «Графика, — подумал с легкой тенью уважения, прогоняя без усилий прочь из сознания папу, подпирающего тучку. — Портрет... Портрет, черт побери, вот ведь сумасшедшая...»

Он сидел и молча разглядывал портрет. Иногда поднимал глаза, чтобы попытаться хоть что-то понять, но она молчала, смотрела спокойно, может, только слегка напряженно, как будто ничего и не было особенного в том, что она взяла и вот так запросто, не спросив разрешения...

— Похож, — вынесла она свой вердикт, пристрастно сравнив копию с оригиналом.

— Похож, — не стал спорить Алексей, — неплохо рисуешь. Польщен, никто никогда раньше не рисовал моих портретов. Это ты вчера?

— Вчера, — кивнула она.

— У тебя настроение было очень плохое или... совсем хорошее?

— Не знаю. — Она пожала плечами, опустила глаза, вяло ковырнула вилкой салат. — Просто скучала.

— Скучала?

— Ну да, скучала по тебе. Вот и нарисовала.

Он смотрел на нее и понятия не имел, что ответить. В голове крутилась только что произнесенная фраза, обрастая вопросительными знаками, чудовищным количеством вопросительных знаков: «Скучала? По мне? Скучала по мне?» Трудно, просто невозможно было себе представить, чтобы вот она — та, что сидит сейчас рядом, странная, смешная, опасная, как тонкий лед, равнодушная, непробиваемая, ребенок еще совсем, и эти приятели чертовы, и эта челка, и розовый лак на ногтях, и грустные хромосомы, и что-то еще, неуловимое, главное... скучала?

— Я тоже, — услышал он свой голос, — скучал.

Она кивнула — ну да, конечно, скучал, кто бы в этом сомневался. Можно было бы и не сотрясать воздух ради изречения столь очевидных банальностей. Алексей только вздохнул в ответ, в очередной раз почувствовав при вдохе, что плечи его за последние три года стали шире, но в данной ситуации, наверное, не было повода этим гордиться.

— Пойдем отсюда, — вдруг придумала она, торопливо выхватила у него сверток, свернула бережно, но быстро, снова взвизгнули поочередно молнии. — Пойдем.

Дарить портрет ему на память она определенно не собиралась.

— Пойдем, — согласился он без сожаления, бросив взгляд на столик в противоположном конце зала.

Официантка поймала его взгляд, подошла почти сразу, ожидая, видимо, нового заказа, и даже немного расстроилась, получив расчет.

Поднявшись, она махнула рукой в сторону приятелей, одними губами шепнула «пока» и пошла вперед не оглядываясь, все той же походкой. Алексей поплелся следом, с трудом сдерживая воображение: представилось почему-то, как он подходит к этому дальнему столику и переворачивает его ногой, и тарелки летят на пол, проливается красное вино на белоснежную скатерть, и все оборачиваются, и она оборачивается, и улыбается ему, и протягивает руку, и... Стоп, стоп, стоп!

Она обернулась уже на выходе, пропустила его слегка вперед и снова уцепилась за его мизинец и пошла рядом с ним молча, не говоря ни слова. А он почти ничего и не чувствовал, только это ее теплое колечко, и думал о том, что вот так бы и провести ее, чтобы держалась легонько за мизинец — через площадь, через улицу, через вечер, ночь, через жизнь. А еще о том, что же это — старческий маразм, или юношеский маразм, или детство, как говаривал все тот же командир, заиграло в непотребном месте, что он идет по улице с этой девчонкой, и она держит его за руку, как и полагается маленькой девочке, а он счастлив, как дурак, как тот самый папа, подпирающий тучку, как ребенок с воздушными шарами. Счастлив даже сильнее, чем тогда, в пятнадцать лет, когда все это было нормально и дураком полагалось быть по возрасту.

— Алеша, — окликнула она его по имени впервые — он сразу остановился, постаравшись не разорвать волшебную цепочку. — Мы пришли.

Он оглянулся. Они стояли посреди улицы, освещенной мутными фонарями, где-то вдалеке светились огнями жилые дома, вокруг не было ничего — только редкие силуэты уходящих в небо голых деревьев, устало и монотонно раскачивающихся в такт ветру.

— Мы пришли, — повторила она, и он снова огляделся вокруг.

Дорога, деревья и фонари. Если это то место, куда они шли и теперь пришли, — он ничего не имел против. Ему вообще было все равно — только как быть с мизинцем, который пригрелся и явно не хотел расставаться со своей теплой перчаткой?

И в этот момент он увидел в ее глазах слезы. Не поверил, протянул руку, прикоснулся к лицу — пальцы были влажными.

— Ты что? Ты что, плачешь, что ли?

Она улыбнулась сквозь слезы.

— Я же тебе сказала, у меня грустные хромосомы. Поцелуй меня, пожалуйста.

— Что?

— Поцелуй меня.

Колечко разжалось. Он поднял руки и прикоснулся к ее лицу нежно и бережно, как будто не верил, что держит в руках зеленоглазую птицу, так покорно замершую между его ладоней. «А как, собственно, нужно целоваться с маленькими девочками? — сверкнула молния среди ясного неба. — Как с ними нужно целоваться?»

Ее губы были уже в долях сантиметра от его, когда он «срулил» и приник сомкнутыми губами к ее холодной и влажной щеке. Прикоснулся и сразу же отпрянул, опустив вниз ладони.

— Ты... Ты что? — В первый раз за все время их знакомства он увидел в ее глазах настоящих и грозных чертиков. А потом она вдруг начала смеяться, просто хохотать, громко, без остановки, заразительно. Так заразительно, что ему захотелось провалиться сквозь землю — в тот момент, когда он наконец очнулся и вспомнил снова про тех, что сидели в дальнем конце зала, тех парней, с которыми она встречалась по очереди, а может быть, и сразу. И еще неизвестно, оказывается, кого из них двоих надо было целомудренно целовать в щечку, и снова захотелось провалиться сквозь землю, и эти долбаные хромосомы-головастики вдруг ощерились во весь рот, и провались она к черту, эта генетика... Поискать бы на земле второго такого дурака, второго такого идиота, вовек не сыщешь.

— Смотри, — она внезапно перестала смеяться, смотрела куда-то вверх, — смотри скорей!

Он покорно поднял глаза вверх — она, наверное, увидела там падающую звезду и сейчас потребует, чтобы он непременно ее поймал, и он будет ее ловить, будет носиться как дурак между столбами, лихорадочно высчитывая точку приземления. Непременно...

Но звезд на небе не было вообще — ни падающих, ни сияющих. Небо было темным и смазанным, едва-едва виднелся Млечный путь и бледный осколок луны на самом краю. Только деревья, уходящие в вечность.

— Котенок!

«Котенок», — услышал Алексей, с трудом пытаясь сосредоточиться на этом слове, которое вдруг потеряло свое значение. Наконец он его увидел — с трудом различимый силуэт мини-пантеры, трусливо висящей на ветке неподалеку расположенного дерева.

— Ты видишь?

— Вижу...

— Нужно его снять. — Она потянула его за рукав пиджака, и он послушно поплелся за ней, раздумывая над тем, что сложнее — поймать падающую звезду или снять с дерева подвешенного на высоте около трех метров глупого, наверняка попытающегося оказать отчаянное сопротивление кота. Если бы чуть пониже и если бы пиджак не сидел так плотно, уж лучше бы, наверное, все-таки звезда, но только кто его спрашивает —

все эти мысли вихрем пронеслись в голове, и он не успел опомниться, как она сиганула на дерево, обхватила ствол руками, как обезьяна, подтянулась наверх, еще раз подтянулась...

— Маша! Машка! — Он сразу забыл о том, что не хотел мириться с ее именем, имя стало привычным, в момент приросло к ее взлохмаченной шевелюре и зеленым глазам — конечно же, Машка. И снова повторил: Машка! — когда она уже спрыгнула с дерева, прижимая к себе взъерошенный комок шерсти. Котенок был рыжим с белыми пятнами и казался похожим на рыжего ежа, потому что слипшаяся шерсть торчала колючками.

— Да что ты заладил. — Она даже не смотрела на него, полностью сосредоточив ласковый, как успел заметить Алексей, взгляд на свой добыче.

— Ты, как обезьяна, по деревьям...

— Я спортивной гимнастикой шесть лет занималась. Ты посмотри, он весь дрожит. Бедненький.

Кот вцепился своими острыми коготками в ее розовый джемпер, вцепился намертво, так, что и не отдерешь его.

— И что мы будем с ним делать? — поинтересовался Алексей весьма холодно, как ей показалось. Она взметнула на него свои длиннющие накрашенные ресницы, пронзила острым, осуждающим взглядом:

— Ну не бросать же его здесь, на улице!

— Это понятно, — согласился он. — Придется, наверное, отнести его в детский дом для кошек. Или снять ему номер в гостинице...

— Детских домов для кошек не бывает, к сожалению. И гостиниц тоже. Нужно взять его домой. Ах ты, мой хороший... Бедненький, маленький...

Алексей даже позавидовал коту — такого количества ласковых слов, наверное, ни один представитель мужского пола в жизни своей не слышал. Если, конечно, это замызганное иглокожее животное вообще к мужскому полу относилось и не было кошкой.

— Это кот или кошка? — спросил он зачем-то.

— Какая разница, — ответила она, но все же попыталась отодрать зверя, чтобы как следует рассмотреть его. С большим трудом ей это удалось. — Кошка, кажется... Ах ты, мой хороший...

Половая принадлежность животного ее, конечно, не интересовала — не принимая ее во внимание, она продолжала воспитывать у кошки дурные наклонности:

— Маленький мой, замерз.

— Ты обращаешься к кошке в мужском роде. Ты Фрейда не читала?

— Перестань, пожалуйста. Фрейд не о кошках писал, а о людях.

— Читала?..

— Ну, читала, — отмахнулась она. — И Набокова твоего я тоже читала, кстати. И еще много чего читала, я вообще читать люблю. Какое это имеет значение?

— А «Приглашение на казнь» тоже читала? — с подозрением в голосе поинтересовался он, чувствуя себя, наверное, как прокурор на судебном процессе, произносящий обвинительную речь: вот сейчас-то он все про нее и узнает, и эта челка, и эти пальцы, смазывающие челку...

— Нет, не читала...

«Обвинительная речь» с треском провалилась.

— Послушай, возьми его к себе.

— К себе? Я?

— Ну да, конечно. Пожалуйста. — Она смотрела на него умоляющими глазами, кошка отчаянно мяукала, издавая звуки, похожие на карканье заболевшей ангиной вороны.

— Посмотри, какой он хороший. Возьми его к себе.

— Он, конечно, хороший... Мяукает, правда, не слишком мелодично, но это ничего, ко всему привыкнуть можно. Только почему я?

— Я не могу, я взяла бы. Меня Сергей вместе с этим котом на улицу вышвырнет. Он терпеть не может кошек.

— Сергей... — повторил он, заставил себя остановиться, не продолжать начатую тему. «Бог мой, — подумал он, — откуда я знаю, что она ответит. Она может ответить все, что угодно. Она скажет, что Сергей — это ее муж, с которым она уже два года состоит в гражданском браке. С нее станется. Почему бы не выскочить замуж в тринадцать лет, что за предрассудки?»

— С чего ты взяла, что я люблю кошек?

— Ты? Ты не любишь кошек? — Она смотрела на него и хлопала глазами, как будто видела летающую тарелку, битком набитую инопланетными существами, которая только что приземлилась у ее ног.

— А кто такой Сергей?

— Сергей — это мой отчим, мамин муж.

— Я люблю кошек. Обожаю кошек, знаешь, всю жизнь мечтал...

— Правда?

— Правда. А почему ты плакала?

— Не знаю, у меня бывает иногда. Ты его возьмешь?

— А у меня есть выбор?

— Если не хочешь... Есть выбор, я думаю...

64

«Ошибаешься, — подумал Алексей. — Ох как ошибаешься. Я бы притащил домой десяток кошек, я бы обвешался ими с ног до головы, наверное, потому что...»

— Давай сюда это симпатичное животное.

— Держи. — Она передала ему котенка вместе с розовыми ворсинками от своего джемпера, которые тот решил прихватить на память о своей первой хозяйке.

— Кажется, он меня больше любит, — простонал Алексей, почувствовав, как зверь вцепился в него когтями. — Просто жить без меня не может...

Она улыбалась, поглаживая котенка, намертво прилипшего к его груди.

— Ладно, я побежала. Мне еще уроки делать.

— Так я тебя провожу...

— Нет, не надо! — Она отчаянно жестикулировала. — Мне здесь близко — видишь, вон тот дом. Не надо, а то увидит, потом начнутся допросы... До свидания, мой хороший!

Последние ее слова были обращены, естественно, к кошке.

— Эй! — окликнул он, когда она была уже на расстоянии нескольких шагов. — Завтра увидимся?

— Да, конечно!

— Так завтра не моя смена! У меня выходной! А потом воскресенье...

— Тогда приходи сюда!

— А во сколько?

— Часов в шесть!

«Часов в шесть, — мысленно повторил Алексей с интонацией приговоренного к смерти. — Не в шесть часов, а часов в шесть. Это значит, что кто-то из нас должен отираться возле этого дерева с пяти до семи. Интересно было бы знать, кто именно?»

Он открывал дверь ключами, стараясь не шуметь: мама скорее всего еще не легла, она никогда не ложится, не дождавшись его, и все же Алексею не хотелось, чтобы она увидела его сразу с порога с этим замызганным клубком шерсти на груди. «Интересно, а моя мама любит кошек? А папа?»

Вопросы эти в данной ситуации были уже скорее риторическими. Отца, к счастью, не было дома — снова ушел на сутки. Бесшумно захлопнув дверь, он наклонился развязать ботинки и обнаружил на полу рядом с полкой туфли. Знакомые ярко-красные туфли на тонкой и высокой шпильке, каких его мама даже в самой ранней молодости, наверное, не носила. «Черт», — простонал он мысленно, не находя других слов и втайне подозревая, что это не просто ругательство, а эпитет, которым он в сердцах наградил конкретного человека. То есть конкретную женщину, которая на черта внешне была совсем не похожа. Только вот какую из них двоих?

В этом он не успел разобраться — все еще склонившись над ботинками, увидел в поле зрения приближающиеся к нему в тапочках ноги обладательницы красных туфель. Блеснули черным глянцем капроновые чулки...

— Алексей! — всплеснула руками мать, появившись почти сразу же из-за спины Людмилы.

— Ну Алексей. Уже двадцать два года Алексей...

Людмила стояла, сложив на груди руки, в черном облегающем платье со стразами, с высокой прической, прихваченной рубинового цвета заколкой, с рубинами

66

в ушах, в облаке «Черутти» — и в клетчатых тапочках, которые на два размера превосходили размер ее ноги.

— Господи, что это? — снова всплеснула руками Анна Сергеевна.

— Это? — Алексей лихо, с первой попытки отодрал пронзительно каркающую кошку от груди и бережно усадил на пол. — Это кот. То есть, я хотел сказать, кошка, мать ее... была вороной, кажется. Поэтому она так странно мяукает. Не обращайте внимания.

— Вороны не рожают кошек, — послышался холодный голос Людмилы. — Где ты был? Ты пьяный?

— Наглухо, — подтвердил Алексей, шатнувшись в сторону и икнув для большей убедительности. — Я наглухо пьяный, а вороны вообще не рожают. Они яйца откладывают.

— Где ты был? — снова повторила она вопрос, оставшийся без ответа.

— В зоопарке, где же еще. На выставке редких животных. Вот, прихватил с собой один экземпляр. Хотел вас порадовать...

— Алексей, прекрати паясничать! — почти прокричала мать.

Он подошел, легонько обнял за плечи их обеих, заранее зная, что это окажется пустым утешением.

— Ты же ушел, сказал, что в театр...

— Я и шел в театр. Честное слово. А попал в зоопарк. Такое бывает. Да успокойся, мама. Ну вот же я, ничего не случилось. А мы сами разберемся с Людмилой. Правда, Людочка?

Людмила молчала, благоухая «Черутти».

— Пойдем. — Он потянул ее за собой в комнату и снова обернулся к матери. — Мам, прости. Этого кота на самом деле больше некуда было девать. Абсолютно некуда, пришлось взять его с собой. Но он ничего, нормальный кот, мам. Правда, с ним даже дружить можно...

— Ты же сказал, что это кошка?

— Ну кошка, какая разница...

— Большая! Что ты с котятами собираешься делать? Топить?

— Мама! — укоризненно ответил Алексей. — Она же еще не беременная! Она же еще маленькая совсем...

— Маленькая, так вырастет!

— Ну вот когда вырастет...

Анна Сергеевна подняла котенка с пола.

— Шерсть какая-то розовая в когтях... Откуда это?

Людмила метнула взгляд в сторону котенка — короткий, но многозначительный. Алексей поспешил затолкать ее в комнату, сделав вид, что не расслышал вопроса.

— Алеша, ты кушать-то будешь?

— Нет, спасибо, мам, я курицу поел.

— Курицу?..

— Да, что-то мне сегодня захотелось...

Он закрыл дверь, позволив Анне Сергеевне переварить поступившую информацию.

— Может, ты беременный, — послышалось из глубины комнаты.

Он обернулся — Людмила стояла спиной. Она знала, что он терпеть не может куриное мясо. Алексей молчал.

Он на самом деле просто не знал, что сказать. Паяц, проснувшийся в нем на пороге, хихикая и растягивая в кривой усмешке губы, настойчиво нашептывал на ухо:

«В слезах отчаянья Людмила от ужаса лицо закрыла — увы, что ждет ее теперь!»

Но это был не вариант. Разыгрывать фарс дальше не хотелось, да и не имело смысла.

— Извини. Ты меня ждала, а я не пришел. Я подлец, наверное.

— Можно было заранее позвонить и сказать, что у тебя другие планы.

— Можно было. Если бы они были, эти другие планы. Но я честно шел в театр.

— Только не говори, что попал в зоопарк.

— Я и не говорю.

— Наверное, скажешь сейчас, встретил старого приятеля.

— Встретил. Приятеля, — согласился он, немного подумав. — Старого.

— И вы с ним немного посидели в баре. Выпили по кружке пива.

— Посидели, — снова согласился Алексей. На самом деле возразить пока что было нечего.

— Это он, твой старый приятель? — Людмила обернулась. Глаза были слегка влажными, в руке — газета. Та самая газета, вчерашняя газета с кроссвордом, которую он и не подумал выбросить или по крайней мере убрать с глаз долой. И вот теперь его приперли к стенке.

— Он. — Возражать показалось бессмысленным.

— Что-то он не слишком старый.

— Не слишком, — согласился Алексей. — Молодой, можно сказать даже.

— Можно сказать даже слишком. — Людмила усмехнулась, пытаясь придать лицу равнодушное выражение. — Слишком молодой. Ты, кстати, знаешь, что в Уголовном кодексе есть статья за совращение несовершеннолетних?

— Да?

— Да.

— Учту, когда буду совращать.

Некоторое время они молчали.

— Это значит — все? — спросила она наконец тихо.

— Не знаю, — откровенно ответил он, почувствовав, что силы окончательно иссякли. Но он на самом деле не знал, что все это значит.

Снова воцарилось молчание.

— А розовый цвет ей, наверное, к лицу. Знаешь, мультфильм такой есть, «Розовая пантера» называется. Дети вообще любят мультфильмы и часто воображают себя их героями. Это возрастное.

— Значит, пройдет, — откликнулся Алексей.

Людмила поднялась, положила газету на стол. Прошла, задев только облаком аромата, к выходу.

— Позвони, если захочешь. Только не думай, что я буду ждать.

Дверь захлопнулась — немного громче, чем обычно. Совсем немного, но все же громче.

«Да мало ли художников в Саратове?» — подумал Алексей, вспоминая полотна в ящике ее письменного стола. Мысль, однако, облегчения не принесла. Не стало легче и в тот момент, когда он услышал звук захлопывающейся входной двери.

— Алеша! — тут же появилось в дверном проеме лицо матери. — Что же ты Людочку не проводил?

— Она не захотела, мам.

— Не захотела, — усмехнулась Анна Сергеевна. — Поссорились?

70

Алексей молчал.

— И правильно, и нечего теперь расстроенный вид делать! Прождала тебя весь вечер, волновалась, мы уж чего только не передумали. Ты где был-то?

— Приятеля встретил.

— Приятеля... Эх, ты! Андрюшку, что ли?

— Мам, давай не будем...

— Не будем... — вздохнула мать. Только в этот момент он заметил, что в руках у нее банное полотенце. Заметил, потому что услышал знакомое, только чуть приглушенное карканье.

— Ну чего ты пищишь. Теперь хоть чистая. Хорошая кошечка...

Она наклонилась и выпустила из полотенца ни на что не похожее чудовище с огромной ушастой головой и тонким туловищем, покрытым длинными, торчащими в разные стороны колючками. Зрелище не для слабонервных.

— Рыженькая, — вздохнув, произнесла Анна Сергеевна. — Давай ее Геллой назовем. Рыжая Гелла, как у Булгакова...

— Мам, — Алексей поднялся, подошел, обхватил мать за плечи, прижал к себе, — какая ты у меня замечательная. Как я тебя люблю. Давай, конечно, назовем ее Геллой. Как у Булгакова.

— И нечего меня обнимать. — Посуровев, мать отстранила его от себя. Наклонилась, протянула руку, подняла с пола кошку, которая только что обрела имя, и невозмутимо произнесла: — Иди ко мне, маленький. Иди, мой хороший.

— Мама, — простонал сквозь подступающий смех Алексей. — Мама, скажи, ты Фрейда читала?

— При чем здесь Фрейд? — нахмурилась Анна Сергеевна. — Вечно ты, Лешка, со своими странностями. Это же кошка.

«На самом деле, — подумал Алексей, — это же просто кошка, и Фрейд здесь совершенно ни при чем».

Когда минутная стрелка на циферблате наручных часов доползла до половины седьмого, Алексей, внутренне чертыхнувшись, решил уйти домой. В самом деле, «часов в шесть» — понятие растяжимое. Даже слишком растяжимое, это очень ясно понимаешь после того, как простоишь целый час на холоде, как придурок, возле липы. «Или это все-таки тополь», — в сотый раз, наверное, за вечер подумал Алексей, но к конкретному решению так и не пришел. Единственное, что он решил, что ждет еще пять минут — и уходит. Быстрым шагом, а наперед будет знать, что договариваться о времени встречи нужно более конкретно. Хотя вряд ли так удастся с человеком, у которого нет никаких представлений об обязательности. «Нет, все-таки липа. Тополь должен быть выше. Но может быть, это молодой тополь?» «Или старая липа, идиот, — шепнул, ухмыльнувшись, внутренний голос, который принято называть голосом рассудка, — пять минут уже прошло».

Наконец он ее увидел. Она шла неторопливо по другой стороне улицы, разглядывая пролетающих мимо ворон...

Пролетающих мимо ворон он придумал сам — на самом деле она никого не разглядывала и шла достаточно быстро.

— Привет. Извини, я задержалась.

— Ничего, — выдохнул Алексей, — я сам только что пришел. Как ты думаешь, это тополь или липа?

— Тополь, конечно, — разрешила она его сомнения. — С него летом знаешь как пух летит!

— Ты сегодня замечательно выглядишь.

Он разглядывал ее лицо. Она снова над ним потрудилась — ресницы тяжелели под тушью, губы аккуратно прорисованы и покрыты бледно-розовой помадой. Тот же розовый джемпер и приглаженная прическа, которая, подумал он, делает ее какой-то недосягаемой, немного чужой.

— Только прическа... Знаешь, ты мне больше нравишься лохматой.

Она усмехнулась — было понятно, что не поверила.

— Как наша кошечка?

— Прекрасно. Она оказалась пушистой, когда высохла наконец. Мама назвала ее Геллой.

— Как у Булгакова, — одобрила она.

— Ты и Булгакова читала?

— Кто ж его не читал. Ну пойдем.

— Пойдем, — согласился он, согнул руку в локте, втайне надеясь, что она отвергнет его предложение и схватится, как вчера, за мизинец. Даже оттопырил его слегка непроизвольно, но она и думать забыла о мизинце. — Куда мы идем? — поинтересовался он, поняв, пройдя несколько шагов, что на этот раз не он, а она ведет его куда-то.

— Мы идем в гости.

— В гости? — Он даже остановился от неожиданности. Совсем, совсем не хотелось идти ни в какие гости, сидеть среди незнакомых сопливых парней-подростков и девочек с прыщами на лице. Он ясно представил себе эту компанию тинейджеров, собравшихся, видимо, с единственной целью — поглазеть на новый кадр их подружки Маши. Представил даже, как они будут обсуждать его, хихикая, обмениваясь скабрезностями, после того как он уйдет. Нет уж, только не это, что за глупая затея, стоило ради этого полтора часа торчать под деревом!

— Я не хочу в гости. Не пойду в гости. — Он врос ногами в землю, как упрямый ослик, которого никакими уговорами с места не сдвинешь.

— Да почему?

— Не хочу. Знаешь, ты сходи в гости без меня.

— Очень интересно, наверное, ходить к самой себе в гости без тебя. Как-нибудь попробую сходить, только в другой раз, а сейчас...

— Только не говори, как сильно нас там ждут твои приятели. Наверное, нужно было сначала у меня спросить...

— Да нет там никаких приятелей!

— Нет приятелей? — опешил Алексей, и воображение в тот же миг нарисовало перед ним новую, еще более нелепую картину. — Так ты что, с родителями меня познакомить решила?

Она молчала, и он принял ее молчание за знак согласия, разозлившись еще сильнее.

— Интересно, в качестве кого ты меня им представишь? Как своего нового гувернера, или репетитора по немецкому, только учти, я в школе английский изучал, или, может быть...

Она молчала, смотрела пристально каким-то новым взглядом — сколько же у нее в запасе этих взглядов, подумал Алексей, когда она успела их накопить, и замолчал, подавленный ее молчанием.

— Да что с тобой сегодня, Алеша? Нет там никаких родителей. Там вообще никого нет.

— Вообще никого, — повторил Алексей, поняв наконец, в чем кроется подвох: там вообще никого нет.

Там вообще никого нет, а это значит — только он и она, и это был удар уже совсем ниже пояса, он просто представить себе не мог, что все это могло значить. Только он и она, ей пятнадцать, а ему двадцать два, он думает о ней не переставая уже третьи сутки, у нее зеленые глаза и лохматые белые волосы, и не нужно было стоять полтора часа под тополем, чтобы понять, что Фрейд не имеет к кошкам никакого отношения. Где же они, тоскливо заныло сердце, эти сопливые подростки, он бы расцеловал их всех, если бы они появились, он с огромной радостью разделил бы с ними этот вечер, он бы травил анекдоты, он бы покурил с ними травки, он сделал бы все, что угодно...

— Ты похож на большой вопросительный знак, который стоит почему-то в начале предложения. — Ее голос вернул его в реальность, с сопливыми подростками пришлось расстаться и снова смотреть и видеть перед собой ее накрашенные зеленые глаза. — Только знаки препинания обычно ставят в конце, тебе не кажется?

— Не всегда, — буркнул он, поняв, что она разгадала его мысли, но сочувствия не проявила. — Бывают еще запятые и всякие многоточия, которые ставятся посередине.

— Давай не будем проводить урок русского языка.

— Давай, — согласился он, но с места не сдвинулся.

Она посмотрела на него исподлобья, повернулась и пошла вперед. Вспомнив ослика — того самого, которого Шурик в «Кавказской пленнице» с места не мог сдвинуть и который шел только вслед за симпатичной девушкой, Алексей медленно поплелся следом.

Она обернулась. Дождалась, пока он ее догонит, просунула руку под локоть, улыбнулась чему-то, не дав никаких пояснений.

— А где ты живешь? — Услышав свой голос, Алексей подумал: наверное, именно с такой интонацией преступник произносит слово «виновен», признаваясь в своих злодеяниях, лелея лишь последнюю надежду на то, что чистосердечное признание облегчает наказание. Слабую, призрачную надежду.

— Да вон в том доме, я же тебе вчера показывала.

Он посмотрел в ту сторону, куда она кивнула. Обыкновенный, ничем не примечательный, ничуть не зловещий дом. И правда, на кой черт они ему сдались, эти прыщавые подростки?

«Фотографии, — промелькнула спасительная мысль. — Мы будем смотреть фотографии. Это вполне естественно, так всегда бывает, когда первый раз приходишь в гости. Мне очень интересно посмотреть, какая она была в детстве. То есть совсем маленькая. Потом, может, попьем чаю с печеньем. Можно посмотреть телевизор, пожалуй... Мультфильмы...»

— Эй, что тебя так рассмешило? — Она требовательно дернула его за рукав. Мелькнула на лице легкая тень обиды, как будто ее забыли пригласить на веселый праздник, оставили дома одну учить надоевшие уроки.

— Ты мультфильмы смотришь вообще?

— Мультфильмы? Вот еще. Даже в детстве не смотрела.

— Даже в детстве, — повторил он. — Странно как-то.

— Скажи, что я чокнутая. Ты уже говорил, скажи еще раз.

— Извини...

— Да нет, я не обиделась. Сейчас направо. Вот мы и пришли.

«Приплыли», — обреченно простонал внутренний голос, Алексей вздохнул и запретил себе, дал честное слово, что больше не будет думать об этом. О чем «об этом» — было в общем-то не совсем понятно...

Она включила в прихожей свет, и Алексей присвистнул от удивления:

— Ничего себе!

— Все, когда первый раз приходят, так говорят. — Она окинула равнодушным взглядом просторный, огромный холл, который только подлец или недоумок мог бы обозвать прихожей. — Говорят, что такие только в журналах бывают. А мне плевать.

Алексей в который уже раз за время их общения понял только то, что он ничего не понял.

— Это он под заказ планировку делал. Когда дом только строился, вместо двух квартир, которым здесь положено быть, сделали одну. Дизайнера из Москвы выписывал, плитку вот эту из Италии привозили... Тебе правда это очень интересно?

— А он — это вообще кто? Господь Бог?

— Мамин муж, — откликнулась она уже из глубины квартиры. — Но это почти одно и то же. Да проходи же ты, чего застрял на пороге!

— Это который Сергей?

— Сергей, Сергей, он самый. Идем.

Он послушно шел за ней, озираясь по сторонам.

— Ты, похоже, не из бедной семьи девочка.

Она застыла, медленно обернулась к нему. И он почувствовал себя подлецом — последним из последних, самым состоявшимся на земле подлецом. Даже дышать трудно стало.

— Откуда ты берешь эти свои взгляды, скажи мне...

Она ничего не сказала. Наверное, потому, что не смогла расслышать слов, которые, как крик, прозвучали только в его сознании. Вместо этого, не в силах молчать, он произнес первое, что пришло в голову, первое, что шло вслед за тем, что было невозможно выразить словами:

— Умойся наконец, а?

Она распахнула дверь:

— Вот моя комната. Проходи.

И проскользнула мимо, потом скрылась за каким-то поворотом немыслимого изгиба стены и исчезла.

Он вошел внутрь. Вошел и снова удивился, отстраненно подумав, что пора бы уже и прекратить каждый раз удивляться, иначе под конец дня с ума сойти можно будет или умереть с застывшей на лице улыбкой идиота. Комната была — как осколок погибшей шлюпки, который из жалости тащили на берег, свалив на палубе большого корабля. Обои в квадратик, определенно производства Саратовской обойной фабрики, причем не самый шикарный образец, выцветший коврик на полу, диванчик, обитый гобеленом, письменный стол — коричневая, потрескавшаяся местами полировка такого же цвета, как на двустворчатом платяном шкафу в углу, — стопка учебников в уголке, затертые корешки книг на полках. Стул в углу, на столе — покрытый пылью старый аккордеон. Не хватало только таблички с надписью: «Здесь в конце прошлого века жил и работал...», чтобы успокоиться наконец и понять, что ты просто попал в музей. Где она откопала всю эту рухлядь?

— Таким образом подростки демонстрируют свой протест. Против пошлости и бездуховности окружающего их мира. Яркая иллюстрация. Не будем судить их строго, подростков, ведь они, в сущности, еще не люди, а так, подростки... — прокомментировал увиденное знакомый голос за кадром. Алексей обернулся и попал в кадр — она стояла на пороге, прислонившись к дверному косяку, пытаясь улыбаться. Трудный ребенок. С ясным взглядом и чистым, без малейших следов косметики, лицом.

Захотелось схватить ее и прижать к себе, вырвать из этого странного мира, из пространства, которое ее окружало, из времени, из ее возраста, чтобы она снова стала маленькой девочкой — совсем маленькой девочкой, или пусть стала бы взрослой, пусть постарела бы лет на пять, черт с ними, с годами. Пусть семь, десять, пусть двадцать, двадцать пять, но не пятнадцать. Только не пятнадцать...

— Нравится?

— Нравится, — честно ответил он, потому что в тот момент, когда она появилась, этот «музей боевой славы» показался райским уголком.

— А мне кажется, без косметики я совсем как бледная поганка.

— Ты не бледная и не поганка. А я вообще-то про комнату говорил.

— Про комнату? Что же здесь может нравиться? — Она не поверила.

— Все... — он оглянулся по сторонам, — вот все, что здесь есть. Ты на баяне играешь?

И остановил свой взгляд на ней — дальше взгляд почему-то не двигался, как тот самый ослик, в который раз подумал Алексей.

— Это аккордеон.

Она смотрела на него долго и пристально, почти без выражения, как будто просто отыскала для взгляда комфортную точку, дала ему отдохнуть. Совсем как Алексей два дня назад пялился на лестницу.

— Эй! — Он щелкнул пальцами в воздухе. — Ты где?

— Я на кухне. Сейчас приду.

Она снова скрылась, оставив его в одиночестве. Он нерешительно прошел вперед, по инерции — к книжным полкам. Там была по преимуществу русская классика — Тургенев, Толстой, Достоевский, мелькнули Гюго и Агата Кристи. Набокова он не приметил, ничего из современной прозы, которую он так любил, тоже не было. Одна книга заинтересовала его своим странным — не то чтобы странным, а несколько неуместным в окружении «Анны Карениной» и «Идиота» — названием: «Молекулярно-цитологические основы закономерностей наследования признаков».

Он взял ее в руки — книга была старая, семьдесят восьмого года издания. Открыл наугад: «В стадии анафазы к полюсам клетки расходятся по одной гомологичной хромосоме каждой пары, причем сочетание негомологичных хромосом, отошедших к тому или иному полюсу...» Не понял ни слова, закрыл книгу.

— Поставь на место, пожалуйста, — услышал он и обернулся.

Она появилась с большим подносом в руках, на котором стояла бутылка вина, два тонких стеклянных фужера и небольшая овальная тарелка с нарезанным сыром. Прошла на середину комнаты и опустила поднос прямо на пол.

— Ты не против? Ну не сидеть же нам за письменным столом...

Он был не против.

— Хорошо. Только скажи, откуда в пятнадцать лет человек может знать, что к красному вину подается сыр?

— Понятия не имею. Ты у него и спроси.

— У кого? — поинтересовался он, испытывая уже знакомое ощущение: сейчас, вот сейчас он снова почувствует себя полным кретином. Уже начинает чувствовать.

— У человека, которому пятнадцать лет.

— Ты мне, между прочим, сама говорила. Два раза даже говорила, что тебе пятнадцать, — взбунтовался он. Чувствовать себя кретином не хотелось. — Вчера вечером говорила, помнишь, в кафе сидели.

— Так то вчера было. А сегодня — это уже сегодня. Сегодня уже шестнадцать. — И пропела, брякнувшись на пол рядом с подносом, вытянув длинные ноги: — Хэппи бёздей ту ю-ю... Ты же сам говорил, что после пятнадцати — шестнадцать...

— Да, это все в корне меняет, — буркнул Алексей. — Твоим ногам тоже шестнадцать?

— Не знаю. — Она некоторое время разглядывала свои ноги, пытаясь, видимо, всерьез определить их возраст. — А что?

— Слишком длинные. За каких-то шестнадцать лет выросли так, что мне теперь сидеть негде. Может, им все же двадцать пять?

— Ну уж нет, — обиделась она. — Не хочу такие старые ноги. Ты всерьез полагаешь, что они родились на девять лет раньше и бегали по свету, поджидая, когда появится на свет мое туловище?

— Я всерьез полагаю, что мне негде сидеть.

— То есть ты предпочитаешь коротконогих девушек?

Алексей вздохнул, ничего не ответив. Переговорить ее было невозможно — она была как автомат, четко запрограммированный на то, чтобы оставлять за собой последнее слово.

— Ладно, — она, видимо, довольная, что программа ее работает безотказно, прижала колени к подбородку, — садись.

Некоторое время он смотрел на нее. Сейчас она была совсем такой же, как в тот день, когда он увидел ее в первый раз, на лестнице. Сидела точно в такой же позе, сверкала зелеными глазами. И выглядела лет на десять — двенадцать. Только волосы были приглаженными.

Он подошел к ней, опустился рядом на колени, протянул руку и погладил по голове, потрепал легонько, взлохматил волосы. Она стала совсем прежней.

— Вот так лучше. Гораздо лучше.

Она на секунду прикрыла глаза и слегка потерлась носом о его ладонь, как трется собачонка, выражающая свою безграничную привязанность к хозяину. Алексей почувствовал теплое прикосновение кожи и легкое, едва заметное — да и было ли? — прикосновение губ. И окаменел, превратившись в коленопреклоненную статую.

— Ладно, вставай. — Она смотрела серьезно, без улыбки, он чувствовал ее дыхание, знакомый запах парного молока. — Вставай, я тебя уже простила.

— Меня на самом деле не следовало прощать. — Он с трудом сбросил с себя оцепенение. — Мне нет прощения. Я пришел к девушке на день рождения без цветов.

— Ненавижу цветы. Если бы ты приперся с цветами, я бы спустила тебя с лестницы. Кстати, положи книжку на полку.

«А ведь спустила бы на самом деле», — подумал Алексей, нисколько не усомнившись в том, что она говорит правду, и заранее предположив, что любые расспросы по поводу этой странной ненависти к цветам окажутся бесполезными.

— «Молекулярно-цитологические основы закономерностей наследования признаков»... Интересная вещичка. Почитываешь на сон грядущий?

— Положи, пожалуйста, книжку на полку. И сядь, наконец.

Он послушно поставил книгу на место, в очередной раз поняв, что бесполезно ее о чем-либо расспрашивать, и опустился на пол.

— Открывай. — Она пододвинула к нему бутылку и протянула штопор.

Алексей откупорил вино, разлил не торопясь по бокалам. Мелькнуло смутное воспоминание: «Кажется, я собирался смотреть фотографии... Или мультфильмы?»

— Что ж, прими мои поздравления. Вместе с искренними пожеланиями счастья. Счастья тебе — много-много...

— Я столько не съем, — улыбнулась она, — но все равно спасибо. Пригодится про запас. Если бы можно было счастье в банках консервировать!

— Знаешь, я тоже об этом однажды подумал. Когда ты сидела у меня на столе в вестибюле, а потом ушла — так же внезапно, как и появилась. Я тоже подумал про счастье в банке. За тебя!

Бокалы, столкнувшись, мелодично зазвенели.

— За тебя, — повторил он, она кивнула.

Алексей пригубил вино — оно оказалось в меру сладковатым и терпким, видимо, насколько он разбирался, это был очень хороший сорт. Сделал еще несколько медленных глотков и поставил бокал на импровизированный стол. Рядом уже стоял другой бокал — абсолютно пустой.

— Ты что? Напиться решила?

— Напиваются водкой. А вино просто пьют.

— Это смотря сколько. — Он продолжал вживаться в не слишком понравившуюся роль строгого наставника.

— Да ладно тебе, не бубни. Не надо делать дядю Сережу.

— Кстати, о дяде Сереже. Где твои родители?

— У меня только мама, — напомнила она. — Они сделали мне подарок.

— Хороший подарок?

— Не знаю. Я еще не поняла. Вот смотрю на тебя и думаю, хороший ты или плохой?

— Хороший, — заверил он ее. — Только, прежде чем дарить, нужно было спросить у подарка...

— Да ладно тебе, — снова сказала она. — Я же так шучу.

— Я понял, что ты шутишь, — ответил Алексей, пытаясь убедить себя в том, что она на самом деле просто шутит.

— Дядя Сережа мне хотел колечко с бриллиантом подарить. А я послала его на три буквы — знаешь такое слово?

— Знаю. Только детям таких слов знать не положено. А уж тем более употреблять.

— Вот и он мне то же самое сказал.

— А ты?

— А я продублировала.

— Кто бы сомневался...

— А потом попросила слезно, чтобы они уехали наконец на дачу. С ночевкой. Там тепло и прекрасно. Осенний пейзаж, знаешь... И они уехали. Вот такой подарок. Самый лучший в моей жизни. А колечки пускай своим сучкам на пальчики нанизывает.

Она смотрела вниз, на пол.

— Извини. — Он просто не знал, что сказать. — Я, кажется, затронул неприятную тему.

— Да, давай не будем о грустном. Лучше расскажи: сильно тебе вчера досталось от любимой девушки?

— Мне? От любимой девушки? — Он уставился на нее, на долю секунды и правда заподозрив в ней экстрасенса.

— Ну тебе, не мне же...

— С чего это ты взяла?

— Ты же в театр собирался, — ответила она равнодушно, как будто и не собиралась вовсе здесь и сейчас раскладывать его всего как есть по полочкам. — В костюме, при параде. В театр не ходят поодиночке.

— Может, я с другом собирался?

— Может, и с другом, — ответила она без эмоций. — Сильно досталось от друга?

Он посмотрел на нее и понял, что разбит. Разложен по этим самым полочкам, как книжки у него за спиной.

85

Том первый, том второй, том третий. Разбит, разложен, распят. И ничего здесь не попишешь.

— Никакая она не любимая девушка, — проговорил он первое, что пришло на ум, мысленно обозвав себя тупым бараном. — Просто девушка, я с ней встречаюсь иногда...

— Зачем же встречаться с нелюбимой девушкой?

Вот уж на этот-то вопрос он точно ничего не мог ответить. Утешало лишь одно — что он не одинок в многомиллионной, наверное, толпе людей, которые тоже ничего вразумительного в данном случае произнести не смогли бы. Баран, как говорится, в своем стаде...

— Налей еще вина.

— Тебе — половинку.

— Как хочешь. — Ей было без разницы.

Он налил два полных фужера, поднял свой.

— За тебя.

Она покачала головой, не согласившись.

— Так не бывает. Знаешь, черное — белое, холодно — жарко, любит — не любит. За меня — за тебя.

— Ладно, давай за меня, для соблюдения порядка.

— Спасибо тебе.

— За что?

— Пока не знаю. — Она поднесла бокал к губам.

Он пристально смотрел на нее, собираясь сказать «стоп», когда перевалит за половину, но она сделала всего лишь пару глотков и поставила бокал на место. Он облегченно вздохнул и выпил свой — почти до дна, сам не ожидая.

— Прикури мне сигарету.

Он, немного смутившись, достал из кармана брюк пачку «Бонда».

— Будешь такие курить?

— Какая разница. — Она даже не взглянула на марку сигарет, смотрела на него. Не смотрела, а просто сверлила глазами...

— На, держи. — Он протянул ей сигарету, она долго не брала ее, потом взяла, затянулась глубоко, полной грудью, и отвела глаза в сторону. Он наконец почти перестал сомневаться в том, что в этой комнате вообще существует кислород. Немного, но, кажется, все же имеется. Продержаться можно — по крайней мере минут пять или семь. А потом...

Она откинула голову назад, прислонила к стене, закрыла глаза. Сидела и курила с закрытыми глазами, затягиваясь каждый раз так глубоко, как будто хотела просто съесть сигарету. Курила как-то совсем не по-женски, абсолютно без признаков кокетства, курила по-мужски, по-мужицки даже. Алексей поднял бокал и тут же осушил его, словно надеялся, что сладковатая жидкость сможет заменить ему кислород. Кислород, которого по-прежнему критически не хватало.

Она открыла глаза, как будто проснулась, поискала взглядом то, чего и в помине не было — пепельницу, смяла окурок в винной пробке. Поднялась не глядя с пола и подошла к окну. Некоторое время постояла молча, не поворачиваясь.

— А почему ты спросил?

— Что спросил? — Мысли его были уже далеко, он спрашивал у нее о многом и никак не мог вспомнить, о чем именно.

— Про сигареты.

— Про сигареты... Я спросил про сигареты, потому что ты ведь такие дешевые не покупаешь... Кажется...

— А с чего ты взял, что я их покупаю? Я их вообще не покупаю, я их ворую.

— Воруешь?

— Ну да, ворую. Разные, какие под руку попадутся. Иди сюда, что ты там сидишь один.

— Нехорошо...

Он собирался сказать ей о том, что воровать нехорошо. Он поднялся с пола, подошел к ней, без конца повторяя в мыслях, чтобы не забыть, не сбиться, те самые слова, которые он должен был ей сказать. Что воровство еще никого до хорошего не доводило, что это неприлично, совсем неприлично, только бы не забыть, а она повернулась к нему, и он вдруг понял, что она не дышит сейчас, вообще перестала дышать, а потом сказала тихо:

— Раздевайся.

— Зачем? — тупо спросил он, не узнавая собственного голоса. Сердцу вдруг стало тесно в груди, оно как будто выросло за доли секунды...

— Люди обычно делают это, раздевшись. Так гораздо удобнее, знаешь...

— А ты... знаешь?

Она не ответила — медленно, заторможенным каким-то движением стянула через голову розовый джемпер, отшвырнула его на пол. Осталась в белом кружевном бюстгальтере и джинсах. Он понял уже, что не дождется от нее этого «нет», которое так хотел услышать, и снова вспомнил павлинов за столом, с которыми она встречалась по очереди, и... «Господи, сколько же их у тебя было? Сколько?»

Она продолжала раздеваться, совсем не похожая на стриптизершу, неловкими, порывистыми движениями сбрасывала с себя одежду, швыряла ее в разные стороны — джинсы, колготки, бюстгальтер... «Сколько же?»

— Ну что же ты, — пробормотала она, опустив глаза. — Что же ты.

Он шагнул к ней, взял за плечи, притянул к себе, почувствовал упругость кожи, разглядел голубые жилки, спускающиеся от шеи — вниз, вниз... Она обхватила его руками, закрыла глаза, прижалась. Сердце все продолжало расти, все росло и росло. Снова замелькала одежда, полетели на пол пуговицы от рубашки, закружились перед глазами, смешиваясь, пол и потолок. «Машка, — повторял он без конца, снова и снова, — Машка, — пытаясь заглушить в сознании эту навязчивую, мучительную, такую мучительную мысль, — сколько же их у тебя...»

И только в последний момент, в самый последний момент, склонившись уже над ней и увидев вдруг страх в ее глазах, он все понял. Но пол и потолок кружились в бешеной, сумасшедшей карусели, остановить которую было уже невозможно. Это было теперь неподвластно ему, как стремительное течение реки, как другое измерение, как бесконечность...

— Я люблю тебя, — тихо сказала она.

Он накрыл своей ладонью ее руку, подумав о том, что весь его мир, который казался таким устойчивым, перевернулся в считанные минуты.

— Почему ты мне не сказала?

— Вот же, сказала.

— Я не об этом.

— А о чем же? Хочешь, покажу свои рисунки?

— Покажи. Почему ты мне все-таки не сказала, что у тебя не было никого...

Она приподнялась на локте, дотянулась до письменного стола, выдвинула ящик и, зацепив за корешок, достала толстую папку с надписью «Дело».

— Я тебе только что сказала, что люблю тебя. Я люблю тебя. — Прилегла у него на животе, положив рядом щеку и ладонь, вздохнула сладко: — Мягкий. Ну и что бы было, если бы я тебе сказала?

— Ничего бы не было.

— Вот именно. Тогда зачем было говорить?

— Я бы знал.

— Ты теперь знаешь. Какая разница?

Он достал из папки самый верхний рисунок. Снова карандаш — она, наверное, любила рисовать именно карандашом, видя в мире только черно-белые цвета и не обращая внимания на оттенки. Подросток, тут же подумал он и поправил себя: «Маленькая моя, такая еще маленькая...»

— Листья как живые. — Он смотрел на рисунок и глазам своим поверить не мог, настолько невероятным был этот живой пейзаж на слегка помятом альбомном листе. Капельки росы и тяжесть, которую ощущал на себе каждый листок, — он рассматривал эти капли и эту тяжесть и чувствовал ветер, который она не нарисовала, запах влажной утренней земли, слышал даже птиц, редкие голоса которых разносились, оживляя утреннюю тишину. На следующем рисунке были изображены толпа людей — множество спин — и девочка, затерявшаяся среди этой толпы, одна, повернувшись лицом к художнику. Маленькая девочка с лицом взрослой женщины.

90

— Машка, ты гений. Ты классно рисуешь.

— Правда? Тебе правда нравится?

Но он уже не слышал ее, он на какое-то время остался совершенно один, бродя по нарисованным улицам, заглядывая в нарисованные окна, разгадывая тайны нарисованных лиц, — он даже не знал, сколько времени прошло с тех пор, когда взял в руки первый рисунок.

— Машка, — позвал он тихо, решив, что она заснула.

Она прикоснулась губами еще раз и вынырнула на поверхность — треугольное личико, взлохмаченные волосы.

— Какая же ты лохматая. Боже мой...

Он перебирал пальцами ее волосы, вдыхал в себя их осенний запах, прислушиваясь каждой клеточкой тела к скольжению ее рук и губ, и думал только об одном — такого не бывает. Не может быть, чтобы с ним случилось такое — счастье...


— Ты останешься? — спросила она потом, когда они снова лежали, обессилевшие оба, на полу, пытаясь отдышаться, окруженные наспех сброшенными джинсами, отлетевшими пуговицами и рисунками, рисунками...

— Останусь, — ответил он не раздумывая. — Позвоню только домой, чтобы не ждали.

— Позвони. — Она подтянулась на руках, продвинувшись вперед на полметра, и извлекла из-за дивана допотопный телефонный аппарат немыслимого зеленого цвета. Поставила перед ним, а сама снова спустилась вниз и свернулась калачиком у него под мышкой. Практически все цифры под диском были стерты.

— Мама, — Алексей путем сложных в данной ситуации математических вычислений сумел-таки безошибочно набрать домашний номер, — привет.

— Привет, сынок. Ты откуда звонишь?

— Мам, я сегодня ночевать не приду.

— Как не придешь, — забеспокоилась она, — как же...

— Мам, — перебил Алексей, потому что голос матери в телефонной трубке был слишком громким. Представив, чего она сейчас может наговорить — котлеты из щуки, пельмени, Людочка, кошечка, папа, Иден и Круз, не приведи Господи, — он твердо решил не дать ей возможности сказать больше ни слова. — Ты не беспокойся, со мной все в порядке. Я утром приду. А сейчас извини, не могу долго разговаривать. Спокойной ночи...

— Леша!

Алексей, мысленно осыпав себя всеми известными ему проклятиями, повесил трубку и отодвинул телефон обратно за диван.

Она приподнялась на локте, одарив-таки его лукавой улыбкой, потянулась через него к подносу, прихватила пальцами сразу два куска сыра и сунула в рот.

— Вообще-то в такое время суток есть вредно, но я сильно проголодалась.

— Я тоже, кстати, проголодался. — Он тоже нырнул в тарелку. — А какое сейчас время суток?

— Позднее. Таинственное и волшебное, когда стрелки циферблата, целый день пробегав друг за другом, наконец воссоединяются на его вершине. Печальное мгновение слишком короткого счастья двух вечных странников...

— А ты еще и поэт. — Он посмотрел на часы, висевшие на стене, и с удивлением убедился в том, что на самом деле двенадцать. В это мгновение секундная стрелка — третий часто бывает лишний — пересекла рубеж и минутная как по команде отпрыгнула от часовой ровно на одно деление. — Вот и кончилось счастье. Пошел обратный отсчет...

— Нам-то какое до них дело. Пускай себе бегают друг за другом. — Она снова жевала сыр. — Хочешь? — протянула ему один ломтик.

— Я голоден как зверь. И готов растерзать весь сыр, оставшийся на тарелке.

Он перевел угрожающий взгляд на тарелку, демонстрируя, видимо, свой боевой настрой. На тарелке лежал один-единственный кусок сыра.

— Терзай, — разрешила она, — я пойду в ванную. Соскользнула с него, поднялась.

— Ты куда?

— В ванную, — обернулась она, улыбнувшись. — Я же сказала, в ванную. Я никуда не исчезну.

— Точно?

— Точно, точно. Терзай свой сыр, зверюга.

Она ушла. Алексей приподнялся, огляделся по сторонам. Сыр не вызывал в душе никаких чувств, кроме аппетита, и он доел его, запив оставшимся в ее бокале вином. Встал, надел рубашку, попытавшись сосчитать, сколько пуговиц на ней не хватает. Оказалось, всего лишь двух, а он думал, что отлетело по меньшей мере штук пятнадцать.

— О-о, — протянула она, появившись на пороге в коротеньком цветастом халатике опять же розового цвета. — Потрясающе эротично. Получился разрез в самом подходящем месте. Экспромт удался...

Алексей по инерции, следуя за ее взглядом, опустил глаза вниз.

— Чертовски эротично, — согласился он и запахнул рубашку. — А тебе нечего глаза пялить, маленькая еще.

— Ах, какие мы стыдливые. Ладно-ладно, не буду больше смотреть. Прямо, потом направо. Кран с горячей водой синий, с холодной — красный.

— Все как у нормальных людей. — Он пожал плечами и поплелся в ванную, следуя ее инструкциям.

— Не перепутай, — бросила она ему вдогонку.

Он, конечно же, перепутал...


Вернувшись, он застал ее сидящей на гобеленовом диване с собственными рисунками на коленках. Джемпера и джинсы продолжали лежать на своих местах, тарелка из-под сыра была пуста. «Значит, на самом деле было, — подумал Алексей, разглядывая беспорядок. — Было, не приснилось».

— Тебе идет розовый цвет. Ты специально его выбираешь?

— Мне идет розовый цвет? Нет, не специально, у меня только джемпер и вот халат. Я больше черный цвет люблю.

— Розовая пантера...

— Что?

— Мультфильм такой есть, «Розовая пантера» называется.

— Я же тебе уже говорила, что не смотрю мультфильмы. А почему розовая, она что, лесбиянкой была? Иди сюда, что ты там опять статую изображаешь.

Он послушно опустился на диван рядом с ней, обхватил одной рукой за плечи, прикоснулся губами к щеке. Она почему-то отстранилась, не взглянула на него, продолжая пристально рассматривать рисунки.

— Подожди. Тебе правда понравилось?

— Понравилось. Очень. Безумно понравилось. И рисунки твои понравились тоже.

— Так я про рисунки и спрашивала. — Она неожиданно утратила чувство юмора.

— На самом деле понравились. У тебя талант.

— Да, мне уже говорили.

Алексей вздохнул: если бы можно было ее хоть чем-то в этой жизни удивить!

— Только мне, наверное, лучше не рисовать.

— Почему?

— Не знаю... Я потом совсем как сумасшедшая. Или как после наркоза. Долго не могу в себя прийти.

Ему было смутно знакомо это состояние, однако с ним такое случалось редко.

— Машка.

Он протянул руку, погладил ее по голове, но она снова отстранилась:

— Подожди.

— Скажи хотя бы, чего я должен ждать.

— Знаешь, — она поднялась с дивана, снова подошла к окну, некоторое время молчала, разглядывая беспросветную черноту за стеклом, — говорят, Бог троицу любит.

— Говорят, любит. И правильно делает, наверное.

— Я не об этом, — отмахнулась она, почувствовав, что он взял неверный тон в разговоре.

— А о чем?

— О другом.

— О чем о другом?

— Я люблю тебя, — выдохнула она. — Вот, третий раз сказала. Больше не скажу. А ты?..

95

Она повернулась. Он подошел, взял, преодолевая легкое сопротивление, ее руки в свои, сжал бережно и крепко.

— Машка. Ты же еще совсем ребенок, Машка, ты такая маленькая. Откуда ты можешь знать...

Он чувствовал нежность, одну только нежность, но она вдруг выдернула свои ладони, завела за спину — сцепила, наверное, в замок, как делают дети, пряча от взрослых что-то важное или запретное.

— Это значит — нет?

«Это значит — все?» — вспомнилась вдруг фраза, произнесенная накануне Людмилой, и Алексей подумал, ну почему они так устроены, эти женщины, почему они решили, что в жизни есть только черные и белые цвета? Неужели они все такие? В поле зрения снова попали ее рисунки — черно-белые. Алексей вздохнул.

— Это значит, что все гораздо сложнее. Гораздо сложнее.

«Сложнее, чем просто любовь», — подумал он.

— Гораздо сложнее, — повторила она без эмоций. Он только заметил — или ему показалось, — что лицо ее побледнело. — Тогда давай не будем усложнять себе жизнь. Тебе какой рисунок больше всего понравился? Скажи.

— Рисунок? — Было трудно, невозможно совсем уследить за потоком ее мыслей. Он совершенно не улавливал его направления.

— Рисунок, — повторила она нетерпеливо. — Какой?

— Не знаю, может быть, тот, что с каплями росы на листьях, первый...

Она метнулась к дивану, разворошила кипу альбомных листов, нашла тот, о котором он говорил. Сложила пополам, еще раз пополам и порвала на мелкие кусочки, швырнула на пол.

— Да ты что? С ума сошла, что ли?

— Я не могу сойти с ума, потому что я уже давно сумасшедшая. Это бывает только один раз. Как жизнь и смерть. Как любовь, наверное. Забирай свои штаны и иди домой к мамочке.

— Машка, — он попытался улыбнуться, — да что ты в самом деле...

— Забирай штаны, я тебе сказала. — Она резко увернулась от его объятий.

Глаза горели. Он сразу понял, что проиграл, вовремя не догадавшись: здесь нечто большее, чем простой каприз. Просто так в пятнадцать лет ни с того ни с сего не будешь ненавидеть цветы. Не станешь спускать мужика с букетом с лестницы. Не станешь жить в комнате с ободранной мебелью. И воровать сигареты на рынке, имея вполне состоятельных родителей, тоже не придет в голову. И ждать, так жадно ждать этих трех банальных слов... Где-то живет разгадка, где-то есть ответ на тысячи вопросов, которые в считанные мгновения промелькнули в его сознании. Один-единственный ответ — на тысячи вопросов.

Но было уже поздно.

— Проваливай, я тебе сказала, ты что, не слышишь?

— Машка, — попытался он успокоить ее, с отчаянием подыскивая слова и не находя ничего, кроме «Машка». Машка, Машка... Как пластинка, заевшая на самом неинтересном месте.

Она подняла с пола его джинсы и швырнула их ему прямо в лицо.

— Убирайся, я тебе сказала. И носки свои... — Носки полетели ему в лицо. — И пуговицы дурацкие... — Она обвела глазами комнату, но ни одной из пуговиц не обнаружила. — И джемпер свой...

Он стоял и молча ловил свои вещи.

— Господи, да успокойся ты. Я скажу тебе, скажу все, что ты хочешь от меня услышать, я...

— Я хочу от тебя услышать. Только одно, — проговорила она с паузами. — Чтобы ты со мной попрощался. Я хочу, чтобы ты ушел. Чтобы ты сейчас ушел. Уходи, пожалуйста...

— Машка...

— Пожалуйста. Пожалуйста, уходи.

Обессилев, она упала на диван. Подняла на него глаза — и ничего уже нельзя было противопоставить этому взгляду. Непостижимому, как та самая бесконечность, которую они вдвоем постигали, счастливые, всего лишь несколько минут назад. Можно было только повернуться и уйти, не задавая больше вопросов, не пытаясь понять то, что понять невозможно.

— Уходи, — повторила она тихо, и он повернулся и вышел из комнаты. Оделся, прислушиваясь к звукам — может быть, все-таки... Но в квартире стояла мертвая тишина, нарушенная на короткое мгновение лишь звуком захлопнувшейся входной двери. Невозможно услышать, как текут слезы по щекам. Как кричит душа, заглушая биение сердца.

Остановившись возле порога, он сунул руку в карман и почувствовал тоскливое желание раствориться в пространстве. В другом кармане ключей тоже не было. Его джинсы слишком весело летали по комнате, чтобы думать в такие моменты о пустяках. Подумаешь, ключи...

«Часа два ночи, наверное», — прикинул он время. Оглянулся, проверяя, не расстелила ли какая-нибудь добрая душа мягкий коврик на лестничных ступеньках. Хотя бы тряпочку... Нет, не расстелила. А жаль. Он ведь не лошадь, чтобы спать стоя. Жаль, что не лошадь, — жить было бы проще, по крайней мере проблем с ночлегом уж точно бы не существовало. Он снова заложил руки в карманы, поочередно в правый и левый, затем в левый и в правый — ключи не появились. И как он теперь объяснит матери свое ночное вторжение? Скажет, что у него нет ключей и что он не лошадь? Поймет ли мама?

«Мама на то и мама, чтобы все понимать», — заверил он себя и нажал осторожно на кнопку звонка. Через какое-то время послышались торопливые шаги.

— Леша?

«Кто же еще, больше некому, один такой идиот на свете».

— Я, мам.

— Ах ты, Господи. Что случилось-то?

Она распахнула дверь, смотрела так тревожно, что у него сердце сжалось.

— Да все в порядке, мама. Я цел и невредим. Просто ключи свои у приятеля случайно оставил. Извини, что разбудил.

— У приятеля?

— У приятеля...

Холодная волна прокатилась по телу — он вспомнил, в каком состоянии пребывал, когда одевался. Нет никаких гарантий, что джемпер не наизнанку и не задом наперед, как и джинсы, — впрочем, нет, с джинсами все должно быть в порядке, он же ширинку впереди застегивал, не сзади, это точно. Изнаночных швов, торчащих на рукавах, он тоже не обнаружил. Зона отсутствующих на рубашке пуговиц была недосягаема для материнского взгляда. С этим, значит, все в порядке, слава Богу...

— У приятеля, — снова подтвердил он, теперь уже с уверенностью в голосе, и сочинил на ходу: — Собирался заночевать, да только ему в час ночи с работы позвонили, сказали, чтобы срочно приехал. Пришлось идти домой — не оставаться же с его женой в квартире ночью...

— Ну да, конечно, — медленно проговорила мать. — А что же это за работа такая у твоего приятеля, что его в час ночи...

— Он врач. Хирург, — отрапортовал Алексей не краснея: назвался груздем — значит, полезай...

— Хирург? Это что ж за приятель такой? Не знаю такого...

— Мама, — вздохнул Алексей, поняв, что его талант писателя-фантаста окончательно иссяк, — ты же не можешь знать всех моих приятелей. Не переживай — я здесь, живой и голодный. Иди спать, а я сейчас пару бутербродов с колбасой в желудок закину и тоже лягу.

— Голодный, — оживилась, как и положено, мать, услышав волшебные слова. — Что же это, жена-то у твоего приятеля...

— Современные женщины, мама, все эмансипированные. Не пристало им кормить ленивых мужиков.

— Да что же это за жена такая? — повторила мать.

— Понятия не имею, — совершенно искренне, в первый раз с начала не слишком приятной беседы, ответил Алексей. — И не нужно мне ничего разогревать. Я вообще неголодный.

— Сам же сказал, что голодный.

— Я пошутил. Уж и пошутить нельзя в самом деле. Я ел.

— Что ты ел?

— Сыр, — ответил Алексей, поскольку говорить правду оказалось гораздо приятнее. — Я ел сыр. Очень много сыра съел, так что давай спать, мама.

— Сыр...

Из комнаты вышла кошка — она-то его и спасла, приняв огонь на себя.

— Проснулась, моя красавица?

— Вот и кошку разбудили. Сейчас еще отец проснется, а за ним и все соседи. Спокойной ночи, мама. — Он привлек мать к себе, чмокнул в макушку с редкой проседью. — Ты у меня совсем еще молодая. Почти ни одного седого волоса.

— Скажешь тоже — молодая...


Когда за стеной послышался трезвон будильника, Алексей подумал: может быть, именно для этого он и лежал весь остаток ночи не сомкнув глаз, чтобы не пропустить эти чудесные трели? Тут же послышалось шарканье тапочек по старому паркету, звук льющейся из крана воды — отец собирался на утреннюю смену.

«Компот, — пронеслось в голове, — компот из крепко забродивших Евиных райских яблочек, как сказал Иржи Грошек, вот что она такое».

Алексей вздохнул и перевернулся на другой бок — в результате долгих ночных раздумий ему все же удалось сделать хоть какой-то вывод. Хоть какой-то. Может, теперь поспать? Или встать, совершить утреннюю пробежку, как в армии, облиться холодной водой, а потом... Что потом? Долбануть стакан водки натощак? Повеситься? Сыграть собачий вальс на старом фортепьяно? Начать учить немецкий?..

Вариантов было множество. Нужно было просто сосредоточиться, отогнать все посторонние мысли и выбрать. Он снова повернулся на другой бок — в это время в поле зрения оказалась дверь. Она слегка приоткрылась, и в образовавшейся щели почти на уровне пола показалась рыжая кошачья морда.

— Гелла, — позвал он, — иди сюда. Тебе тоже не спится?

Кошка неторопливо двигалась по направлению к дивану. Подошла почти вплотную, задрала морду и принялась таращиться на него своими огромными голубыми и детскими глазами. Он слегка похлопал ладонью по дивану:

— Иди сюда. Иди.

Она запрыгнула, уцепилась когтями, повисла.

— Ну надо же, — удивился Алексей и помог ей забраться. — Как собака.

Кошка залезла ему на грудь, свернулась клубком, замурлыкала — слишком громко, как ему показалось. Уснула почти моментально.

— Куда уходит детство? — печально пробормотал Алексей, погладил кошку и закрыл глаза, почувствовав наконец, что сон сейчас заберет его в свои объятия.

Он проснулся, услышав, как в соседней комнате звонит телефон. Вскочил, скинув на кровать обалдевшую и перепуганную кошку, помчался в одних плавках в комнату, больно задев плечом за дверной косяк, двумя прыжками одолел трехметровое пространство, отделяющее его от продолжающего звонить аппарата, схватил трубку:

— Алло!

— Здравствуй, Лешенька. Маму пригласи, пожалуйста, к телефону.

— Здравствуйте, тёть Катя. Сейчас.

Он оглянулся: мать стояла рядом и смотрела на него округлившимися глазами.

— Тебя.

Он протянул ей трубку и поплелся обратно в свою комнату.

«Придурок. Она не может тебе позвонить, она просто не знает твоего номера телефона. Его и в справочнике нет. Она и фамилию не знает, и адрес не знает», — отчитал он себя по полной программе и снова улегся в постель, не обратив внимания на кошку, с опаской поглядывающую на него из дальнего угла комнаты. Натянул одеяло до самого подбородка и уставился в потолок. Минут через пять дверь тихонько приоткрылась.

— Можно к тебе?

— Можно, — хмуро ответил Алексей.

Анна Сергеевна вошла, присела на краешек дивана и принялась смотреть на него, не говоря ни слова. Долго смотрела и молчала, а потом, вздохнув, проговорила:

— Ну взял бы и сам ей позвонил.

Алексей сперва удивился, но потом подумал: не нужно быть экстрасенсом, чтобы понять, что с ним происходит. Картина его утренней пробежки была, видимо, весьма впечатляющей и не требовала дополнительных пояснений, несмотря на то что написана была в стиле неоимпрессионизма. И все-таки откуда она узнала...

— Как я ей позвоню? Я же номер ее телефона не знаю.

— Как не знаешь, у нее что, номер поменялся?

— Мам, ты...

Он не договорил, наконец поняв, в чем дело: мама сейчас говорила с ним о Людмиле. Конечно же, о Людмиле, потому что откуда ей знать про Машку, она про нее знать ничего не может, он и сам-то про нее ничего не знает. Ничего, совсем ничего, даже номера ее телефона тоже не знает.

— Леша, ты какой-то странный в последнее время. Не пойму, что с тобой происходит.

«Может, ты беременный», — вспомнил он фразу, ехидно брошенную ему в укор Людмилой. А может, и правда, подумал с усмешкой, ведь растет же оно — что-то внутри, без названия, растет, разрастается, спать по ночам не дает, кислород поглощает. Растет, черт его побери, выросло за прошедшую ночь еще сильнее, и нет от него покоя...

— В последнее время — это когда?

— Дня три, наверное...

Ох уж это материнское сердце! Потребуй он сейчас, она, наверное, с точностью до минуты вычислит срок его «беременности» без всяких там ультразвуковых исследований...

— Да брось ты, мама, все нормально. Ничего со мной не происходит.

Она вздохнула.

— Ты вставать не собираешься? Двенадцать уже.

— Двенадцать уже, — повторил он, прогоняя тоскливое воспоминание. — Собираюсь.

— Ну вставай. Пойду завтрак тебе приготовлю. Только подожди... Сними занавески с окошка, их бы постирать надо.

Анна Сергеевна вышла. Алексей натянул спортивные брюки, залез на стул, снял с карниза занавески и поплелся в ванную. Положил смятый кремовый тюль в корзину для белья и заглянул в зеркало.

Из зеркала на него смотрела помятая физиономия, которую требовалось побрить и вообще привести в порядок. Перевел взгляд на краны — синий с холодной водой и красный с горячей, как полагается. И снова на душе заскребли кошки, снова понеслись в голове все те же мысли: долбануть стакан водки натощак? Начать учить немецкий или, может быть, побриться наголо?

— Леша, что ты там так долго! — послышалось из кухни спустя минут пятнадцать.

— Бреюсь, — ответил Алексей, снимая с лица остатки пены. — Уже побрился, уже иду.

На столе его ожидала тарелка с блинчиками, намазанными сгущенкой. Аппетита не было совсем — он с трудом, чтобы не обидеть мать, съел пару штук, выпил чашку кофе.

— Чем сегодня собираешься заниматься? — спросила мать.

— Не знаю, — честно ответил он. — Может, начну учить немецкий.

— Немецкий учить? Ты что это, Леш...

— А что ты имеешь против немецкого?

— Да что с тобой?

— Ничего, мама. Извини, это я так.

В самом деле мать ни в чем не была виновата, она задала ему простой вопрос, который всегда задает в выходные, и откуда ей было знать, что он полночи ломал голову над этим вопросом: что ему теперь, собственно, делать?

— Если тебе не требуется моя помощь по хозяйству, пойду пока почитаю.

— Не требуется. Пойди почитай.

Он поднялся, с трудом представляя себе, что сейчас войдет в комнату, сядет на диван и будет читать. Откроет первую страницу и часа два спустя, может быть, перевернет... Если вспомнит, что страницы вообще-то нужно иногда переворачивать.

Он вошел в комнату, застелил по привычке постель, задвинул ящик комода, перевел взгляд на книжные полки, потом на стол, где — вот уже третий день — лежала все та же газета. «Нужно было выбросить ее, — снова подумал Алексей, — или по крайней мере убрать куда-нибудь подальше». Нужно было! Только ведь не выбросил, не убрал, а теперь уже поздно, теперь-то он точно знает, чем будет заниматься — будет таращиться весь день на этот портрет, пытаясь разглядеть в нем смысл бытия. Будет смотреть не отрываясь, гипнотизируя взглядом, пытаясь внушить ей, что она не права. Не права, черт возьми, ох как не права!

— Молчишь, — тихо сказал он, обращаясь к портрету и отмечая про себя первый признак шизофрении в начальной стадии. — Молчишь, потому что сказать тебе нечего. Эх, ты...

«Картины, Алексей, — это души, — вспомнил он слова учителя рисования. — Невидимые, бестелесные, но в то же время живые души, которые человек может увидеть благодаря художнику. Настоящему художнику, конечно. Увидеть, услышать, почувствовать. Как плачет душа, как она радуется, как замирает в трепетном ожидании. Ты рисуешь лицо, но на самом деле должен нарисовать душу. Душу, которую можно увидеть, услышать и почувствовать. А если не получится, то это уже и не портрет, это карикатура. Помни об этом, всегда помни...»

Он рывком поднялся с дивана, отшвырнув в сторону газету, выдвинул ящик письменного стола, потом второй, третий. Лист чистой бумаги, три карандаша, ластик. Поискал глазами что-то, потом покопался в ящиках, достал перочинный ножик и принялся затачивать карандаши, порезал второпях палец и даже этого не заметил.

Время летело незаметно. Один за другим в стопку складывались листы — Машка.

Машка на лестнице — коленки, глаза, лохматая челка. Машка — сидит на столе, дождь за окном, в ушах сережки. Машка — вдалеке, вполоборота, сумка через плечо.

— Эй, Алешка, идем обедать, — услышал он слова спустя полчаса после того, как они прозвучали. Может, даже час или два спустя. Месяц, год, вечность...

— Не буду, — откликнулся, как показалось, почти сразу же. — Не буду, мама, я рисую.

Он знал, что она больше не будет его беспокоить.

...Машка. Смотрит задумчиво. Смеется. Слезы по щекам. С бокалом вина. «Я люблю тебя. А ты?» Растрепанные волосы. Руки. Глаза. «Уходи. Прошу тебя, уходи». Машка. Машка...

Когда он очнулся, за окном было совсем темно. Прислушавшись к звукам, понял, что отец уже пришел с работы. На столе лежала кипа рисунков. На указательном пальце левой руки — длинная и глубокая царапина. Откуда это?

Он поднялся, обернулся к окну, посмотрел некоторое время на черный бессмысленный квадрат в белом обрамлении крашеной рамы. Все-таки интересно, что имел в виду Малевич, когда рисовал свои квадраты? Неужели то самое, что он сейчас чувствует, глядя на вырезанный из неба оконной рамой свой собственный, личный черный квадрат? Да откуда ему, Малевичу, было знать все это? Откуда могли быть ведомы ему страдания души человека, который еще и на свет не родился в то время, когда он творил свои квадраты? Откуда?

Он снова обернулся, посмотрел на стол. Долго рассматривал рисунки, рассыпавшиеся по поверхности в беспорядке.

— Карикатуры, — тихо сказал он. — Не могу. Не получается. Ускользает она от меня, твоя душа непостижимая.

Взгляд снова метнулся к окну, и он подумал вдруг, что здесь, в этом черном квадрате, ее душа отражается намного более ясно. Вот он, ее единственный и настоящий портрет. Нужно только вглядеться, попристальнее вглядеться в эту бездну, в эту тьму непроглядную. Смотреть долго, не отрываясь, не мигая, не дыша... Угораздило же мать именно сегодня постирать занавески.

— Леша, — послышался голос из-за двери. — Мы ужинать садимся. Будешь с нами?

Мать приоткрыла дверь. Алексей метнулся к столу, пытаясь убрать с глаз подальше кипу своих, как оказалось, бессмысленных творений. Отодвинул ящик стола, но мать уже стояла за спиной.

— Леша...

Рука его замерла в воздухе и безвольно опустилась вниз. Нет, не должно было этого случиться, не нужно было все это, ни к чему. Она брала в руки рисунки — один, другой, смотрела на каждый долго, внимательно, молча. Он стоял рядом, как дурак, как настоящий кретин, которых показывают в мыльных операх, — влюбленный художник, без конца рисующий милый сердцу профиль... Да разве это про него?! И сколько будет длиться эта пытка, когда же наконец кончатся эти бесконечные рисунки, сколько же их здесь?

— Это она? — спросила наконец Анна Сергеевна тихо.

«Она, а кто же еще?» — раздраженно подумал Алексей.

— Что ты имеешь в виду под словом «она»?

Анна Сергеевна не ответила, помолчала некоторое время, а потом снова спросила:

— Ты ее любишь?

— Не знаю. — Голос куда-то пропал. — Наверное.

— Сколько же ей лет?

— Джульетте вообще четырнадцать было, — сказал он невпопад, в тот же миг почувствовав, что ни к чему было так отчаянно защищаться.

— Я знаю. Ты ужинать будешь?

— Не хочу, мам, спасибо.

— Ничего не ел весь день. Пойди хоть с отцом поздоровайся. Со вчерашнего дня не видел.

— Сейчас пойду поздороваюсь.

— Может, хоть чаю выпьешь?

— Выпью.

— Ну приходи на кухню.

Она вышла, оставив рисунки на столе сложенными почти аккуратной стопкой. Оставалось только взять эту стопку в руки и запихать поглубже в ящик письменного стола вместе с газетой.

— Мам, ты занавески постирала? — спросил он, заходя в кухню. — Привет, папа.

— Постирала. Только они еще не высохли. Висят на балконе, а что?

— Да ничего, так просто. Мне никто не звонил?

— Нет, не звонил. — Мать бросила на него короткий взгляд, по которому он сразу догадался, что сейчас-то она думает точно уж не о Людочке.


Двери автобуса должны были вот-вот захлопнуться. Алексей сделал последний рывок, втиснулся-таки в густую толпу, получив по спине внушительный удар ребром закрывшейся с усилием дверцы. Вздохнул облегченно.

— Куда это вы, молодой человек, так торопитесь? — послышался голос сверху.

Алексей поднял глаза и увидел прямо перед носом внушительных размеров женскую грудь, полностью скрывающую лицо немолодой, судя по голосу, женщины, стоящей на ступеньке сверху. Он снова уставился себе под ноги, ответив женщине без лица, что торопится в школу.

— Что-то не похоже, что вы в школе учитесь.

«Господи, она что, решила таким образом знакомство со мной завязать?» — с досадой подумал Алексей. Настроение было поганым — он бы сейчас к черту послал саму Синди Кроуфорд, не говоря уж о женщинах менее привлекательных.

— Я вас практически не вижу, женщина. Поэтому не могу с вами разговаривать, к сожалению.

— Не надо со мной разговаривать. Вы проезд оплатите и молчите себе дальше.

Алексею даже извиниться захотелось. Он молча достал из кармана смятую десятку, протянул не глядя наверх, получил пригоршню медных монет и талончик. Запихнул сдачу в карман, почувствовал, что женщина постепенно удаляется, и вздохнул облегченно. Минуту спустя снова достал из кармана уже смятый талончик, расправил.

«Конечно же. Ничего другого и ждать не следовало», — подумал он без эмоций. И с чего это вдруг вспомнилась дурацкая детская привычка складывать цифры на билете? Одна половинка в сумме давала двойку, другая — аж девятку. Даже приблизительно несчастливый. Если рассуждать логически, столь большая разница в сумме определенно указывает на то, что билет обещает несчастье. «Нужно будет обязательно выкинуть его по дороге, — усмехнулся Алексей, — не забыть бы. Вот мегера тетка, и чем я ее так обидел?»

Простояв на нижней ступеньке полагающиеся пять остановок, Алексей наконец вышел из автобуса, потер плечо, которому за время недолгого пути прилично досталось. Он опаздывал не слишком сильно — минут на пять, не больше. Оказавшись наконец внутри здания школы и заняв свое привычное место, он покосился на часы — пять минут восьмого. Непонятно, для какой цели нужно приходить в школу за целый час до начала занятий. Вообще непонятно, почему он так торопился.

Он вышел на крыльцо, опустил руку в карман и вместо пачки сигарет, которую, видимо, второпях забыл дома, извлек смятый автобусный талончик. Подумал: лучше поздно, чем никогда, — и швырнул его подальше. Ветер тут же подхватил невесомый обрывок и унес прочь несчастье, заключенное в цифрах. Алексей облегченно вздохнул, раздумывая: не пора ли отмечать вторую стадию явно прогрессирующей в последние несколько дней шизофрении?

Школа постепенно оживала — первыми появлялись, как обычно, родители с первоклассниками, и Алексей принялся бубнить заученную фразу. Потом толпа стала более разнородной, снова девчонки мельтешили перед зеркалом, он отвернулся к окну — почему-то это зрелище вызывало в душе неприятное чувство — и стал разглядывать парней-старшеклассников, столпившихся на крыльце, торопливо жующих уголками губ сигареты и часто сплевывающих, почти после каждой затяжки. «Не перестаю удивляться, откуда столько слюны у простого народа», — подумал Алексей словами любимого писателя, только никак не мог вспомнить, откуда же взялась эта фраза, из какого романа. Как часто случается, мысль эта стала навязчивой, прямо-таки покоя не давала, он все перебирал в памяти названия, силился и не мог вспомнить того, что по большому счету не имело абсолютно никакого значения. Давно уже прозвенел звонок, а он все думал, наморщив лоб, из какого же романа...

«Опять опаздывает? Или, может, прогулять решила, или заболела...»

Эта фраза тоже оказалась знакомой, до боли знакомой, и насчет нее он уж точно знал, из какого она романа. Только легче от этого не стало. «Отчаяние» — он наконец вспомнил и тут же почувствовал это отчаяние, все остальное уже не имело значения, потому что он вдруг представил себе, что не увидит ее сегодня. Решила прогулять или заболела — не важно, дай ей Бог здоровья, конечно, только что же теперь делать с этим днем, с этими долгими часами, неужели он сможет выдержать еще целые сутки это подвешенное состояние? Эту боль, разрастающуюся в глубине души, затаившийся страх, который на первый взгляд кажется беспричинным, тоску, сжимающую грудь железными тисками, и желание завыть — просто завыть на луну, как собака, как одинокий волк, утопить в своем крике то, что выворачивает душу наизнанку, — отчаяние?

Только луны за окном не было. И не стоило оборачиваться, чтобы снова увидеть это солнце, беззаботно раскинувшее свои лучи на прозрачно-синем небе. Игривое, слепящее, шаловливое, так некстати случившееся солнце. Солнце, появление которого показалось даже странным. Но впрочем, небеса не давали клятвы оставаться зеркалом его души на протяжении всей жизни. Если бы такое случилось — кто знает, каким бы был урожай пшеницы на следующий год, наверное, никудышным, из-за постоянных дождей и отсутствия тепла и света.

«Отчаяние», — снова подумал Алексей, уже не отдавая себе отчета, о чем это он. Поднявшись из-за стола, он заложил руки за спину и принялся ходить по вестибюлю широкими шагами, вспоминая армию, утренние пробежки, политзанятия, бесконечную картошку, которую приходилось чистить, черноту под ногтями...

Открылась дверь — он услышал, как открылась, но не повернулся. Услышал голоса, незнакомые, снова не повернулся, дошел до стены и повернулся наконец, пошел вперед. Смотрел вниз, на пол, мраморные квадраты и треугольники разбегались прочь и тут же снова прыгали под ноги, как будто выныривая у него из-за спины, за которой, он это чувствовал, зияла, увеличиваясь с каждым шагом, пропасть. «А может, все-таки?..»

Он поднял глаза, не в силах больше сопротивляться, потому что отчаяние нарастало, поглощало его, и нужно было по крайней мере убедиться в том, что ее нет. Ее здесь нет, и эти посторонние голоса — лишнее тому доказательство, так почему бы не остановиться, не поднять глаза, не посмотреть равнодушно, ведь ее здесь нет...

Она стояла, прислонившись к стене, и смотрела на него — он успел поймать ее взгляд, хотя она и поспешила отвести глаза. Лохматая до боли. В ботинках, со следами налипшей грязи, растопленной тем самым вальяжным солнцем. Рядом, наконец заметил Алексей, еще двое — белобрысый парень и огненно-рыжая девица, шнуруют кроссовки, смеются чему-то.

— Пошли, ты сменку забыла, что ли, Машка, — сказала без выражения рыжая и потянула за собой свою «стаю», скользнула равнодушным взглядом. Расстояние сокращалось, вот уже совсем рядом, вот — мимо, и уже к лестнице подходят...

«Переобуваться вообще-то в школе надо». Алексей уже набрал воздуха в легкие, чтобы это сказать... Нет, не то, пронеслось в голове, конечно, про ключи, нужно про ключи спросить: «Ты мои ключи случайно не прихватила? Не прихватила ли ты случайно мои ключи? Знаешь, я забыл у тебя ключи, ты их не прихватила с собой? Привет, я, кажется, забыл у тебя свои ключи...»

— Машка, — услышал он чей-то посторонний, незнакомый совсем голос. «Врешь, — тут же подумал он, — слышал уже — тогда, возле окна, тогда, помнишь, тот же голос был, дурацкий голос...»

Она не обернулась.

— Машка, — снова позвал он громче, и на этот раз обернулись все трое, сначала парень, потом рыжая, как будто их тоже звали Машами, и потом наконец... «Ключи... глупость какая... Я же люблю ее, люблю, и при чем здесь...»

— Я люблю тебя...

Две пары глаз округлись. Другие глаза продолжали смотреть напряженно. Недоверчиво.

— Я люблю тебя, Машка!

Так тесно сердцу в груди не было еще никогда. А она все стояла, смотрела, как будто не понимала, о чем он, кому это он: «Я люблю». Смешки, перешептывание. Рыжая толкнула ее в плечо, как будто хотела разбудить подружку, заснувшую на ступеньке. Та качнулась по инерции от толчка вправо, потом вниз, спасибо тебе, рыжая подружка, еще ступенька, еще ступенька, сколько же их здесь, этих ступенек, зачем так много, четыре, пять, шесть... Мелькнули рыжие волосы, больше уже не было никого, только он и она, и ступеньки кончились...

— Я люблю тебя...

По щекам текли слезы. Он поймал их — губами, такие соленые, и губы соленые, и волосы снова пахнут осенью. Что-то оборвалось внутри, он вдруг почувствовал, что земля и небо поменялись местами, что раскаленное солнце сейчас у него под ногами, по-чувствовал, наверное, то же самое, что чувствует цве-ток, первый подснежник, когда земля становится теп-лой и его корни начинают питаться от этой земли, и рассмеялся мысленно этому сравнению себя с под-снежником, и тут же забыл об этом, потому что воло-сы пахли осенью, и не было уже ничего вокруг, толь-ко небо под ногами.

— Я люблю тебя...

Невозможно было остановиться. Невозможно было заставить себя не вдыхать больше этот запах, не цело-вать больше этой соли, горько-сладкой, не чувство-вать на губах и в ладонях ее тепла. С треском отлетела верхняя пуговица от камуфляжной куртки, тепло за-струилось вниз. «Что ты делаешь, — сказал кто-то внут-ри его, — сумасшедшая, я так люблю тебя, я так тебя...»

Разлетались опять в разные стороны квадраты и треугольники под ногами, рушились стены, падая на-искосок, налетая друг на друга, на пол, взлетая к по-толку и не находя его, потому что он, потолок, был уже внизу, — но и там его уже не было, и снова пада-ли стены, натыкались одна на другую лампы дневно-го света в поисках хоть какой-то опоры.

— Сумасшедшая, — прохрипел он.

— Я знаю, — ответила она.

«Не здесь», — промелькнули два слова, но смысла этих слов он осознать уже не мог, они повисли каплями в воздухе, потому что она шептала: здесь, вот так, здесь, и он послушно шел за ее шепотом туда, куда она звала его, и уже не мог остановиться, потому что останавли-ваться было поздно: через секунду стены, летающие вокруг, могут натолкнуться на них, раздавить своей тя-

116

жестью, и больше уже ничего не будет, потому что после смерти ничего не бывает, — он знал, что умрет, что жить осталось считанные секунды, только не останавливаться...

— Это... Это что еще здесь такое? — Голос из внешнего, существующего где-то мира как удар — кнутом по голой спине.

Последняя волна налетела, закрыла с головой и вдруг исчезла, растворилась, и уже больше не было никаких волн, только капельки крови засочились из раны, розовая полоска от удара все ярче, ярче, — гардероб, как он здесь оказался, вешалки, куртки, все ярче, все больнее.

— Что это такое, я вас спрашиваю?

Чужое, незнакомое лицо перед глазами. Возмущенно сдвинутые брови и темные, прищуренные глаза, а в них — угроза. Алексей отшатнулся. Какие-то обрывки скользили перед глазами, никак не желая складываться в целую картину, наполненную хоть каким-то смыслом: Машка, торопливо застегивающая пуговицы на кофточке. Бледные щеки, опущенные вниз глаза. Тонкие пальцы дрожат почему-то. Она подняла глаза, и он увидел, что в них застыл ужас...

И понял наконец, что случилось.

Он шагнул к ней: закрыть, только бы закрыть от посторонних глаз, спасти ее, потому что о себе он уже и не думал, знал же, что умрет, только ее не отдаст, ни за что не отдаст этой хищнице — смерти.

— Ах ты, подонок! Подонок!

Как колючие снежинки о стекло, разбивались пустые слова без смысла. Подбежали еще какие-то люди — мужчина, женщина, и ужас возрастал, помноженный еще на две пары глаз. Какой-то странный звук заставил его обернуться.

— Машка, — тихо прошептал он, ошалело глядя на стену, возле которой она только что стояла, прислонившись, торопливо натягивая на себя какую-то одежду. Только что стояла, а теперь исчезла. Исчезла, как будто и не было вовсе...

— Машка...

Он опустил глаза и увидел ее — она сползла вниз по стене, неестественно запрокинув слишком бледное лицо назад.

— Сорокина! — прохрипел кто-то над ухом. — Сорокина! Евгений Анатольевич, врача! Врача, она сознание потеряла! Сорокина, мать твою!..

Женщина с короткой стрижкой — Алексей почему-то запомнил только ее волосы, торчащие жестким ежиком даже на затылке, и совсем не помнил лица — оттолкнула его, сначала взглядом, потом плечом, опустилась на колени и принялась хлестать ее по щекам, безуспешно пытаясь привести в сознание. Потом появились еще какие-то люди, еще и еще...

— Сорокина, мать твою!..

— Машка...

Кто-то оттащил его в сторону, какое-то шестирукое и трехголовое чудовище, а может, рук было даже больше. И снова прохрипело:

— Подонок!

И продолжало сжимать его в своих лапах, как будто опасаясь, что он может вырваться и убежать. А он и не думал убегать — стоял не двигаясь, не чувствуя боли в мышцах, тесно сжатых лапами чудовища, а в висках стучала кровь: «Что же я натворил?..»

118

\* \* \*

— Кто? Да кто там? — донеслось из-за закрытой двери. «Надо бы забрать ключи», — мелькнула в голове мысль. Совсем некстати, как это часто случается в подобной ситуации. Не о том, казалось бы, надо думать, не о ключах. Это, наверное, просто защитная реакция — сознание само создает некий барьер, тонкую защитную пленку, чтобы спастись от непостижимого.

— Мама, это я.

— Леша, что ж ты молчишь-то. — Мать открыла дверь. — Три раза спрашивала, ты молчишь. Не слышал, что ли?

— Не слышал.

— Да что с тобой? — ответила она слегка раздраженно. — Ключи свои забрал бы у приятеля! — Подняла глаза, увидела его лицо и снова спросила, только теперь уже с совсем другой интонацией: — Да что с тобой? Что-то случилось, Леша?

— Нет, ничего. Почему ты решила? — слабо возразил он, попытавшись сделать лицо равнодушным.

Не получилось. По ее глазам он сразу понял: ничего не получилось.

— Да не смотри ты так, мама.

— Да на тебе лица нет!

— Вот же оно, лицо. На месте. Хочешь, потрогай. — Алексей слегка наклонился и потерся щекой о щеку Анны Сергеевны. — Ну? Чем я, по-твоему, сейчас к тебе прикасался?

Анна Сергеевна только вздохнула.

— Господи, — пробормотала тихо, почти про себя, — что же это такое? Жили себе спокойно, и вот началось...

— Ну успокойся, мам. Ничего не началось, как жили, так и жить будем. Просто у меня на работе небольшие неприятности.

— Неприятности на работе? — послышался голос отца с кухни.

— Привет, пап. — Алексей пожал протянутую руку, почувствовал привычное мужское тепло, исходившее от этой руки. С самого детства, сколько себя помнил, прикосновение грубоватой и сухой ладони отца придавало ему уверенности. Так было всегда, он это и раньше чувствовал, но почему-то никогда не думал об этом. Не задумывался, принимая как данность то, что имел далеко не каждый. И только теперь почему-то пронзительно ощутил, насколько важна для него незримая поддержка этого сурового и хмурого человека, эта мужская дружба. Самая крепкая, самая нерасторжимая.

— Что за неприятности?

— Да ты дай ему сперва раздеться, Николай. Ну что ты с порога, — укоризненно произнесла Анна Сергеевна.

— В самом деле, ребята. Человек с работы пришел. Уставший, голодный, а вы даже в дом не пускаете. Раздеться и то не даете. Впору хоть разворачивайся и уходи, — оттарабанил Алексей. Весело и непринужденно, как ему показалось.

Но на отца его слова не произвели никакого впечатления. Он как будто и не слышал их, и наигранная веселость тут же растаяла, растворилась в пространстве.

Повисло молчание.

— Ну, что у нас сегодня на ужин?

Алексей прошел в кухню мимо родителей, слегка задев плечом прислонившегося к дверному косяку отца.

120

— Садись, садись, сынок. На ужин у нас гречка с мясом. Огурчики вот соленые. Садись, сейчас я тебе... Подливки побольше, как любишь.

Отец сел за стол напротив. Положил перед собой сцепленные в замок руки и принялся молча наблюдать за тем, как суетится у плиты жена. Алексей изредка бросал на него взгляд, каждый раз убеждаясь в том, что в таком знакомом лице в этот вечер что-то изменилось. Силился понять, но мысли в голове путались, возвращаясь снова и снова к тому, что произошло накануне, и сосредоточиться не получалось.

— Да что ж это мы, как в монастыре во время трапезы, — не выдержала мать, когда молчание за столом стало принимать уже нездоровый характер. — Как будто и поговорить не о чем троим родным людям.

— Почему же не о чем. Есть о чем, — ответил отец. — Я как раз собирался с тобой, Алексей, поговорить. Как раз сегодня и собирался. А тут еще и повод подходящий.

— Какой повод? — не понял Алексей. — И о чем ты со мной собирался поговорить? Что-то мне твой серьезный взгляд не нравится.

— Напрасно он тебе не нравится.

Отец, почти не притронувшись к еде, отодвинул тарелку. Алексей, повинуясь какому-то магическому повелению его взгляда, тоже положил вилку на стол.

— Неприятности, говоришь, у тебя на работе...

«Неужели знает? Но откуда?» — промелькнула в сознании мысль, на находя подтверждения: во взгляде отца сквозила сосредоточенная серьезность, но и намека не было на возмущение или гнев.

— Да, кое-какие неприятности... В общем, я увольняюсь.

— Увольняешься? Это почему?

— Знаешь, пап, не хочу об этом. Просто не сработался с коллективом, вот и все. Поищу что-нибудь другое. Да, может, то же охранное агентство, мало ли их в городе, — невнятно сымпровизировал Алексей.

— Другое охранное агентство, — глухо повторил отец. — Значит, по душе тебе пришлась такая работа?

Алексей помолчал некоторое время, потом покосился на Анну Сергеевну и по ее опущенным глазам сразу понял: без вмешательства матери дело не обошлось. Видимо, его «положительные» отзывы о работе охранника в школе дошли до отца ее стараниями.

— По душе, не по душе, какая разница. Надо ведь где-то работать...

Отец встал из-за стола, прошелся по кухне широкими шагами, остановился у окна. Закурил, что вообще было событием из ряда вон выходящим, потому что курить в квартире было в принципе не принято.

— Надо где-то работать. Это ты правильно сказал. Надо работать, зарабатывать деньги, надо что-то делать. Быть мужчиной. Это я тебе уже говорил, Алексей. И сейчас повторю... Я от своих слов не отрекаюсь. Мужчина прежде всего должен быть мужчиной, а потом уже все остальное. Только знаешь...

Он повернулся, всмотрелся пристально в лицо сына. Алексей выдержал его взгляд, чувствуя, что этот тяжелый взгляд является предвестником еще более тяжелого разговора. Разговора, который уже однажды состоялся между ними. Алексей никогда не думал, что им придется к этому разговору вернуться.

— Знаешь, сынок, ты ведь взрослый уже и многое понимаешь из того, чего я, возможно, в силу возраста...

понять не могу. Как бы тебе сказать... В общем, я думал долго над твоими словами. Помнишь, ты мне сказал: каждый человек должен занимать в жизни свое место. А вот я смотрю на тебя и с каждым днем убеждаюсь, что ты не на своем месте.

— Не на своем, — спокойно согласился Алексей. — Только мы ведь это уже обсуждали...

— Я думаю, пришло время еще раз обсудить... Потому что мне начинает казаться, что я был не прав.

Если бы перед ним стоял сейчас незнакомый человек, Алексей и не заметил бы, не сумел бы понять, насколько тяжело дались ему эти слова. Ничего не изменилось в лице, не дрогнул ни один мускул. Только глаза посветлели и дрогнули едва заметно ресницы.

— Я настаивал на своем только потому, что считал: так будет лучше для тебя. Для тебя, а не для меня, Алексей. И я правда верил, что так будет лучше. А теперь не знаю... В общем... — Он махнул рукой, поискал глазами место, где можно было бы затушить окурок. Не нашел и бросил тлеющую сигарету прямо в начищенную раковину.

Алексей ожидал в тот же момент услышать брань Анны Сергеевны... Обвел глазами кухню и с удивлением обнаружил, что матери нет. Ушла незаметно, решив оставить мужчин, чтобы мужской их разговор был мужским по-настоящему и проходил без свидетелей.

Алексей едва заметно улыбнулся и почувствовал, что весь ужас прожитого дня как-то незаметно отступает на задний план. «Какое счастье, что на свете есть просто близкие люди...»

Он не стал произносить вслух того, о чем только что подумал, прекрасно понимая, что это лишнее, что все и так понятно, без слов...

— В общем, — продолжил отец, — поступай как знаешь. Увольняешься — увольняйся, а дальше... Сам смотри. Я думаю, пришла уже тебе пора без моих советов обходиться. Взрослый уже мужик, все не хуже меня понимаешь. Способен уже, наверное, отвечать за свои поступки.

«Способен ли? — промелькнула мысль, и снова пронеслись перед глазами разрозненные картинки недавно пережитого кошмара. — Так ведь отвечу, если надо будет. Женюсь, в конце концов...»

— Спасибо, отец. — Алексей поднялся из-за стола, подошел ближе и протянул руку. Пожал не глядя, ощущая дорогое и самое важное на свете тепло отеческой ладони. Отвел в строну глаза, не выдержав напряжения.

За окном начинало темнеть. Тусклые еще на фоне темно-серого неба звезды светили печально и почему-то, как показалось Алексею, безнадежно. Дрогнули от ветра верхушки деревьев и снова замерли, погрузившись в спокойный осенний сон. Какая-то иномарка, вильнув из-за поворота к бордюру, притормозила возле подъезда. Моргнули фары, осветив безлюдное пространство двора.

— Вот такой вот у нас сегодня ужин получился, — выпустив его ладонь, вздохнул отец. — Ты прости, не дал тебе поесть.

— Ничего, это мы наверстаем. Мама! — позвал Алексей, и Анна Сергеевна тут же появилась в кухне. Как будто из-под земли выросла.

— Да ты за дверью стояла, что ли? — удивился Алексей ее внезапному появлению.

— Подслушивала, — подлил масла в огонь отец. Знакомая спокойная улыбка озарила лицо, как будто и не было еще пару минут назад на этом родном лице хмурого напряжения.

— Делать мне больше нечего, — отмахнулась Анна Сергеевна. — Там сериал новый по телевизору, первая серия.

— Первая серия — это серьезно, — весомо заключил отец. — Хорошо, что ты ее не пропустила. Иначе остальные двести пятьдесят восемь не поняла бы, Анечка...

— Никакие не двести пятьдесят восемь. Сериал наш, российский. Серий двадцать, не больше, — с показной обидой в голосе возразила мать. Было заметно, что настроение у нее отличное. И было совершенно очевидно то, что она на самом деле подслушивала...

Они снова сели за стол, и на этот раз все трое застучали вилками значительно проворнее. Алексей даже забыл почти о всех своих проблемах, переводил улыбающийся взгляд с лица матери на лицо отца, думал о том, как сильно он их обоих любит, как они оба дороги ему. Быстро опустошил тарелку гречки с мясом и потребовал еще...


В это время раздался звонок в дверь.

Все трое молча переглянулись: звонок показался незнакомым. Коротким и резким, каким-то злым...

«Людмила», — раздраженно предположил Алексей, с тоской подумав о том, что ему нечего, совсем нечего сказать своей теперь уже бывшей подружке.

— Людочка? — не слишком уверенно озвучила его мысль вслух Анна Сергеевна.

— Мы вроде не договаривались...

Анна Сергеевна, поднявшись, пошла открывать дверь. Алексей подумал с тоской о том, что вторая порция вкуснейшей гречки ему не светит...

— Здравствуйте, — донесся до них голос матери. — Вы к кому?

И потом, почти сразу:

— Да, здесь... Проходите...

Мать говорила как-то неуверенно. Алексей поднялся, поспешив ей на помощь. Следом за ним встал из-за стола и отец.

В прихожей рядом с растерянной Анной Сергеевной стоял незнакомый мужчина. Высокий, лет сорока с небольшим, в длинном двубортном сером пальто, застегнутом на все пуговицы. Стоял и смотрел на Алексея так, как будто больше не видел никого из присутствующих.

— Значит, ты...

Голос был неприязненным и сухим. В этот момент Алексей уже почти догадался, кто стоит сейчас перед ним.

— Подонок...

Теперь сомневаться не приходилось.

— Очень приятно. А я Алексей...

Шутка повисла в воздухе. Было бы наивно полагать, что после этих слов все присутствующие дружно заулыбаются и начнут пожимать друг другу руки. Насколько все было бы проще, если бы это было так...

— Позвольте, — раздался из-за спины голос отца.

— Нет, это вы позвольте. Насколько я понимаю, вы отец этого ублюдка...

— Да что вы себе позволяете? — не выдержала, всплеснув руками, Анна Сергеевна. — Кто вы такой?

— А ваш сыночек, кажется, держит вас в неведении относительно своих приключений. Прошу простить меня. — Он откашлялся. — Ну, может быть, ты сам меня представишь своим родителям?

Алексей молчал. Он увидел вдруг, как резко побледнело лицо отца, и подумал с тоской: сердце...

— Ладно, я не раскланиваться и не знакомиться сюда пришел...

— Да в чем дело, объясните наконец? — снова раздался в тишине изменившийся голос отца.

— Дело в том, что ты, щенок... Если ты еще раз к моей дочери подойдешь на расстояние пушечного выстрела, я тебя... Я тебя посажу, ты понял? Я все свои связи использую, у меня их много, поверь. Ты даже не представляешь... На тебя все убийства нераскрытые повесят, если ты только попробуешь... Ты меня понял, урод? А дело все в том, — теперь он обращался уже не к Алексею, а к родителям, — дело все в том, что этот урод, который охранником в школе работает, в свое рабочее время девочек малолетних... И не смей возражать, она сама мне все рассказала... Слышишь, сама! До чего довел девчонку, подлец!

Последние гневные слова были обращены к Алексею. Слова эти его просто ошарашили. «Рассказала — что?»

— Что? — Брови отца сдвинулись. Тревога на лице будто бы рассеялась совсем, уступив место крайнему возмущению: в этот момент он ни секунды не сомневался в том, что человек, стоящий перед ним, просто лжет. Откровенно и гнусно лжет, только зачем понадобилась ему ложь, было совершенно непонятно.

— То, что слышали. Я, собственно, за этим сюда и пришел, чтобы просто предупредить. Мог бы нанять крепких парней, они бы отмордовали тебя так, что и мать родная не узнала бы... Только не стал я этого делать.

— Премного благодарен.

Алексей, как это случалось с ним почти всегда в минуты крайнего волнения, попытался призвать на помощь сарказм. Но этот случай был неподходящим, совсем неподходящим, это был не тот случай, и Алексей это понимал, но ничего не мог с собой поделать...

— И наверное, напрасно. — Мужчина прищурился. Было заметно, как напряглись мускулы на лице.

«Сейчас ударит», — мелькнула мысль.

— Я бы врезал тебе, только руки марать не хочется. Дрянь...

— Это правда? — услышал Алексей голос отца. Не хотел оборачиваться, не хотел смотреть в глаза, но — пришлось... — Правда — то, что он говорит?

— Не совсем...

— То есть как это — не совсем? Это что вообще означает — не совсем?

— Я... Я тебе все объясню, пап. Я тебе все потом объясню... Да не волнуйся ты так...

— То есть... То есть как это — не волнуйся?

— Ладно, вы тут сами разбирайтесь. Я просто предупредить тебя пришел. Увижу или услышу от кого-нибудь, что ты к ней приближался, — плохо тебе придется. Запомнил?

— Да ведь вы...

— Я все сказал. Меня шофер внизу ждет, мне некогда тут у вас... — Он повернул уже ручку двери, но на пороге снова обернулся: — Эх и мразь... Ведь ей всего-

128

то шестнадцать. Вот только исполнилось. Ведь девчонка же совсем еще... Мразь!

Хлопнула дверь — как удар ладони по лицу. Алексей даже почувствовал эту пощечину, расплывающуюся алым пятном. Лицо горело, как от удара.

— Мама... Успокойся, мама...

— Так это правда?

— Это неправда. То, что он говорил... Это все не так было! — Алексей чувствовал, что задыхается от собственного бессилия что-либо объяснить. От того, что нельзя все это высказать в двух словах, коротко и просто, поставить точку, успокоиться самому и успокоить родителей. — Да что мы тут стоим в прихожей, как будто не у себя дома. Да успокойтесь вы... Господи, да что вы на меня так смотрите!

— Это и есть те самые неприятности, которые у тебя на работе?

— Да все не так было. Отец, мама... Я объясню сейчас...

— Да объясняй наконец, что ты все мямлишь! — закричал вдруг отец. Закричал громко и стукнул побелевшими пальцами, стиснутыми в кулак, об стену. — Объясняй! Да ты...

Он вдруг схватился рукой за грудь. Лицо в считанные мгновения стало полностью белым. Белым как полотно, как зимний снег...

— Коля! — Мать всплеснула руками и едва успела подхватить мужа. — Леша, «скорую»! «Скорую», быстрее! Господи, да что же это!

— Сейчас... Я сейчас, мама!

Алексей подбежал, обхватил отца с другой стороны и помог матери дотащить его до дивана. Обмякшее тело казалось очень тяжелым. Страх матери тотчас передался и ему. Противный комок внутри разрастался с каждой секундой, грозя выплеснуться наружу и заполонить собой все окружающее пространство.

Алексей помчался к аптечке, попутно схватив с базы трубку и набирая негнущимися пальцами «03». Высыпал на ладонь горсть таблеток нитроглицерина, выдавил белое круглое колесо валидола, прихватил корвалол и снова побежал в комнату.

— Возьми, мама... Алло!

Голос на том конце показался, как это часто случается, слишком равнодушным. И от этого равнодушия стало еще страшнее.

— Пожалуйста, срочно... Сердце... Да, уже был инфаркт... Шестьдесят два года...

Алексей назвал адрес, отложил в сторону трубку. Теперь оставалось только одно — ждать.


Не было ни времени, ни пространства. Только узкие стены и низкий потолок — черный квадрат, внутри которого — насмешка судьбы — он был заключен, как в клетке. Он почему-то не помнил, как оказался здесь. Смотрел сквозь густой и душный полумрак по сторонам, пытаясь прийти в себя, сконцентрировать мысли, осознать наконец, что же с ним случилось. Что-то шевельнулось в противоположном углу, он повернул голову, пытаясь проследить взглядом и определить источник движения, и сразу же, в ту же секунду услышал голос:

— Алеша... Алеша, проснись...

С усилием разлепив глаза, он увидел перед собой лицо матери. С трудом повернув голову, осмотрелся вокруг. Напротив увидел окно — большое, вытянутое и длинное, разделенное железной решеткой на разных размеров квадраты. «Зачем... Зачем в больнице решетки на окнах? Кто-нибудь может отсюда убежать?» — невнятная мысль промелькнула в голове и исчезла. В окне — кусок неба, распластавшийся, как кусок теста на столе, почти такого же цвета. По-осеннему лысые макушки деревьев, разделенные решеткой на оси абсцисс и ординат, заключенные в графы странной таблицы. Их движение, вызываемое порывами ветра, совсем не соответствовало математическим законам — постоянных координат установить было невозможно. Лысые ветки перескакивали из одного раздела таблицы в другой, на миг замирали, но, чувствуя, видимо, неудобство, принимались искать новые координаты — снова и снова. Полный абсурд — кому придет в голову рисовать пейзажи на миллиметровке?

Попытавшись подняться, он почувствовал, как затекло тело. Ощущение кошмара не проходило. И все же это был сон. Всего лишь сон, обыкновенный ночной кошмар, который может присниться каждому, и не стоит возводить этот глупый сон в какое бы то ни было предзнаменование.

— Мама... Сам не заметил, как заснул.

Алексей сидел в деревянном кресле в больничном коридоре. Он посмотрел на часы: двадцать минут седьмого. Оказалось, что, прислонившись спиной к холодной стене, покрытой кафелем, он проспал целых полтора часа. Напротив окна была расположена дверь реанимации. За прошедшие с момента поступления двенадцать часов она несколько раз открывалась, но никаких изменений в состоянии отца пока не было. Ни положительных, ни отрицательных.

— Все по-прежнему?

— Все по-прежнему. Состояние критическое. Они ничего не обещают.

Он никогда еще не слышал такого голоса у матери. Вмиг постаревшие глаза, чужие, далекие, как будто она смотрела на него сейчас чуть ли не с другой планеты. Обращалась к нему, но не видела и не чувствовала, что он здесь, рядом...

— Все будет нормально. Все будет хорошо, мама. Слышишь, я тебе обещаю, вот увидишь...

— Да, да. Конечно. Ты иди, Леша. И так всю ночь промаялся. Иди домой, поспи пару часов, потом приходи снова. Я посижу, покараулю...

— Я не уйду, мам. Никуда я не уйду. Вот увидишь...

В этот момент дверь реанимации приоткрылась. Оба они как по команде бросились вперед и застыли на месте в один и тот же миг, заметив, что врач смотрит куда-то мимо.

— Все будет нормально... Вот увидишь, — прошептал Алексей совсем беззвучно и прикоснулся ладонью к холодным пальцам матери. — Доктор...

Врач бросил на них короткий взгляд, покачал головой и произнес всего лишь несколько слов:

— Мы ничего не смогли сделать. — Вздохнул и добавил совсем тихо: — К сожалению...


Алексей шел не разбирая дороги. Казалось, земля горит под ногами. Шел, не думая, но в то же время смутно осознавая, куда идет.

Он чувствовал: ему нужно ее увидеть. Просто увидеть и сказать, что случилось. Посмотреть в ее глаза и понять наконец: она ни в чем не виновата. Справиться с этим кошмаром, с этой подступающей к горлу и настойчиво пытающейся задушить ненавистью. Ненавистью к человеку, который еще вчера казался самым дорогим. К девчонке, которая не может быть ни в чем виновата. Не виновата...

«Не виновата. Один ты во всем виноват. Только ты один...»

Время от времени он останавливался. Пытался убедить себя, что сейчас не время. Потом, когда-нибудь потом, когда пройдет первая и самая острая боль утраты, он во всем разберется. Разберется в своих чувствах к ней и будет продолжать любить, если это любовь, или ненавидеть, если это ненависть. Потом, не сейчас...

В лицо бил, обжигая, ледяной ветер. Он ничего не чувствовал — как будто тело его полностью потеряло чувствительность, словно пораженное зарядом электрического тока. Зарядом в тысячи вольт, который проходит по телу, и по странной прихоти судьбы это тело остается живым. Сгорает только то, что внутри, а оболочка остается, как ни странно, неповрежденной. Интересно, а душа — она тоже может отрастать заново? Как ногти и волосы? Душа, она может быть многоразовой? Или, может быть, у человека есть запасные души, множество запасных душ, заархивированных в клетках тела и встающих на место той, что погибла под током?

Боль — та, что внутри, казалась нестерпимой и разрасталась с каждым прожитым мгновением.

«Нет, не смогу. Простить не сумею...»

Он почти дошел до ее дома, остановился возле подъезда и повернул обратно, поняв, что у него просто нет сил бороться с этим чувством, прежде для него неведомым. Возможно, она не виновата. Возможно, он простит ее когда-нибудь, но только не теперь, не сейчас...

Алексей торопливо зашагал прочь. Снова налетел и ударил в лицо обжигающий холодной влажностью ветер. Он вдохнул его, наклонил голову по-бычьи и пошел вперед сквозь этот ветер, не зная, не думая о том, куда идет. «Не сейчас, — стучала одна мысль в сознании, и ей тут же, сливаясь в едином порыве, вторила другая: — Она... Из-за нее...»

Он отошел уже достаточно далеко от ее дома. Уже почти поверил в то, что встреча их не состоится, как вдруг издалека послышался громкий крик:

— Алексей! Алексей! Алеша!

Он обернулся.

Она бежала к нему, стремительными скачками перепрыгивая островки луж на дорогах. Распахнутая куртка. Синие джинсы, заляпанные грязными каплями. Растрепанные белые волосы. Зеленые глаза. Бежала, пытаясь обогнать время.

Подбежала, остановилась. Прерывисто и громко дышала, глядя в глаза. Деревья, машины, фонарные столбы у нее за спиной — все вдруг исчезло. Он смотрел на нее и видел перед собой совершенно другое лицо — лицо врача из палаты реанимации.

Она схватила его за руку:

— Леша...

А он услышал:

«Мы ничего не могли сделать. К сожалению...»

— Уходи. Уходи, или я тебя сейчас ударю. Честное слово, ударю. Уходи и больше никогда...

Он грубо отстранил ее руку и зашагал прочь — еще быстрее, еще размашистее. Но теперь уже другое видение стояло у него перед глазами — ее лицо.

Заплаканная, жалкая девчоночья мордашка. Разве кто-то, кроме него...

Но память настойчиво возвращала его к школьному вестибюлю. К ее настойчивым поцелуям, к ее шепоту. К тому эпизоду в прихожей, когда ее холеный и нахрапистый отчим пришел защищать собственную безвинную падчерицу. Защитил... И к этим его словам: «она сама мне все рассказала»...

Видение исчезло.

Он снова стоял один посреди шумной улицы, отстраненно глядя вслед убегающей тени. Всего лишь тени, которая когда-то, тысячи лет тому назад, имела живую плоть.

# МАША

Дверь, привычно и тихо скрипнув, приоткрылась.

— Маш!

Она оглянулась.

«А кого, собственно, ты ожидала увидеть?» — Она смотрела на Глеба. Смотрела в глаза — ох уж глаза эти, пора бы к ним привыкнуть, пора понять, что такое бывает, и не впадать каждый раз в мистический экстаз, раздумывая, а не имеется ли здесь какого-то скрытого, тайного смысла? Глеб умещался в дверном проеме весь, но она почему-то видела только его глаза.

— Да что ты так смотришь, Маш... Я ненадолго, минут на сорок. Успеешь собраться?

— Сама не знаю.

— Как это не знаешь? Ну разве сорока минут не достаточно, чтобы губы помадой намазать?

— Ты спросил, почему я так смотрю. Я ответила, Глеб. А собраться-то я, конечно, успею.

— Ну я побежал тогда. Пока, киска. Я люблю тебя.

— И я тебя. Не называй меня киской, пожалуйста.

— Не буду.

«Не буду», — эхом отозвалось в сознании. Сколько раз она просила его об этом? Сто, а может, двести? Он каждый раз отвечает — не буду. Маша вздохнула. Это просто дурная и неискоренимая привычка. То же самое, что курить. И не избавишься от нее, как ни старайся. Не бывает бывших наркоманов и алкоголиков, и не бывает, наверное, бывших называющих киской... О чем это она?

Часы показывали двадцать минут седьмого. Значит, в семь часов ее губы уже должны быть накрашены помадой. Интересно, если очень-очень сильно постараться, можно не успеть осуществить этот процесс за отведенное время? Наверное, все же нельзя.

Она подошла к зеркалу. Не глядя убрала волосы со лба, заправив под эластичную повязку. Выдвинула ящик, достала косметичку, открыла пудреницу. Некоторое время рассматривала нежно-розовый прямоугольник — десять граммов красоты и бархатной кожи. Взяла пуховку, скользнула, слегка надавив пальцами, подняла глаза, зная, что сейчас снова увидит свое незнакомое лицо.

Сначала это ее удивляло. Не верилось, даже поделиться ни с кем не могла таким странным своим открытием, ведь никто не поверил бы, что собственное лицо человека может казаться ему незнакомым. Но вот уже шесть лет она смотрит в зеркало и каждый раз видит незнакомое лицо. Шесть лет — две тысячи дней. Две тысячи отражений — разве можно ошибиться две тысячи раз подряд? Однажды она все же решилась — стараясь не обнаруживать признаков волнения, позвала Глеба и спросила:

— Тебе не кажется... Тебе не кажется, Глеб, что в этом зеркале я какая-то не такая?

— Не такая? А какая?

— Другая какая-то.

— Другая? Да брось ты, киска, обычное зеркало, почему ты должна в нем быть не такая? Такая же, как есть.

— Не называй меня, пожалуйста...

— Не буду.

Наивно было бы ожидать от этого разговора чего-то иного. Так, спросила для очистки совести. Спросила и забыла. За две тысячи дней уже можно к этому привыкнуть. Привыкнуть можно ко всему...

Она очнулась, услышав звук захлопнувшейся входной двери. Вздрогнула, подумав: и к этому пора бы уже привыкнуть, потому что уже два месяца прошло с тех пор, как Глеб открывает дверь ее квартиры своими ключами. Два месяца — шестьдесят дней, и с чего это ее сегодня потянуло на математику? Часы показывали пять минут восьмого. Оказывается, подумала Маша, если очень сильно постараться, то все-таки можно не успеть накрасить губы помадой. За сорок, а точнее, сорок пять минут. Единственное, что она успела сделать, — рывком стянуть с головы повязку и отбросить ее в сторону.

Знакомый силуэт снова показался в проеме двери. Глаза — обычные глаза в самом деле.

— Маша?!

Она обернулась, попытавшись сделать виноватый вид и зная заранее, что не получится. Актрисой она всегда была бездарной. Впрочем, наверное, не только актрисой...

— Я же просил. Ты же сказала... Боже мой, ведь нас там ждут.

— Подождут.

— Но в чем дело, я не понимаю? Чем ты все это время занималась?

— Собой, — честно ответила она.

— Что-то не похоже. — В голосе Глеба нарастала ярость. — Ты посмотри на себя! Посмотри на себя в зеркало...

«Не дождешься», — подумала она, продолжая оставаться неподвижной.

— Конечно, — продолжал распаляться Глеб. — Для тебя это не важно. Тебе это не нужно. Это нужно мне, эта встреча... Господи, ты же знаешь, я с таким трудом ее устроил...

— Не ты ее устроил, — деликатно поправила она. — Это Сергей ее устроил.

— Тем более, черт побери! Я столько ждал, готовился, думал все время, а ты...

— Да что случилось? — не сдержав раздражения, спросила она.

— Случилось то, что мы никуда не успеем теперь!

— Почему не успеем? Сейчас надену платье, и пойдем...

— Нет уж, моя дорогая. Оставь свои приколы, мы не на маскарад, к твоему сведению, собирались. Я пой-

138

ду один, черт с тобой, придется сказать, что у тебя болезненная менструация...

— Ни при чем здесь моя менструация. Значит, не хочешь идти со мной? — спросила она равнодушно.

— С тобой? Да посмотри на себя в зеркало! Лохматая, как черт!

Ну да, конечно. Она же стянула с головы повязку и не поправила волосы. Конечно, лохматая. Как черт...

Маша медленно обернулась к зеркалу — что ж, если так настойчиво ее об этом просят, повернулась, подняла глаза...

И больше не слышала — гневных обвинений, жалоб на судьбу, снова гневных обвинений, снова, снова... Сознание уловило только звук непривычно громко захлопнувшейся двери. И тишину. Тишину, шепчущую о том, что теперь они остались вдвоем. Только они вдвоем, и нет никого больше.

— Привет, — тихо сказала она, медленно опускаясь на стул перед зеркалом. — Явилась наконец. Где ты шлялась — шесть лет? Две тысячи дней, между прочим...

Отражение грустно улыбнулось в ответ.

— Только не уходи, — попросила она, — пожалуйста, не уходи. Слишком долго я ждала тебя, знаешь. Останься, хоть ненадолго. Поболтаем о пустяках. Вспомним старое доброе время, когда мы были вместе. Кто же знал, что так получится... Ну что ты, зачем эти слезы? Сама, между прочим, виновата. Я тебя каждый день ждала, а ты не приходила. А теперь вот плачешь. Перестань в самом деле. Лучше расскажи, как ты?..

Она прикрыла глаза, напряженно вслушиваясь в тишину, ожидая, когда же наконец...

— Да что рассказывать-то...

— Ты только не уходи.

— Не уйду. Останусь.

— Навсегда?

— Что за глупости. Навсегда ничего не бывает. Ты сама рано или поздно тоже уже не будешь... Зачем я тебе? Ведь жила же без меня. Столько лет жила.

— А что мне оставалось? Ведь ты не приходила. Я тебя ждала каждый день, искала. В зеркалах, в витринах. В воде, в лужах даже искала. Не было тебя.

— Да ладно тебе. В чем трагедия? Подумаешь, шесть лет!

— Это тебе легко рассуждать. Тебе по-прежнему шестнадцать, а мне уже, между прочим, двадцать два.

— Это вчера было шестнадцать. А сегодня мне тоже двадцать два.

— Так не бывает. После шестнадцати — семнадцать...

— Бывает. Знаешь же, что бывает.

— Знаю... И где же ты все-таки шлялась?

— И это ты знаешь. Не говори, что не знаешь. Неужели не помнишь — ветер, лужи на дорогах...

— Догадываюсь, кажется... Так и осталась там?

— Так и осталась. А что мне было делать? Ты ушла, а я осталась. Нужно ведь было остаться кому-то.

— Прости...

— Да ладно.

— Так ты что, правда думала, что он вернется?

— Ну, думала...

— Сумасшедшая.

140

— Я знаю. Мне все так говорят.

— А теперь? Теперь тоже думаешь...

— Не знаю. Лучше расскажи мне свой сон. Помнишь, тебе приснился сон...

— Я боюсь, он слишком страшный.

— Тот, в котором он тебя не узнал. Расскажи.

— Ладно, слушай. Мне приснилось, как ты звонила по телефону.

— В справочную?

— Ну да, в справочную, не перебивай, пожалуйста. Ты звонила в справочную, там очень долго занято было, ты раз двадцать ноль девять набирала, потом дозвонилась. Спросила номер телефона этой охранной фирмы, Господи, как же она называлась...

— «Шериф»...

— Не перебивай, пожалуйста. «Шериф». Ты хотела узнать его адрес или номер телефона, но тебе не сказали. Тебе сказали только фамилию. Прохоров. Потом ты туда поехала. Зашла в кабинет, села на стул и сказала, что не уйдешь никуда, пока тебе не дадут адрес. Долго сидела, часа два, наверное. Тебе дали адрес, а потом... Мне страшно.

— Рассказывай.

— Потом ты пошла по этому адресу, долго искала, вышла не на той остановке, помнишь? Помнишь дождь, мелкий, колючий, помнишь?

— Ты просила не перебивать.

— Ты долго искала. А потом увидела наконец этот дом, и номер на нем был написан какой-то грязно-зеленой краской. Криво так написан, краска почти стерлась от времени, номер двадцать девять дробь пятьдесят. Ты долго так рассматривала эти цифры, потом увидела автобус и людей возле крайнего подъезда. А потом музыку услышала...

— Рассказывай. Рассказывай, а то я снова уйду.

— Поняла, что хоронят кого-то. И застыла на месте, как статуя дурацкая. Стояла, а они вдруг начали приближаться. Шли медленно так. А ты все стояла. А потом увидела его. Он за гробом шел, и женщина рядом. Старая, с седыми волосами. И он тебя увидел...

— И не узнал?

— Не узнал, конечно же. Он и не мог узнать. Ведь это уже не ты была, а я. Меня-то он не знал, а тебя больше не было. А потом я побежала куда-то, долго так бежала, и все на меня оборачивались, потом споткнулась, упала в грязь, потом разревелась как дура. Долго так ревела, бродила по улицам и ревела. А потом пришла к тебе домой. А родители твои, то есть мать с отчимом, меня не узнали тоже. И сказали, что жить у них я не буду, потому что я им чужая. Купили мне билет и отправили на следующий день в Москву, к тетке твоей. Там я школу окончила, десятый и одиннадцатый. А потом сюда вернулась.

— Зачем?

— Я все тебя искала. Там, в Москве, искала — не нашла. Подумала, может, ты здесь, и вернулась. И здесь тебя искала еще четыре года.

— А этот сон? Он тебе больше не снился?

— Снился. Тысячу раз снился. Только ведь ты знаешь, что это не сон...

— Знаю. Господи, бедная ты...

— Ну вот, опять слезы. Говоришь, двадцать два, а сама как маленькая, ей-богу. Перестань плакать.

— Не буду больше. Расскажи о себе.

142

— Да что рассказывать-то? Живу...

— Расскажи. Кто он?

— Он?

— Тот, что рядом с тобой сейчас.

— Прошу тебя, давай не будем об этом. Я слишком устала, мне тяжело. Я не знаю. Не знаю, как тебе об этом рассказать. Ну не смотри так, пожалуйста!

— Расскажи так, как можешь рассказать мне. Только мне, не кому-то другому...

— Я шла по улице. Солнце такое сильное в глаза било. А у меня очков темных не было, и я щурилась все время. Остановилась возле витрины, а потом услышала вдруг: «Девушка, что же вы так щуритесь, от этого морщины ранние появляются». Повернулась на голос вправо и увидела его глаза. Вот и все. Теперь он со мной.

— А ты с ним?

— Не знаю...

— И что же там за глаза такие были?

— Ты ведь знаешь.

— Скажи!

— Это были его глаза. Его — серые, глубокие. Точно такой же разрез, те же ресницы длинные, белесые. Его глаза, понимаешь!

— А все остальное?

— Все остальное? Нет, конечно, нет. Только глаза...

— Бедная ты...

Маша отвела взгляд в сторону. Та, другая, тоже стала смотреть в окно.

— Что ж, помолчим...

И в самом деле, как все это могло получиться? Этот странный слепящий день, это солнце. Почти год назад

143

она шла по улице, и солнце било в глаза. Шла, с каждым шагом приближаясь к очередному отрезку своей судьбы, и даже не догадываясь об этом. Конечно же, не догадываясь, потому что не дано людям знать наперед все, что с ними будет дальше. Она рассматривала книги на лотке, хотела купить какой-нибудь простенький детектив в мягкой обложке, который можно прочитать и без сожалений подарить соседке тете Соне, которая не смущаясь держит подобного рода книжки на полках. «Банда-один», «Банда-два, три, четыре...» Маша долго смеялась, когда увидела грандиозное собрание подобных сочинений у своей соседки, в тот же день подарила ей все детективы, которые у нее тоже имелись, но хранились на самой верхней полке в шкафу. В тот день она собиралась купить какой-нибудь детектив, она даже присмотрела уже нечитаный, кажется, роман Чейза, и цена оказалась грошовой, как вдруг услышала рядом голос:

— Девушка, что же вы так щуритесь. От этого, знаете ли, ранние морщины появляются.

И, обернувшись, посмотрела в его глаза...

— Морщины? — лихорадочно соображая, как бы продолжить разговор, как бы не упустить это чудо раньше, чем можно будет в него поверить, переспросила она. — Вы косметолог?

— Нет, что вы. Вовсе нет.

Он отвернулся, расплатился за книгу, и Маша вдруг увидела промелькнувшее перед глазами имя автора — Набоков.

«Господи, да что же это?»

Он удалялся, увеличивая с каждым шагом расстояние, отделявшее ее от такой желанной катастрофы. Допустить этого было нельзя, и она помчалась за ним, задевая на ходу плечами, расталкивая локтями проходящих мимо людей.

...Видели бы ее сейчас те тетки-сплетницы, которые чего только не напридумывали, пытаясь как-то объяснить себе странное затворничество Машки Сорокиной. Кто ведь только к ней не клеился, как только не пытались расшифровать эту загадочную высокомерность, недопустимую, унижающую. И начальник отдела, даже тот пытался завязать с ней роман, но только куда там, она его отбрила так, что тот сразу прекратил смотреть на нее маслеными глазами. Вообще на женщин смотреть разучился. В конце концов после долгих обсуждений завистливые тетки из отдела кадров, в котором Маша работала секретарем, ненадолго решили, что она просто лесбиянка. Но та и к женщинам никаких нежных чувств не выказывала, предпочитая, видимо, свою дурацкую загадочность какой бы то ни было форме отношений между полами.

Маша хорошо помнила этот разговор. Начальник отдела, Андрей Петрович, высокий, представительный и молодой еще мужчина, неженатый при этом, все звал ее как-нибудь в кафе, как-нибудь в театр, как-нибудь к себе в кабинет... В кабинете у него она бывала часто — по работе, а в тот вечер, когда она задержалась, не успев разобраться в каких-то неотложных бумагах, они оказались в его кабинете вдвоем. Разговор прыгал, как солнечный зайчик, от одного к другому. Наконец он подошел сзади и легонько положил свою руку ей на талию. Маша замерла на мгновение, но руку его не убрала, решив посмотреть, что же будет дальше. Рука осмелела, двигалась все выше, к ней присоединилась вторая рука и нежный шепот:

— Маша...

Она резко отстранилась:

— Не нужно, Андрей Петрович. Ни к чему.

— Не понимаю, — вздохнул он. — У тебя есть кто-нибудь?

— Никого у меня нет.

— Тогда не понимаю.

«Крыша — в пути», — подумала Маша, поражаясь тому, насколько высоким самомнением обладают некоторые представители мужской половины населения планеты. Как будто и в самом деле не может быть у нее никаких других причин, чтобы не воспылать любовью и не отдаться прямо здесь же, в кабинете, своему начальнику.

— Что вы не понимаете?

— Если у тебя никого нет... Ты же женщина, Сорокина. Молодая, красивая. Почему?

— Потому что у меня, Андрей Петрович, вагинизм, — сказала она серьезно, с трудом сдерживая хохот от одного вида его бровей, взлетевших дружно вверх. Одна бровь взлетела выше, и теперь весь он, ее начальник, походил на клоуна, который, выйдя на сцену, позабыл, какое именно лицо нужно представить публике первым — печальное или радостное.

— Что у тебя?

— Вагинизм, Андрей Петрович. Судорожное сжатие мышц. Причем очень редкая его разновидность — я члены заглатываю. И потом требуется хирургическое вмешательство, чтобы их, эти члены, высвободить. Сколько раз пробовала — каждый раз приходится пожарную команду вызывать.

146

— А почему пожарную команду? — Он продолжал взирать на нее обалдевшими глазами, пытаясь понять, шутит она или говорит серьезно. Брови все так же висели почти под самой линией волос.

— Не догадываетесь? Ну что вы в самом деле, Андрей Петрович, в краску меня вгоняете. Мы же срослиеся, передвигаться не можем. А телефон-то на кухне стоит. Вот и приходится каждый раз орать — пожар, пожар, помогите. Пожарные приезжают, окна в квартире выбивают и приносят телефон в спальню. А потом уже я «скорую помощь» вызываю...

«...идиот!» — хотелось добавить в заключение, но она сдержалась — начальник все-таки.

— И часто они у тебя бывают, такое вот... пожары?

— Случаются. Я даже договор заключила с заводом «Техстекло», чтобы по оптовым ценам... Знаете, выгодно. Гораздо дешевле получается. Потому что на самом деле очень часто такие вот пожары...

Она врала — не было в ее жизни никаких пожаров. Был один-единственный там, в школьном вестибюле, и с тех пор она стала их ужасно бояться, потому что и сейчас еще помнила, как больно обжигает огонь беззащитную кожу, как долго, немыслимо долго рубцуются шрамы...

Он смотрел на неё, брови медленно опускались, в глазах появлялось какое-то новое, незнакомое выражение. Как будто он всю свою жизнь пытался вспомнить что-то очень важное, силился все свои тридцать восемь лет, не получалось, и вот теперь вспомнил наконец.

— Извини, — услышала она, — извини, Сорокина.

Промелькнувшее желание обозвать себя сволочью быстро прошло, она улыбнулась и снова углубилась в

147

надоевшие бумаги. А он все стоял, смотрел на нее пристально, не отводя глаз, и вдруг спросил:

— И все-таки... Скажи, почему?

— Потому что я старомодная, Андрей Петрович. Живу по заветам Чернышевского. Только с тем, кого люблю. И больше ни с кем и никогда.

— Я думал, что таких в наше время не осталось.

— Не знаю. Может, и правда не осталось. Может, я одна такая, но что ж поделаешь.


...И вот теперь она бежала. Мчалась, расталкивая прохожих, даже не пытаясь что-то объяснить себе, не думая, что выглядит смешно и нелепо. Догнала наконец, схватила за рукав рубашки, заставила обернуться, снова увидела его глаза и спросила его, как последняя идиотка, как откровенно истосковавшаяся по самцу самка — да наплевать, пусть думает что угодно! — не хочет ли он зайти к ней сегодня вечером на чашечку кофе. Так и спросила:

— Не хотите ли вы сегодня вечером зайти ко мне на чашечку кофе?

Как настойчивый коммивояжер, предлагающий прохожему немного странный товар — себя. Свое тело, свою душу, свое прошлое и будущее. При этом совершенно бесплатно. Вцепившись мертвой хваткой в рукав грозившей треснуть по швам рубашки.

— Что?

Он смотрел на нее — в глазах сквозило удивление, он на самом деле обалдел от такого поворота событий. Она и сама не знала, что такое бывает. Те же ресницы, тот же цвет, тот же разрез и глубина. Разве можно было забыть эти глаза?

— Зайти ко мне сегодня вечером на чашечку кофе. Меня зовут Маша. А вас?

— Глеб.

— Вы читаете Набокова?

— Читаю.

— Вам нравится?

— Нравится, наверное, если читаю.

Голос был другим. Низким, с хрипотцой, совсем не подходящим к этим глазам. И волосы намного темнее, и поворот головы, и руки — все другое. Только глаза.

— Послушайте, Маша. Вы мне рубашку порвете.

Она отпустила, разжала пальцы, испытывая в глубине души затаенный страх: а вдруг он убежит сейчас? И правильно сделает, ведь самое лучшее, что можно сделать, повстречав на улице психа, — это уйти, скрыться от него подальше, потому что никто не знает, какого рода у него помешательство, тихое или буйное.

— Вы не думайте, Глеб, я не сумасшедшая.

— Правда? — спросил он серьезно. Она кивнула, и он вдруг рассмеялся: — Сразу бы сказали. Сначала — что не сумасшедшая, а потом все остальное. Как мне расценивать ваше предложение?

— А не нужно его никак расценивать. Мы же не на Большой Казачьей, чтобы его расценивать. Предложение совершенно бесплатное. Скидка — сто процентов. Остается только согласиться.

— Пожалуй, я так и сделаю. Вы меня заинтриговали, Маша. Честное слово. Набросились на меня, как пантера...

Кольнуло воспоминание — там, где сердце, тысячи мелких игл, те же, наверное, что колют затекшую от неподвижности руку. Ногу. Любую часть тела, затекшую от неподвижности. Первые сигналы о том, что кровь снова побежала по венам. Что она, эта часть тела, умерла, оказывается, не навсегда.

— Давайте я запишу ваш номер телефона.

Он достал из кармана мобильник, она продиктовала. Короткий сигнал подтвердил, что номер в памяти сохранился.

— Что ж, до вечера.

Оставалось только ждать...

Она ждала, решив про себя, что вечер начинается приблизительно в пять часов. Сидела в кресле, читала книгу, ходила по комнате — нет, все же не в пять, а в шесть. В семь. В восемь... Взяла другую книгу, полистала страницы, прислушалась к часам — тикают. Может быть, в девять? Подняла телефонную трубку, услышала долгий сигнал — работает. Ну не в одиннадцать же в самом деле?

Тот вечер так и не наступил — день медленным рывком превратился в ночь, она проснулась рано утром и начала ждать следующего вечера, прогоняя смутное предчувствие, что и он, этот следующий вечер, тоже не наступит. Впрочем, в этот раз было намного легче. И книга почему-то казалась намного интереснее. Те же самые строчки, которые уже были прочитаны вчера, казались незнакомыми и захватывающими. И не нужно было прислушиваться к часам, чтобы услышать, как они тикают, на всю квартиру, так громко, что даже соседи, может быть, слышат. И зеленый огонек, светящийся в уголке телефонной базы, ясно указывал на то, что телефон работает. Не нужно было снимать трубку, чтобы убедиться в этом, услышав долгий сигнал ни о чем.

О том, наступит ли следующий, третий вечер, она и не задумывалась. Он наступил как-то внезапно, застав ее все в том же кресле, все с той же книгой в руках. Проводил на кухню, наблюдая из окна, как она варит кофе, хрустит печеньем. Выглянув из-за плеча, прошелестел страницами газеты. Прозвонил откуда-то из глубины комнаты протяжной трелью, напомнив о себе, и она подумала — вечер...

— Здравствуйте, Маша.

Голос на том конце был незнакомым — трудно, невозможно было соединить в один образ этот голос и эти глаза, это были части из двух совершенно разных картинок, разрезанных на кусочки, которые нечаянно перепутали. Она уже ничего не хотела.

— Это Глеб.

— Здравствуйте, Глеб.

— Извините, не смог позвонить раньше... Ваше предложение остается в силе?

— Остается в силе, — ответил кто-то за нее, потому что у нее не было сил говорить.

— Отлично. В таком случае я подъеду через несколько минут.

— Я вас жду, — ответила она и опустила трубку, огляделась по сторонам: в комнате не убрано, нужно бы навести порядок, и пыль на полках уже дней пять, наверное, не вытирала. Нужно было...

Снова раздался звонок. Она долго смотрела на телефонную трубку. Подумала — это опять он, может быть, передумал, понял наконец, что все это глупость, горячечный бред, что нет и не может быть ничего между ними. Все понял и все решил за нее. Подняла трубку и на самом деле услышала его голос:

— Маша, вы же мне адреса не сказали.

Он появился спустя минут двадцать. Позвонил в дверь, она вздрогнула. «Ну не может же он в самом деле пройти сквозь стену», — успокоила себя по дороге, открыла, увидела его глаза.

— Привет, — сказал он, не переступая порога.

Она увидела большой пакет в его руках, из него выглядывало одетое в фольгу горлышко шампанского, виднелись оранжевые шары апельсинов, источая любимый с детства запах.

— Привет, — ответила она, — проходи.

Он переступил порог, поставил пакет на пол, наклонился, принялся развязывать шнурки на ботинках. Она все смотрела на него, пытаясь уловить хотя бы одну знакомую черту в его движениях. Ничего не было — абсолютно чужой человек, продолжал оставаться чужим, пока не поднял глаза, и так все время. Это ощущение сводило ее с ума, никак не хотело покориться примитивному сознанию, все требовало от нее настойчиво какого-то шестого, или седьмого, или бог знает какого по счету чувства, которое смогло бы примирить ее с двойственностью этого образа.

Она провела его за собой в комнату. Он выложил на столик между креслами апельсины, шампанское, коробку шоколадных конфет.

— Ты любишь шампанское?

— Люблю, — ответила она и поставила на стол два фужера.

— Ну вот, — улыбнулся он, — теперь я хоть что-то про тебя знаю. Но мне этого мало. Расскажи еще что-нибудь.

«Не о погоде же», — промелькнула мысль. Она опустилась в кресло и принялась рассказывать, изредка поднимая глаза и снова опуская. Взгляд плавал — в бокале с искрящимся шампанским, скользил — по оранжевым долькам апельсинов, прыгал — с полки на полку, везде пыль, которую так и не вытерла. Снова поднимала глаза — глоток воздуха, и снова взгляд убегал, а она задыхалась, но терпела до последнего, когда без воздуха уже было совсем невмоготу — снова смотрела в его глаза и продолжала рассказывать. Ни о чем — о себе:

— Я здесь родилась. В этой квартире на Большой Садовой. «Скорую» вызвал отец, а они задержались, как обычно. А я торопилась. Пришлось прямо здесь роды принимать. Мы здесь долго жили, а потом в центр города переехали. С мамой. А отец остался.

— Разошлись родители?

— Да, разошлись. Мама сразу замуж вышла, через месяц, а отец умер через полгода от сердечного приступа.

— Ты его очень любила, своего отца?

— Да, я его очень любила. С ним всегда было интересно. Он был такой, знаешь... Шутил все время. Понимал все. Иногда приду из школы домой расстроенная, мама пристает — что случилось, расскажи да расскажи. А он говорил ей: «Оставь ее, Вера. У нее просто грустные хромосомы, и ничего ты с этим не поделаешь». Смеялся, и мне сразу легче становилось. Он генетикой занимался.

— Сколько же тебе лет было, когда...

— Одиннадцать. Я с ним хотела остаться, с отцом. Только он меня сам попросил, чтобы я за мамой смотрела. И берегла ее. Вот мне и пришлось жить с ними. С мамой и отчимом. А на отца я тогда обиделась — мне казалось, что он от меня отказался. Бросил. Потом только поняла.

— В таком возрасте очень остро...

— Очень остро. Ты даже не представляешь, насколько остро. Я два раза из дома убегала, бродяжничала, в подвалах на подстилках каких-то ночевала, потом меня милиция домой приводила. Один раз таблеток наглоталась, нитроглицерина. Мне тогда четырнадцать было. Еле откачали. Я однажды отчима случайно дома застукала... с женщиной. Вот и наглоталась тех таблеток. А матери ничего не сказала.

— А потом?

— Тебе правда интересно?

— Правда.

— Сергей, отчим мой то есть, он человек очень влиятельный и богатый. В администрации еще тогда важный пост занимал, а теперь... Да ты слышал его фамилию — Бирюков.

— Бирюков?! Ты хочешь сказать, что Сергей Бирюков — твой... Ничего себе! Бывает же такое!

— Бывает, наверное.

Она смотрела на него, раздумывая, почему вдруг стала рассказывать этому человеку о том, о чем никогда и никому не рассказывала. Это его удивление, этот восторг по поводу ее «великого родства» неприятно смутил ее. Теперь уже не хотелось рассказывать. Про цветы, которые мать положила на гроб отцу — розы, точно такие же, абсолютно того же оттенка, которые держала она в руках, счастливая, во время пышной свадебной церемонии, выходя замуж за того,

154

другого. Про свою ненависть к цветам. Про комнату, в которой она за один день отодрала шелковые нежно-лиловые обои, искалечила подвесной потолок, повыдергивала все лампочки, пошвыряла на пол дорогущие потолочные плитки, истерзала кухонным ножом невиданное в то время чудо — ламинат. Про то, как подметала три месяца полы в соседнем подъезде, как купила на заработанные деньги дешевые обои. Как клеила их на стены, вся перемазавшись клеем. Как упрашивала мать нанять машину, чтобы перевезти мебель из старой квартиры — диван, шкаф, письменный стол, книжные полки, рулон старого, так и не пошедшего в дело линолеума. Как снимала занавески — вот с этого окна, как упиралась, вцепившись в старый отцовский аккордеон, невразумительно мычала в ответ на справедливый в общем-то вопрос: кто на нем будет играть, Машка? Притащила-таки вместе с книжкой, случайно оказавшейся на полке в прихожей, — «Молекулярно-цитологические основы...». Как воровала сигареты на рынке. Как строила свой мир, государство внутри государства, как рисовала ночами, как воевала — отчаянно... Не хотелось уже ни о чем рассказывать.

— Ну, а что дальше было?

— Ничего не было. То есть было все, как обычно бывает. Десятый класс здесь начинала, окончила в Москве. И одиннадцатый тоже.

— Почему в Москве?

— Я там у тетки жила. Они планировали, чтобы я потом в московский какой-нибудь вуз поступила. Я не захотела, вернулась. Стала жить здесь, в старой квартире. Два раза поступала на биофак в университет, и два раза одного балла не хватило. Не прошла, в общем, по конкурсу. На работу устроилась.

— Где ты работаешь?

— На заводе.

— На заводе? — Он заметно удивился.

— В отделе кадров, секретарем. — Маша улыбнулась. — Что, так сложно меня за станком представить?

— Сложно. — Он улыбнулся в ответ. — Тебя проще представить... за роялем. Или за мольбертом.

— Скажешь тоже, — отмахнулась она и снова увидела его глаза. В них промелькнула тень — какая-то тень, тогда она не смогла, не сумела распознать ее природу. Не знала, что догадка придет потом, много позже — уже много недель спустя после того, как он начнет открывать своими ключами дверь ее квартиры.

— Что ж, Маша, давай снова поднимем бокалы за наше знакомство.

— Что ж, Глеб, давай поднимем. Может, теперь ты расскажешь мне о себе?

— Расскажу, если хочешь. Только рассказывать в общем-то нечего. Родился, учился.

— Так прямо сразу и учился?

— Ну нет, не сразу, конечно. Сначала в школе, потом в институте. В Поволжской академии госслужбы. Слышала про такое заведение?

— Слышала.

— Ну вот. Родился, учился. Жил и не знал... Не знал, что ходит где-то по земле удивительная девушка с зелеными глазами, которую зовут так просто — Маша. Не знал, что такое бывает.

«Не бывает, — оборвалось что-то внутри, — не бывает такого!»

Он поднялся, шагнул вперед и опустился на пол, положив голову ей на колени. Она закрыла глаза, лихорадочно пытаясь сообразить, что же ей сейчас нужно делать. Как это бывает, как оно происходит между двумя людьми, которые еще два часа назад совсем не знали друг друга. Положила осторожно ладонь на его волосы — жесткие, чужие. Попыталась представить... Не смогла. Стала перебирать их пальцами, наверное, так, пронеслась мысль, только неужели, неужели так — вот так, просто...

Не было никакой карусели, мелькающей перед глазами. Пол и потолок стояли на месте — так вот как это бывает... Спокойно и медленно — только бы не терять его глаза из виду, зачем он их все время закрывает, невозможно выдержать эти зажмуренные, слипшиеся веки...

— Открой глаза, — прошептала она.

Он открыл, мелькнуло удивление, потом снова закрыл, но она прошептала: пожалуйста, — и он понял ее и все оставшееся время уже почти не сводил с нее взгляда, крепко смежив веки только в тот момент, когда уже вжимался в нее с последним стоном.

Потом они долго молча лежали на старом гобеленовом диване без постели. Наконец она поднялась, обернулась к нему:

— Чему ты улыбаешься?

— Первый раз в жизни трахался с открытыми глазами, — ответил он, продолжая улыбаться задумчиво. — Придется привыкать, значит.

— Ко всему можно привыкнуть, — ответила она, не поверив самой себе.

Оказалось, что ошибалась: она постепенно привыкла к нему, незаметно привыкла к его частым визитам, даже заметила, что скучает, когда он не появляется у нее больше двух дней. Она сама позвала его, и он пошел в ее жизнь послушно, как доверчивая собака бежит следом за случайным прохожим, который подарил ей прикосновение или доброе слово. Она часто задумывалась над тем, кто же из них двоих, собственно, выступает в данном случае в роли доверчивой собаки, но так и не смогла решить. Иногда ей казалось, что судьба свела их вместе не случайно, иногда она просто отказывалась понимать эту случайность, отчетливо осознавая, что слишком мало в этом человеке всего того, что она так хотела в нем увидеть. Что он даже отдалено не напоминает ей того, которого до сих пор не может забыть. Только глаза, да и глаза со временем стали привычными, срослись со всем остальным и перестали волновать ее своей случайностью и неуместностью на этом лице. Только иногда, все реже и реже, они заставляли ее впадать в меланхолическую задумчивость, отключаться от всего мира, провоцируя недоумение, а со временем даже и злость Глеба.

Дни шли за днями. Она ходила на работу, в выходные пекла пирог, он приходил обязательно с бутылкой шампанского, как-то раз даже принес цветы, но она сразу же позвонила в дверь напротив и отдала букет недоумевающей тете Соне.

— Терпеть не могу цветы. Ненавижу. Извини.

Он как-то утрамбовал в сознании эту странную ее особенность, возможно, посчитав просто за рисовку, потому что тогда в ответ на ее извинения после долгого задумчивого молчания произнес:

— Имидж — ничто, жажда — все. Твое дело, я больше не буду приносить тебе цветы. Извини, киска.

«Да пусть, пусть думает что хочет. Какая разница, имидж — пусть будет имидж...»

В принципе ситуация ее устраивала. Она наконец призналась себе, что за долгие годы устала от одиночества. У нее почему-то не было подруг, не было даже приятельниц — так повелось еще с детства, что она никого не пускала в свой неблагоустроенный мир. Всегда одна — смотрела телевизор, читала книги, гуляла по набережной, изредка останавливаясь и подолгу рассматривая свое отражение в мутной воде. По выходным пропадала в музеях среди картин, теряя счет времени, — одна. Подумывала даже завести собаку, но решила, что не сможет обеспечить ей нормальной жизни — даже не из-за дороговизны собачьего питания, а просто потому, что редко бывает дома. Не сможет она ничего, кроме тоскливого одиночества, подарить собаке.

С появлением Глеба жизнь изменилась. Она как-то поймала себя на мысли о том, что начала торопиться с работы домой. Такого с ней раньше никогда не случалось — Маша с работы уходила в числе последних, ей ничего не стоило остаться на лишние час-полтора, заменить кого-то, кто заболел, выполнить без всякого вознаграждения чужие обязанности. Теперь все изменилось — она откровенно игнорировала прозрачные намеки некоторых коллег, привыкших к ее безотказности, начинала собираться без пятнадцати и без пяти шесть уже стояла на остановке, поджидая автобус.

В этих отношениях ее больше всего привлекало то, что она, находясь рядом с Глебом, продолжала чувствовать себя свободной. Он никогда не возражал, не высказывал никаких признаков недовольства, если она просила его не приходить в воскресенье или в субботу, потому что привыкла проводить выходные среди картин или возле воды. Внимательно слушал потом ее долгие рассказы, почти ни слова не говоря в ответ. Принимал ее такой, какая она есть, со всеми ее странностями и приобретенными еще в детстве комплексами.

Они встречались всегда только у нее дома, и это тоже вполне устраивало — она всегда была домашним существом и не мудрствуя лукаво решила, что и Глеб относится к ее породе. Только один раз он позвал ее покататься по городу на машине. Ей понравилось — мелькали огни за окном, они были вдвоем, слушали музыку, смеялись. Но потом подержанная «восьмерка» у Глеба сломалась, он долго ее ремонтировал и после этого уже ни разу Машу на прогулки не звал. А она и не вспоминала — дома все-таки было уютнее. Провожала каждый раз взглядом из окна его машину, махала рукой, думая: когда он придет в следующий раз? Глеб приходил тричетыре раза в неделю, она никогда заранее не знала, что он придет, и это тоже нравилось, потому что появление его всегда несло в себе элемент неожиданности.

Как-то раз, спустя два месяца после начала их отношений, Глеб впервые остался у нее ночевать. Утром, проснувшись и почувствовав рядом его тепло, она чуть не расплакалась. Вот ведь, оказывается, как оно — думаешь о себе, воображаешь, что не такая, как все, особенная, а оказывается — только и надо, что проснуться утром и увидеть, что ты в постели не одна. Сварить кофе на двоих, вместе собраться на работу. Может, она просто стареет?

— Послушай, — как обычно, не давая разуму заглушить голоса чувств, произнесла она еще полусонным голосом в то утро, — тебе не кажется, что нам пора начать жить вместе?

— Ты хочешь, чтобы мы жили вместе?

— Хочу, — ответила она.

— Хорошо, давай будем жить вместе.

Приняв совершенно спокойно ее неофициальное предложение руки и сердца, он взял у нее дубликат ключей от квартиры и в тот же вечер принес к ней домой кое-что из своих вещей. Маша сидела на краешке дивана, с непонятным чувством наблюдая, как в ее шкаф вселяются мужские рубашки, брюки, галстуки, уютно сворачиваются на полках джемпера и футболки. Потом все с тем же чувством обнаружила на полках в ванной пену для бритья, гель после бритья, бритвенные принадлежности, расческу. Как будто кто-то решил открыть у нее дома цирюльню. Потом услышала:

— Киска, а что у нас сегодня на ужин?

Она понятия не имела, что у них сегодня на ужин, потому что никогда ужин не готовила, вообще ничего, кроме завтрака, не готовила — обедала на работе, вечером пила кефир или чай с печеньем. В выходные и вовсе питалась хот-догами или мороженым на улице, вечером — все тот же кефир... Только иногда в субботу или воскресенье пекла пироги к его приходу.

— На ужин? — перепросила она немного удивленно.

— Ну да, на ужин. Я сегодня последний раз ел в три часа на работе.

Пришлось пойти в магазин и купить готовых пельменей.

С тех пор она стала готовить ужин, открыла, к собственному удивлению, в себе массу кулинарных способностей. «Клушка», — обзывала себя, увидев случайно собственное отражение в зеркале во время кулинарных приготовлений. Фартук в горошек, выражение тупой сосредоточенности на лице. Сбрасывала фартук, со злостью отшвырнув подальше. Потом смеялась, в голос хохотала сама над собой и снова надевала фартук.

Первое время они даже не ссорились. Глеб часто задерживался на работе — она знала, что работа отнимает у него много времени и сил, поэтому относилась к его поздним приходам с пониманием. Первая ссора случилась, когда он пришел под утро, в пятом часу. Маша всю ночь не сомкнула глаз. Он вошел, она почувствовала с порога запах перегара и, не выдержав, начала кричать на него.

— Ты не понимаешь. — Он опустился, прямо-таки рухнул на диван рядом с ней. — Ты ничего не понимаешь! Ты просто не в состоянии представить, как все это выматывает меня! Выматывает и унижает. В конце концов, я могу иногда позволить себе хоть немного расслабиться?

— Унижает? — переспросила она с недоумением.

— Ничего. Ничего ты не понимаешь.

— Послушай, Глеб. — Она легонько дотронулась ладонью до его волос, погладила.

Он резко отстранился.

— А ты думаешь, мне легко? Легко и приятно работать мальчиком на побегушках, после того как я с отли-

162

чием окончил институт государственного управления? Стоило пять лет гробиться, чтобы потом всю оставшуюся жизнь работать рекламным агентом в газете бесплатных объявлений! Ни черта ты не понимаешь!

— Понимаю, — тихо возразила она, — я, кажется, понимаю тебя, только почему же...

— Да потому, — перебил он, — что образование в нашей стране, как ты знаешь, не гарантирует никакой работы, кроме торговли колбасой на улице! Нужны связи, деньги... Деньги, черт бы их побрал, а где их взять, эти деньги? Сутки напролет носишься, телефонные провода обрываешь, улыбаешься тем, кому так и хочется в рожу плюнуть, — и что? Работаешь в результате на унитаз. Так и будем всю жизнь жить с тобой в этой дыре, в этой старой халупе с драными обоями, ездить на этой тарахтелке, которая вот-вот развалится... Что она за сука, эта жизнь!

— Глеб, успокойся...

— И не надо меня успокаивать! Не надо! Пошла бы ты со своими высокими материями...

Он откинулся на подушку, закрыл глаза. Маша прилегла тихонько рядом, стараясь дышать неслышно, чтобы он поскорее заснул. Он на самом деле заснул через несколько минут, даже не раздевшись, а она так и пролежала с открытыми глазами, глядя в потолок, до самого утра. Потом поднялась неслышно, умылась, сварила кофе. Подошла, прикоснулась к его плечу:

— Глеб, просыпайся. Пора на работу. Глеб...

С трудом проснувшись, он поднялся, прошел, ни слова не говоря, не глядя на нее даже, в ванную. Выпил горячий кофе — почти залпом, оделся. Она стояла, прислонившись спиной к стене, и смотрела, как он торопливо шнурует ботинки.

— Послушай...

Он продолжал возиться со шнурками, делая вид, что не слышит ее. Взял с полки обувную щетку, быстрым движением смахнул пыль с черной лакированной поверхности остроносых «казачков». Поднялся, швырнул щетку на пол...

— Послушай, если хочешь, я поговорю с Сергеем.

— Поговори, если хочешь, — ответил он равнодушно. Хлопнул дверью. Некоторое время она прислушивалась к его шагам, которые наконец стихли на лестнице. Вздохнула, посмотрела на часы — она и сама, наверное, опоздает теперь на работу, если будет продолжать подпирать стену. Вернулась в комнату и принялась натягивать колготки. Собственный голос, не смолкая, звучал в сознании. Странные слова — «если хочешь, я поговорю с Сергеем...». Неужели она и правда подумала, что станет просить помощи у этого человека? Как она себе это представляет? На самом деле — никак...

В этот вечер он не задержался, как обычно, на работе. Пришел почти вслед за ней, улыбнулся с порога, как будто ничего не случилось. С аппетитом съел две порции жареной картошки с котлетами. Разговаривал, как обычно, легко и ни о чем. Она улыбалась в ответ, пытаясь ничем не выдать тайного напряжения — сейчас, вот сейчас он спросит, и что она ему ответит? Что ляпнула просто так, не подумав о том, что обещает что-то невыполнимое, нереальное, просто чтобы успокоить его хоть на время? Если бы она вообще знала, зачем это сказала... Но он молчал, не вспоминая утреннего эпизода, и Маша подумала, что он все понял, все понял именно так, как надо, и была благодарна ему за это и почти счастлива.

На следующий день был выходной, и она не пошла на набережную, осталась дома, чтобы быть с ним. Налепила пельменей, испекла, как обычно, пирог с капустой. Смотрела вместе с ним футбол по телевизору, потом какой-то фантастический боевик, потом они просто валялись в постели, разговаривали о чем-то.

— Ты из-за меня пропустила свое традиционное блуждание по городу? Из-за меня?

— Из-за тебя, — согласилась она, — только не думай, что я жалею об этом.

— А я — жалею. В самом деле, что это мы с тобой сидим, как два дурака, дома, глазеем на эти ободранные стены? Пять часов, еще не поздно. Можно пойти, проветриться.

— Можно, — согласилась она, подумав, что он впервые за все время их отношений приглашает ее на совместную прогулку. Было приятно, но немного странно.

— Так собирайся. Погода отличная, прогуляешься вдоль Волги, проветришься. А я к родителям зайду, две недели уже не был. Ты что так смотришь?

— Я думала... Я просто подумала, что ты хочешь вместе...

— Да перестань, что тебе там делать. Я думаю, ни к чему тебе с ними знакомиться. Они у меня люди консервативные, строгие. Начнут тебя пилить, почему ты меня не пилишь, чтобы я брак зарегистрировал. Мораль читать, что нельзя так просто жить, не расписавшись. Что я, не знаю, что ли. Сдались они тебе, мои родители.

Маша только кивнула в ответ — на самом деле никакого желания знакомиться со свекровью и свекром она не испытывала. А ходить по набережной все-таки лучше одной. Многолетние ее прогулки-медитации, сладкие островки одиночества, все же необходимого ей до сих пор как воздух, — ни к чему нарушать привычный ритуал. Пожалуй, и правда стоит пойти прогуляться.

Она вернулась домой через два часа. Глеба еще не было. Она позвонила на мобильный, через секунду услышала телефонную трель у себя за спиной, обернулась — забытый телефон лежал на полке. Номера телефона родителей она не знала, да и не стала бы звонить, если бы знала. Наугад вытянула с полки книгу, раскрыла на первой странице: «...и целовались с песком на губах, думая о смерти».

Вздохнув, посмотрела куда-то вдаль и снова начала читать. Спустя какое-то время отложила книгу в сторону, отчетливо поняв, что читает по диагонали. Читает, а на самом деле ждет. Только кого? Кого можно ждать, когда столько лет прошло, когда одна только память осталась, кого можно еще ждать, кроме Глеба?

Он пришел в половине второго ночи. Маша задремала на диване полулежа, поджав под себя ноги. Не сказала ни слова в упрек, постелила постель, поинтересовалась самочувствием его родителей. В ту ночь ей показалось, что она чувствует от него какой-то запах. Чужой запах, как будто... «Запах женщины», — промелькнуло в сознании название фильма. Она отмахнулась — фильм, он и есть фильм.

Следующим вечером все повторилось сначала с той лишь разницей, что ей пришлось ждать его на двадцать

166

минут меньше. Он вошел, привычно открыв дверь ключами, поцеловал в щеку, пробормотал под нос какие-то извинения. Она смотрела на него долго, а потом вдруг спросила:

— Послушай, Глеб, у тебя... У тебя есть кто-нибудь?

— Кто-нибудь? Что ты имеешь в виду? — поинтересовался он, будто не понял.

— Я имею в виду дурацкое слово, которым пользуются ревнивые женщины, — ты мне изменяешь?

— А ты ревнивая женщина?

— Не знаю, — ответила она, — пока не поняла.

Казалось, она на самом деле не чувствовала ревности. Только любопытство и еще совсем немного, но все же обиду.

Некоторое время он молчал, отвернувшись к окну. Потом повернулся, — она видела, что его лицо изменилось, побледнело слегка, и уже заранее знала, что сейчас наступит момент, который она все время оттягивала, тот самый момент, наступления которого она ждала с такой тоской.

— Есть, — ответил он, четко выговаривая каждое слово. — У меня есть. Работа. Эта долбаная, ненавистная работа. Чудовище, которое поглощает всю мою жизнь, день за днем, выдавая мне чеки со своей подписью. Желтые и фиолетовые бумажки. Редко — зеленые. Настолько редко, что ничего другого не остается, как пойти и разменять эти чертовы чеки. На вино и казино. Вот так-то, киска. А ты что-то другое хотела услышать?

— Я не знаю, что я хотела от тебя услышать.

— Не знаешь, — с яростью произнес он. — А вот я знаю, что хотел бы услышать. От тебя. Ты мне, кажется, обещала... Или это все приснилось?

«В страшном сне», — пронеслась мысль.

— Знаю, что обещала. Только пойми, мне тяжело. Я же рассказывала тебе, ты же знаешь, какие у нас отношения...

— Тебе тяжело! Тебе тяжело, значит? А мне, по-твоему, легко? Ты считаешь, мне легко?

— Я так не считаю, Глеб.

— Тогда какого черта! Какого черта строишь из себя нежную неврастеничку, почему ты не хочешь мне помочь, ведь я же живу с тобой, черт побери, у нас общая жизнь, и что хорошего в том, что ты выкобениваешься?

— Я не выкобениваюсь, — ответила она глухим голосом.

Он подошел к ней. Опустился рядом, положил голову на колени. Как в первый вечер, только теперь его волосы уже не казались такими чужими, прикосновение было привычным.

— Извини, — проговорил он и стал целовать ее руки. Каждый палец, каждый изгиб ладони. — Извини меня, Маша. Это все нервы. Она меня доконала, эта работа. Я понимаю, тебе тяжело. Не хочу тебя ни о чем просить...

— Я поговорю, Глеб. С ним, может быть, и не сумею, но я могу с матерью поговорить, она все, что угодно, для меня сделает. И для тебя, значит, тоже.

Некоторое время он молчал, потом поднял лицо:

— Поговори, Машка. Это ведь шанс, наш с тобой единственный шанс...

Она так не считала. Но она вообще не уверена, что в этой жизни у нее остался хоть один шанс. С тех пор, как перестала узнавать себя в зеркале, исчезли они, все ее шансы.

* * *

На следующий день она на самом деле позвонила матери. Договорилась с ней о встрече в кафе — с тех пор, как дочь вернулась из Москвы, мать видела ее исключительно на нейтральной территории.

Маша пришла в кафе раньше, села за столик, издалека еще увидела ее — женщину, даже близко не выглядевшую на свои сорок с небольшим лет, ухоженную, яркую, окруженную, кажется, любовью. «Береги ее», — вспомнила она слова отца. Вспомнила, как, пытаясь уберечь, глотала таблетки нитроглицерина, одну за одной, крошечные шарики, приближающие ее к смерти. И все-таки уберегла. Мать не узнала, да и до сих пор, наверное, не знает ничего. И не догадывается, что хрупкое ее счастье — в неведении.

Они разговаривали не долго, минут двадцать, почти исключительно по делу.

— Зашла бы как-нибудь, — услышала Маша, уже поднимаясь из-за стола. Ничего не ответила, потому что фраза на самом деле была слишком бессмысленной.

Вернувшись домой, рассказала Глебу о состоявшемся разговоре. Он зацеловал ее всю, шептал то и дело «киска», «умница», «спасибо тебе», потом помчался в магазин, расположенный неподалеку от дома, и притащил ей огромного плюшевого зайца с длинными, смешно торчащими в разные стороны ушами. Она никогда не любила мягких игрушек, но подарок приняла с благодарностью, с восторгом даже — не столько по поводу самого зайца, сколько по поводу этой бескрайней и сумасшедшей нежности, которая, оказывается, так приятна.

На следующий день вечером они сидели на кухне за ужином. Раздался телефонный звонок — Глеб протянул руку к мобильнику, лежащему у него за спиной на кухонной тумбочке. Долго разглядывал определившийся номер, пожал плечами.

— Алло. Да, это Глеб. Да...

Потом метнул многозначительный взгляд — она сразу все поняла. И, едва успев понять, услышала тут же подтверждение собственной догадки:

— Здравствуйте, Сергей Борисович...

Ему предложили место в секретариате. Вопрос находился в стадии рассмотрения, должен был решиться со дня на день. Встреча, на которую Маша неохотно согласилась пойти и все-таки не пошла вместе с Глебом, затянулась...


...Она посмотрела на часы: двадцать пять минут двенадцатого. Снова перевела взгляд на зеркало, но отражение в темноте было уже практически неразличимым. Только контуры, которые ни о чем не говорили. И голоса тоже больше не было слышно, он куда-то исчез, как будто бы тоже растворился в темноте вместе с отражением. Было ли все это?

Маша поднялась, устало расправила плечи. Тяжесть, физически ощутимая, как тонны груза на плечах. «Штангистка, — без улыбки пошутила она, — выдержишь ли?» Четыре часа пытки, четыре часа воспоминаний — было такое ощущение, что она только что выбралась из гигантской центрифуги, которая крутила ее с бешеной скоростью, выжимала всю без остатка, а теперь вот выбросила, выплюнула, затихла адская машина. Включила лампу на стене, посмотрела в беспричинно веселые глаза плюшевого зайца. И поняла, что теперь все будет по-другому. «Что?» — спросила у себя, но ответить не успела, потому что в этот момент услышала, как, скрипнув, открылась входная дверь. Взвизгнула молния на куртке, раздались шаги, она обернулась, увидела Глеба. Спросила:

— Где ты был?

— Где я только не был. — Он усмехнулся. — А ты все сидишь возле зеркала. Что ты там увидела, интересно?

— Себя, — уставшим голосом честно призналась она.

— Ну и как, все такая же?

— Такая же. Ни капли не изменилась.

— Понятно. Ладно, давай спать ложиться.

— Завтра выходной. Куда торопиться?

— Я знаю, что выходной. Я устал как собака. Как собака.

— Как прошла встреча?

— Отлично. Просто замечательно. — Он на ходу небрежно сбрасывал с себя одежду и развешивал ее на спинке стула.

— Что так поздно?

— Так, к приятелю зашел. Посидели.

— К приятелю, — повторила Маша, не зная, что еще сказать.

— Маша, постели постель, а? Спать хочу — умираю.

Он ушел в ванную, она послушно принялась стелить постель. Взбила пуховые подушки, расстелила плед, обернулась. Услышала его шаги — и замерла от ужаса.

Он смотрел на нее взглядом, который она уже знала наизусть и который мог означать только одно... Сейчас он скажет ей: «Иди ко мне, киска, я так хочу тебя, иди, иди поближе, вот так...» «Господи, только не это!

Я же не смогу, не смогу больше — никогда с ним... Нет!» Она отчаянно сопротивлялась, сопротивлялась изо всех сил, на мгновение поверив в то, что своим мысленным противостоянием сумеет остановить его, не позволит слететь с губ этим страшным словам. Она вкладывала все силы, оставшиеся после изнурительного марафона воспоминаний, думая только об одном — это невозможно. Невозможно, чтобы они здесь и сейчас, здесь, как раз напротив зеркала, черт дернул развернуть его прямо к дивану. Только не сейчас — может быть, потом, завтра, в другую, но не в эту, только не в эту ночь.

Он некоторое время смотрел на нее молча, а потом, зевнув, сказал:

— Ты как хочешь, киска, а я — на бочок. Устал как...

Он даже договорить не успел — уснул. Сразу же. Она смотрела на него удивленно, на минуту и правда подумав, что это она его усыпила, загипнотизировала, подчинила своей воле. Даже страшно стало.

Тихо, стараясь не разбудить, подошла к шкафу. Развесила по местам его брюки, рубашку, пиджак и галстук. Некоторое время рассматривала его, спящего. Совсем непохожего. Ничуть, ни капли. «Сама во всем виновата», — подумала снова неопределенно, разделась и неслышно улеглась рядом, даже не накрывшись пледом, чтобы, потревожив, не разбудить.


— Ну расскажи все-таки, как прошла встреча?

Маша медленно размешивала сахар в двух чашках одновременно. Потом поставила на стол тарелку с колбасой.

— Нормально. Я так понимаю, что произвел хорошее впечатление. В следующий понедельник точно все должно решиться. Дождаться бы его, этого понедельника...

— Дождемся...

— У тебя какие планы на сегодня?

— Не знаю. — Она пожала плечами. — Если я тебе не очень нужна, может, пойду прогуляюсь. А ты?

— Я дома поработаю. Нужно кое-какие бумажки в порядок привести.

— Выходной же сегодня.

— Знаю, — отмахнулся он. — Только куда деваться, вчера не успел. Не до этого было. Ничего, прорвемся. Надеюсь, не долго мне еще осталось договора на рекламу подписывать.

— Уверена, что не долго. У тебя все получится. Все сложится так, как надо.

— Сплюнь, — сказал он, и Маша послушно поплевала через левое плечо, стукнула несколько раз сжатыми в кулак пальцами по поверхности кухонного стола.

— Это ж не дерево, — усмехнулся Глеб. — Так, опилки на клеевой основе. Ничего, даст Бог, скоро разживемся. Купим настоящую деревянную мебель. Дубовый стол...

— В этой кухне никакой стол, кроме этого, старого, не поместится, — возразила она.

— А кто сказал, что в этой кухне? Кухня будет другая, большая, огромная...

— Да перестань, Глеб. Зачем нам огромная кухня, зачем дубовый стол? Ну правда, скажи?

— Затем, что надо жить как люди.

— А мы — как кто?

173

— Ладно, хватит, Машка. Мы сейчас опять поругаемся. Сколько можно ругаться? Давай не будем.

— Давай, — вздохнув, согласилась она.

— Да что ты такая грустная?

— Не знаю, наверное... — Она подумала, но не договорила. — Ничего я не грустная. Я просто еще не совсем проснулась. Так я пойду?

— Иди, иди. Скоро придешь?

— Не знаю. Часа через два, наверное, может, позже.

— Ну иди. Потеплее оденься, там ветер смотри какой.

Маша посмотрела в окно. Ветки деревьев на самом деле качались из стороны в сторону, сбрасывая последние листья. Снова осень, подумала она. Шестая по счету осень. Такая же, как две капли воды похожая на пять предыдущих своих сестер.

— Маш, — окликнул он ее на пороге, — может, захватишь мою куртку, отнесешь в химчистку?

— А химчистка сегодня работает?

— Работает, в субботу работает. Там в воскресенье выходной.

— Ну давай отнесу.

Она взяла из его рук большой пакет с курткой. Подставила привычно щеку для поцелуя, захлопнула дверь.

Ближайшая химчистка находилась в десяти минутах ходьбы от дома, как раз по дороге ко Дворцу национальных культур. Это и определило ее выбор — накануне она прочитала в газете, что весь октябрь там будут выставляться работы одного известного саратовского художника. Она решила зайти в химчистку, отдать куртку и потом пойти на выставку.

Небо над головой хмурилось. Маша ускорила шаги, чтобы не попасть под дождь, потому что, как это обычно с ней случалось, перед выходом из дома она даже не подумала о том, чтобы взять зонт. Собственная забывчивость на этот раз ее раздражала. В самом деле, о чем она вообще думала, когда выходила из дома? О чем?

«Все о том же, — шепнул равнодушный голос, живущий внутри. — О том же, о чем и всегда...»

Она и сама не верила иногда, что такое бывает. Самой себе не решалась признаться, почему все эти четыре года бродит по музеям, по выставкам картин, пересматривая одни и те же полотна несчетное количество раз. Одни и те же музеи, залы, картины. Ее узнают уже билетерши, встречают приветливой улыбкой. Узнают экскурсоводы, кивают. Она кивает в ответ, смущенно отводит глаза. Узнают уже даже, наверное, люди на картинах... Что они о ней думают? Хотя, тут же возразила она самой себе, вряд ли им больше не о чем думать. Ну ходит себе какая-то девица каждый выходной в музей. Смотрит на одни и те же картины, получает наслаждение. Остались, значит, в нашем материальном мире ценители духовного. Приятно. Разве не так?

Так, согласилась Маша, вступая в мысленный диалог с собой. Так-то оно так, и наслаждение получает, цепенеет иногда возле картин, переставая дышать, и видит каждый раз одну и ту же картину по-новому. Смотрит в глаза, пытаясь разгадать мысли человека, который послужил объектом вдохновения художника десятки, а иногда и сотни лет назад. Смотрит на картины, подолгу стоит возле каждой. Она любит картины. Она иногда даже разговаривает с ними мысленно. Разговаривает, а потом... Потом оборачивается, оглядывается по сторонам — может быть, сегодня? Может быть, сегодня...

Сколько раз, сколько можно... Среди редких посетителей музея, бродящих по залам, она ни разу не увидела знакомого лица. Того лица, которое так напряженно ищет. Оглядывается: может быть, сегодня?.. Только с чего она решила, что непременно сегодня? Это как лотерея, как джекпот — один шанс на миллион. Он может и не выпасть. В конце концов, кто сказал, что все любители живописи непременно должны посещать старый Радищевский музей, в котором так редко бывают какие-то новые экспозиции. Да и кому интересны эти новые экспозиции? Судя по количеству народа, приходящего посмотреть на них, — немногим.

Когда она пришла сюда впервые, после того как приехала из Москвы и провалила вступительные экзамены в университет, она хотела просто посмотреть картины. Ходила, смотрела жадно и только потом поймала себя на мысли о том, что постоянно оглядывается. Ищет кого-то. Кого? А потом уже не могла ничего с собой поделать, каждый раз ноги сами вели ее сюда, и кровь пульсировала в венах — может быть, сегодня? Сейчас, вон в том зале, за поворотом...

Невозможно было придумать ничего более глупого. Даже Ассоль и та имела больше шансов осуществить свою мечту, потому что жила все-таки на берегу моря и каждый день видела проплывающие по нему корабли. Нет, «Алые паруса» — это не про нее, подумала Маша, про нее написана другая история. Тот самый анекдот, который она однажды случайно прочитала на обрывке газеты, свернутом в виде кулька для семечек. «Господи, помоги мне выиграть в лотерею», — без устали молился какой-то мужик, молился день и ночь, год за годом, пока наконец Господь Бог не вышел из себя и не прокричал ему гневно с небес: да пойди же ты в киоск и купи хоть один лотерейный билет, тупица!

Но и это, кажется, не про нее... Потому что она его уже покупала, свой лотерейный билет. Тогда, шесть лет назад, когда бежала сквозь дождь и колючий ветер, когда упала в грязь и разревелась, когда было так страшно... Билет оказался несчастливым. Стоило ли повторять попытку? Можно было заставить себя, заглушив страх, снова вернуться в тот дождь и ветер, к тому дому, к цифрам, написанным зеленой краской, — двадцать девять дробь пятьдесят. Заставить себя войти в подъезд, подняться, позвонить в дверь, не убежать прочь — дождаться, пока эта дверь распахнется. И увидеть — что? Глаза чужой женщины — жены? Глаза пятилетней дочки или трехлетнего сына? Или даже его глаза — чужие, неузнающие... Только и остается — смотреть каждый день на их копию и внушать себе, что и это уже счастье, пусть через копирку, пусть нечеткое изображение. Ходить по музеям. Бродить по набережной. Ждать. Просить: Господи, помоги мне выиграть в лотерею...

Маша вздохнула — поздно. И не стоит уже, наверное, ничего ждать. Нужно, пора бы уже начать устраивать свою жизнь. С Глебом. Привыкать к счастью через копирку, раскрашивать его — во все цвета радуги. Ведь рисовать-то она умеет, и неплохо. Только нужно поменять привычный когда-то карандаш на палитру с красками. Взять в руки кисть потолще и мазать, мазать. А что ей остается? Прийти сейчас домой и сказать: извини, Глеб, я поняла, что люблю другого? Кого? Попробуй-ка ответь на этот вопрос...

Ветер, налетев, бросил волосы на лицо, на мгновение закрыв от нее весь мир, превратив его в странные, ничего не значащие пшенично-серые полосы. Первые капли дождя накрыли ладонь, убирающую волосы с лица. «Нет уж, не пойду ни на какую выставку, — решила Маша, с трудом открывая тяжелую дверь в химчистку. — Нечего там делать. Поезд ушел. Пойду домой и буду... разукрашивать. Может, получится все-таки что-нибудь путное?»

Она расплатилась за чистку, получила чек и номерок, поблагодарила приемщицу, вышла за дверь и быстрыми шагами направилась обратно к дому, не понимая, почему ветер так настойчиво дует в противоположную сторону, не дает ей идти туда, куда она решила, твердо решила идти. Зовет почему-то обратно. Глупость какая, сколько же на самом деле можно торчать в этих музеях. Непонятно...

На пути ей попался газетный киоск. Тот самый, в котором она иногда по дороге на работу покупала газеты. «А если... — подумала она. — А вдруг?.. Подошла к киоску, протянула купюру, первую попавшуюся под руку — пятьдесят рублей. «На все», — тихо проговорила в окошко. «На все — что?» — услышала в ответ. «Билеты лотерейные». — «Какую лотерею?» — «Все равно, не важно». — «Моментальную возьмете?» — «Возьму...»

Взяла в руки пять глянцевых прямоугольников, принялась стирать кончиками ногтей защитные полоски. Одна, вторая, третья...

«Вот тебе, Господи, еще пять лотерейных билетов», — швырнула в стоящую рядом пластиковую урну, уже заполненную такими же глянцевыми прямоугольниками.

Повернулась и пошла домой, преодолевая сопротивление ветра.

Она собиралась позвонить в дверь, но в последний момент передумала, решив, что не следует отрывать Глеба от работы. Представила его знакомое сосредоточенное лицо, склонившееся над надоевшими рекламными контрактами. Он не любит свою работу, но еще больше не любит, когда его отвлекают. Не стоит звонить, лучше войти неслышно, чтобы не беспокоить. Она войдет неслышно, он поднимет глаза, она увидит его глаза, он улыбнется и спросит: «Что так быстро?» Вот оно, счастье. Вот он, первый мазок кистью.

Открыла ключами. Вошла, беззвучно закрыв дверь. В квартире было тихо, только едва слышная музыка доносилась из старого радио, прикрепленного к стене на кухне. Она до сих пор помнила, как отец сверлил какие-то дырки в стене, чтобы провода были незаметными. И вдруг услышала:

— Я люблю тебя. Я тысячу раз тебе об этом говорил, почему ты не веришь?

«Верю», — собиралась уже ответить она, но слова замерли на губах — сознание, включившись в работу, успело предупредить ее — что-то не так. Некоторое время в квартире стояла все та же полутишина, потом она снова услышала его голос:

— Потому что пока не могу. Пока не могу, неужели ты не понимаешь? Она же дочка Бирюкова, самого Бирюкова дочка...

«Слава Богу, не дочка», — подумала она отстраненно, продолжая прислушиваться и все еще не понимая смысла происходящего.

— Это наш шанс, — продолжал Глеб, — наш единственный шанс.

Она уже слышала эти слова. Те же самые слова, в той же комнате, тем же голосом.

— Не знаю, еще месяц, может быть. Максимум два. Мне нужно будет немного укрепиться на своих позициях. Я не могу вот так сразу, пойми. Это будет слишком очевидно... Да при чем здесь нравственность, Господи, прекрати ты чушь нести! Какая нравственность... Пойми, Алина, это будущее. Я не могу его разрушить, ты не можешь от меня этого требовать. Да не сплю я с ней, я тебе уже сто раз говорил! Не сплю!

«Врешь, — пронеслось в голове, — последний раз два дня назад было... Эх, врешь!»

— Потому что не хочу. Ну пожалуйста, успокойся. Да, только с тобой. Да, только тебя. Конечно, увидимся. Нет, остаться на всю ночь не смогу. Ты же знаешь, ну перестань, пожалуйста, сколько можно... Потерпи еще немного. Конечно, мы будем вместе...

Она пыталась представить себе его лицо. И не могла — долго не могла почему-то. А потом вдруг вспомнила тень в его глазах. Во время их первого вечера — странную тень, промелькнувшую во взгляде, когда она назвала фамилию. Эту чертову фамилию. Каким-то непонятным образом этот человек — сколько лет она его уже не видела! — умудрился-таки в очередной раз плюнуть ей в душу. Косвенным образом, через посредника — так сейчас принято, сейчас все делается через посредников. На них, на посредниках, и держится современный деловой мир.

Подумала: «А ведь ты мне обещал дубовый стол и новую кухню». И больше ничего, никаких мыслей, никаких чувств. Вспомнила только про холсты и краски, которыми собиралась разрисовывать собственное счастье. Вместо яркого пейзажа снова получился только черный квадрат. Стоило ли ожидать чего-то иного?

Вошла в комнату, уже не стараясь двигаться неслышно. Прислонилась к стене. Увидела его лицо — только краткий миг замешательства и снова непроницаемая маска. Услышала:

— Обязательно, Владимир Андреевич. До встречи.

И рассмеялась.


— Глеб, ты меня уморил. Никогда не подозревала о твоих гомосексуальных наклонностях. Как ты с ним ласково, с Владимиром Андреевичем. Это кто, кстати?

— Это, кстати, мой начальник. Ты о чем?

— О том, что ты мне обещал дубовый стол. И кухню новую.

Она смеялась. Не могла остановиться. Подумала: если бы не эта его заключительная фраза, она, может быть, почувствовала бы то, что должна была почувствовать в подобной ситуации, — обиду, гнев, разочарование. Злость. Но эта его последняя фраза все обратила в смех.

— Да прекрати смеяться, я не понимаю, что смешного...

На его лице медленно проступал испуг. Черты искажались, не подчиняясь больше никаким усилиям. Он на самом деле испугался. И лихорадочно пытался придумать, как ему выкрутиться из ситуации. А она смеялась все громче, даже слезы на глазах выступили.

— Ладно, Глеб, чего там. Алина, значит, ее зовут.

— Кого? — Он продолжал сопротивляться, хватаясь за соломинку, которой не было.

— Девушку, которую ты любишь. Сильно любишь. Он молчал.

— А меня, значит, просто используешь...

— Ты не поняла, Маша... Ты неправильно поняла...

— Да что здесь понимать-то? И дураку понятно, а мне тем более. Перестань, прошу тебя, спрячь подальше свой праведный гнев. И запомни: я ему не дочка. У меня был отец, но он умер. А этот мне вообще никто. И мне неприятно, когда меня называют его дочкой. Запомнил?

— Запомнил.

— Уже хорошо. А теперь давай поговорим как деловые партнеры.

Сказала — и не знала, что говорить дальше, потому что не по плечу была ей эта роль делового партнера. Но и роль обиженной женщины тоже никак не хотела приживаться. Прошла в комнату, села на диван и молча уставилась в одну точку. Мысли куда-то убегали, совсем не в том направлении, которого требовала ситуация.

— Ты неправильно поняла, — снова донеслось до нее откуда-то издалека.

Она подняла глаза и увидела чужого человека. Что он делает здесь, в ее старой квартире? Как он здесь оказался, кто впустил его, кто дал ему ключи, кто позволил вешать в шкаф рубашки и брюки?

— Мы чужие, — произнесла она тихо. — Всегда были чужими, разве ты до сих пор не понял?

— Ты сама во всем виновата, — ответил он, ухватившись за эту мысль, которая давала ему призрачный шанс

182

оказаться в роли обвинителя. — Сама виновата. Эти твои прогулки бесконечные, твоя задумчивость непонятная, зовешь тебя, а ты не слышишь. Ты здесь, а тебя как будто нет...

— Мы чужие, — повторила она, даже не вслушиваясь в его слова.

— Это все ты...

— Послушай, Глеб. — Она перебила, не дав ему договорить. — Объясни мне. Объясни, пожалуйста, как это бывает. Что это за чувство такое, что за побуждение. Как это можно...

— Ты о чем?

— Давай будем называть вещи своими именами. Мы познакомились случайно. Ты случайно узнал о моем... великом родстве. Ты уже тогда все это придумал? Тогда?

— Прошу тебя...

— Тогда?

Он сдался наконец под напором ее взгляда. Стиснул в кулаки ладони, — она видела, как побелели его пальцы. Рухнул в кресло, откинул голову назад и ответил, не открывая глаз:

— Тогда.

— Я не понимаю.

— Да что здесь понимать? — Ярость, сдерживаемая до той минуты, прорвалась наружу. Он почти кричал. — Что здесь понимать? И тебе ли не знать этого — ведь ты жила в достатке, ты знаешь, что такое обеспеченная жизнь. О-бес-пе-ченная, — повторил он по слогам, — и точка, что же здесь еще объяснять? Что непонятного в том, что человек стремится как-то укрепиться в жизни, зацепиться за что-то?

— Любыми путями?

Он молчал некоторое время. Потом сказал тихо:

— Прости.

Она отмахнулась:

— Разве обеспеченная значит счастливая? Смотри почаще бразильские сериалы — они тебе расскажут, что богатые тоже могут плакать.

— Глупости все это. Про рай в шалаше, про варенье из арбузных корок.

— А я любила в детстве. Мама очень вкусное делала...

— Ну и где она теперь, твоя мама? Не в шалаше, между прочим, живет. И черную икру небось ложками...

— Прекрати! Сейчас же, слышишь!

— Ну наконец-то! А я уж думал, ты совсем железная. Только ведь прав я. Я, а не ты. Деньги — на них все купить можно. Все, понимаешь...

— А ты ее любишь? — спросила она.

— Кого? — Он искренне не понял вопроса. — Ах, ты об этом. Да перестань...

Он замолчал. Маша вздохнула — в принципе говорить им больше было не о чем.

— Знаешь что? Собирай-ка ты свои вещички. Без скандала.

— Маша...

— Ну что, Маша? Она ведь ждет тебя, хочет быть с тобой. А я не хочу. И не хотела никогда.

— Сама ведь тогда на улице... — возразил он.

Ей нечего было ответить — на самом деле тогда на улице сама.

— Уходи.

Он чертыхнулся, выругался неожиданно и непривычно грубо, никогда она от него таких слов не слышала, рывком открыл шкаф — деревянная дверца стукнулась о стену, осыпалась крошечная горстка штукатурки с потолка. Достал спортивную сумку и принялся не глядя заталкивать в нее свои вещи. Она смотрела на него и совсем не думала уже о нем.

— Послушай, — обернулся он уже на пороге. — Ты теперь, наверное...

Она как-то сразу догадалась, о чем он хочет спросить. Хочет и не может, не решается, не желает, наверное, выглядеть в ее глазах совсем уж законченным подлецом. Не понял, значит, до сих пор, что ей все равно, абсолютно все равно...

— Ты про ядерную кнопку?

— Про какую кнопку? — не понял он.

— Про ядерную. На которую я могу нажать и разрушить весь твой мир, если уж твоя порядочность не позволяет тебе называть вещи своими именами. Пожалуй, я так и сделаю — позвоню твоему обожаемому Бирюкову и объясню ему, что к чему. Наябедничаю, ведь так и должна поступить любая нормальная женщина в сложившейся ситуации. А может, и не буду ябедничать. Я подумаю, Глеб, над этим вопросом.

Он снова чертыхнулся, достал из кармана брюк ключи и швырнул их на полку.

— Кстати, — она тоже порылась в карманах и протянула ему жетончик из химчистки вместе с чеком, — куртку свою не забудь забрать.

Дверь захлопнулась — с грохотом, какого никогда еще не слышали соседи.

Маша снова вернулась в комнату, снова села на диван. Огляделась вокруг — одна. Встала, задвинула шторы на окнах, прикрыла осторожно распахнутую дверцу платяного шкафа. Потом достала из-за дивана пылесос, включила. Почему-то захотелось убраться в квартире.

Работа — это счастье. Много работы — много счастья. Чем больше на столе этих листков, тем больше возможности почувствовать себя счастливой. Только бы еще телефон продолжал звонить не переставая. Приказы, накладные, расходники. Кофе — начальнику в кабинет. Сполоснуть чашки. Почему нельзя работать в выходные? Почему нельзя оставаться на работе на ночь и продолжать разбираться в этих накладных, приказах, отвечать на телефонные звонки, приносить кофе начальнику в кабинет? Для чего вообще глупые люди придумали это свободное от работы время? Кому и, главное, для чего оно нужно?

Про Глеба она даже не вспоминала. Он исчез из ее жизни и из ее памяти одновременно — просто захлопнул дверь с громким стуком и перестал существовать даже в виде воспоминания. Только иногда, натыкаясь в квартире на его забытые вещи — помазок в ванной, выстиранная и так и оставшаяся сушиться после стирки на балконе футболка, клетчатые тапочки на полке в прихожей, шариковая ручка, — вспоминала. Вспоминала и сразу же забывала, отвлекаясь то на пролетевшую за окном птицу, то на чайник, пронзительно свистящий на кухне. По привычке начинала иногда готовить ужин, но потом, почти сразу же осознавая, что в этом больше нет необходимости, прекращала приготовления. День, второй, третий. Накупила целую кучу книг, истратив почти весь аванс, расставила на полках, иногда брала не глядя, открывала. Только в руки почему-то попадалась все время одна и та же, и открывалась странным образом на одной и той же странице: «...и целовались с песком на губах, думая о смерти». Снова и снова.

Маша взяла книгу в руки, внимательно рассмотрела. Что за мистика? Потом все же разгадала первую загадку: переплет в одном месте слегка треснул, поэтому книга и открывалась все время на одной странице. А потом и вторую: формат издания был нестандартным, большого размера, книга выступала в череде остальных вперед, к краю полки, как будто просилась в руки. Все просто как дважды два. И не следовало искать какого-то мистического смысла в этих словах. Ни с кем и никогда она не целовалась с песком на губах и о смерти думала лишь однажды.

Что-то должно было произойти. Она чувствовала, что живет как будто вне времени и пространства в каком-то подвешенном состоянии ожидания. Как замороженный овощ, извлеченный из морозильной камеры и оставленный на столе до момента приготовления. Ощущение было не слишком приятным, поэтому она и торчала на работе целыми днями, задерживаясь иногда на полтора, а то и два часа. С усердием поливала не вызывающие прежде в душе никаких чувств цветы на подоконниках, разбирала ящики в письменном столе, полки с документами, наводила порядок в архивах.

На третий день вечером, когда она только что пришла домой с работы, позвонил Глеб. Невнятно бормотал в трубку извинения, предлагал встретиться и все обсудить. Искренне не поняв, что он подразумевает под словом «все», она от встречи отказалась. Повесила трубку и тут же опять забыла про Глеба, мельком глянула в зеркало — все то же незнакомое лицо отражалось в нем. Подошла ближе, взлохматила волосы — отражение стало лохматым, но по-прежнему оставалось чужим. Может, все то, что случилось в тот вечер, ей просто приснилось? Она уже ни в чем не была уверена.

Однажды утром она проснулась, не услышав привычного звонка будильника. Посмотрела в окно — там было светло, а часы показывали восемь минут десятого. «Суббота», — прозвучал приговор в сознании, она даже застонала и повернулась на другой бок, мысленно уговаривая себя заснуть, проспать хотя бы еще час, хотя бы полчаса, укоротив эту субботу пусть на несчастные тридцать минут.

Ничего не получилось — сны, которых она никогда не помнила, растворились в воздухе под натиском утра и неожиданно яркого, не осеннего совсем солнца. Сон — это чудо природы, вкуснейшее из блюд в земном пиру, сказал Вильям Шекспир когда-то. Уж сегодня ей точно больше не попасть на этот пир. Нужно было вставать, нужно было заполнять чем-то этот день, от которого теперь уже не уйдешь никуда, который все равно рано или поздно должен был наступить — и вот...

Включила телевизор, попыталась сосредоточиться на спортивных новостях на первом канале, пожалев искренне и впервые в жизни о том, что не является спортивной болельщицей и победа сборной не может стать для нее причиной для радости. Она пощелкала, поискала эту причину на других каналах, но так и не нашла. «Нет у тебя никаких причин для радости, — вынесла себе мысленный приговор, потом извлекла из самых дальних уголков подсознания бодренький голосок: — И для грусти тоже нет!» Голосок казался каким-то противным и мерзким. Не вызывающим ни капли доверия. Она выключила телевизор, поднялась с постели, зашла на кухню — не пирог же печь в самом деле! — повернулась и пошла в ванную. Долго лежала в теплой мыльной пене, вымыла два раза волосы, высушила феном, неумело уложила в подобие прически. Слегка коснувшись тушью, затемнила ресницы. Выпила кофе. Посмотрела на часы — половина одиннадцатого. Посмотрела в зеркало... «Не может быть!» — промелькнула мысль. Снова посмотрела в зеркало и убедилась — на самом деле быть этого не может. Ей просто показалось на миг. Привиделась снова — она, та, другая. Кажется, в ее глазах застыла обида и боль. «Показалось, просто показалось...» — тихо прошептала, убеждая себя.

Еще два часа прошли в унылом блуждании по каналам. Политическое шоу, семейная викторина, аргентинский сериал, отечественный сериал, новости — сколько новостей в мире! Новости политики, новости спорта, новости культуры...

«Во Дворце национальных культур, — услышала она по местному каналу, — продолжает свою работу выставка молодого саратовского художника...»

Имя художника было знакомым — она уже слышала про эту выставку. Собиралась пойти еще на прошлой неделе, только передумала. Маша грустно улыбнулась, вспоминая, что заставило ее в тот день повернуть назад. Какой-то сюрреалистический бред, тихое и уютное помешательство, вмещающее в себя размышления о лотерейных билетах, Божьей воле и палитре с красками, слившееся в результате в один огромный, заполняющий собой все пространство жизни черный квадрат.

«Тематика экспозиции, пожалуй, будет интересна самому широкому кругу любителей живописи», — продолжал вещать с экрана голос невидимой тележурналистки. Маша внимательнее присмотрелась к полотнам, медленно проплывающим перед камерой, — неожиданное, нехарактерное смешение красок заинтересовало ее, но в этот момент заставка поменялась и на экране возникло лицо телеведущей: «А сейчас — о погоде...»

«Ну уж нет, давайте не будем о погоде, — мысленно возразила ей Маша, — о погоде — это слишком скучно. Хотя в общем-то, поскольку мы не знакомы, нам и не о чем, наверное, больше поговорить». Выключила телевизор, решительно поднялась с дивана и направилась к платяному шкафу. В конце концов, если эта выставка, как сказал голос с экрана, может быть интересна «самому широкому кругу любителей живописи», почему бы не предположить, что она будет интересна и ей? Почему бы не включить себя в «широкий круг», не разбавить свое одиночество, растворившись в массах? Может быть, получится? Может быть, сегодня...

«Стоп!» — приказала она себе и остановилась, замерла на месте. Нет, не для этого она туда собирается. Теперь уже не для этого. Хватит этого бреда, этих никчемных мыслей, сколько же можно, в конце концов. Просто, как все нормальные люди, пойти на выставку, просто посмотреть картины. И не оглядываться по сторонам, не думать больше ни о чем, кроме картин... Ни о чем больше. Получится? По крайней мере можно было попробовать.

Она вышла на улицу. Солнце светило так же ярко, как в тот день, когда она случайно встретила на улице Глеба. Воспоминание не вызвало никаких эмоций — она шла вперед, мимо киоска с газетами и лотерейными билетами. Какой-то парень стоял возле пластиковой урны, старательно соскребая защитную полоску с лотерейного билета. Маша остановилась ненадолго, проводила глазами лотерейный билет, упавший в мусорную корзину, грустно улыбнулась, подумав: не ты одна на свете такая невезучая...

На выставке собралось много народу. Даже как-то странно было ощущать себя среди такой толпы людей — Маша успела привыкнуть к тому, что бродит по пустым залам среди стен, увешанных картинами, практически в одиночестве. Но то был старый Радищевский музей, набитый классикой, которая теперь уже никому почти не интересна, а здесь...

Здесь был авангард. Руки и ноги, глаза и губы в несчетном количестве, отдельно друг от друга, вперемешку с хвостами животных и лапами птиц. Немыслимое какое-то сочетание фрагментов и красок — все то, что давным-давно уже было придумано Сальвадором Дали, а теперь воплощено в каком-то новом современном экстазе «молодого саратовского художника». Как же его звали?.. Она вспомнила наконец фамилию — Посохин. А вот имя почему-то забыла. В голове вертелось множество вариантов — Федор, Михаил, Александр...

«Совсем, старушка, память у тебя отказала». Маша попыталась отмахнуться от навязчивых мыслей об имени художника, которое ей по большому счету было совсем и ни к чему. Выставка занимала два зала. Она долго, очень долго бродила по первому, пытаясь — иногда успешно, и это ее завораживало — разгадать чувства, которые породили подобное смешение образов и красок. Потом подумала почему-то, что каждая картина и есть отображение чувства. Вот она — грусть. А вот еще грусть, только более сильная, пронзительная, кричащая. Вот страх. Маша не стала долго задерживаться возле этого полотна, отыскала глазами — быстро, почти не задумываясь, вычленила среди остальных — радость, приблизилась к ней и долго смотрела, чувствуя, как на душе становится легче. Потом опустила глаза, оглянулась, увидела десятки лиц с поднятыми, словно в молитве, кверху глазами. Вошла в другой зал — и остановилась как вкопанная.

На противоположной стене, ровно по центру, висела большая картина. На гладком и однотонном, беспросветно черном фоне она увидела свое лицо. Свое собственное лицо — то, которое потеряла шесть лет назад. Обрамленное в рамку. Снова, как в зеркале... Она пошатнулась, закрыла глаза — так вот как это бывает, когда сходишь с ума. Открыла глаза и снова увидела все ту же картину. Сделала робкий и неуверенный первый шаг. Второй, третий. Картина, как ни странно, не исчезала. Продолжала висеть на своем месте, продолжала смотреть на нее.

Маша оглянулась, пытаясь обрести чувство реальности. В этом зале было поменьше людей — человек пять или шесть. Видимо, портреты, выполненные в тра-

192

диционной, классической манере, интересовали публику значительно меньше. Через минуту она уже никого не видела — осталась одна, наедине с собой. Снова, как в зеркале...

«Ты что здесь делаешь? Как ты здесь-то оказалась?..»

В ответ — молчание. Тишина, вмещающая в себя так много, что выдержать все это было, кажется, невозможно.

«Посохин, — пронеслось в голове. — Его фамилия — Посохин. Это совершенно точно. Я видела ее, напечатанную в газете. Я слышала ее по телевизору. Я не могла ошибиться. Я не знаю этого человека, а значит, и он не знает меня. Посохин. И имя...»

Имени она так и не вспомнила.

— Скажите... — Она обернулась беспомощно, почти молитвенно обращаясь ко всем, кто по воле случая оказался в тот момент рядом. — Скажите мне...

Два человека, стоящих неподалеку — мужчина и женщина, — услышав ее тихий голос, обернулись.

— Скажите... — повторила Маша, не зная, что говорить дальше.

— Девушка, вам плохо? — Она заметила тревогу, промелькнувшую в глазах женщины.

Покачала головой в ответ. И, не сумев больше вымолвить ни слова, не в силах сопротивляться тому, что было гораздо могущественнее ее слабой — она всегда это знала, слабой — воли, снова перевела взгляд на портрет, висящий на стене. Смотрела долго, пристально и вдруг ощутила, как где-то на самом дне души зарождается странное, пугающее чувство, в которое невозможно было поверить. Смотрела в глаза, прямо в глаза, не отводя взгляда, и чувство наконец выплеснулось наружу. Захотелось...

Размахнуться и ударить. Ударить по лицу изо всей силы. Ударить, вложив в удар все свое отчаяние и накопившуюся за долгие годы, разрывающую душу на части тоску. Потому что это она была во всем виновата. Она, шестнадцатилетняя, глупая, слабая. Оказавшаяся слишком слабой, чтобы не совершить предательства. А как же иначе можно было рассматривать ее бегство в Москву? Простым послушанием это не назовешь. Послушанием Маша, тем более шестнадцатилетняя, никогда не отличалась. Это было бегство, это была слабость. Страх осознания собственной вины. Предательство. «Предательство», — четким приговором пронеслось в сознании слово, которое она не произносила за прошедшие шесть лет ни разу. Не произносила, потому что думала, что несовершеннолетние суду не подлежат. Не судила, сдерживая обиду и боль. Пыталась понять, простить все эти годы. Только, кажется, не сумела. Не сумела, как ни старалась. И вот теперь, встретившись случайно лицом к лицу, все наконец поняла. Поняла, почему она — та, другая — столько лет пряталась от нее, не показываясь в отражениях. Потому что боялась услышать от нее правду.

Почувствовав, что все тело ее дрожит мелкой дрожью, она попыталась взять себя в руки и отключиться от этой мистической встречи, которая случилась наперекор законам времени и пространства. Еще немного — и она просто упала бы без чувств, уже начинала ощущать, как зыбок пол под ногами, как мягким покрывалом стелится вниз потолок, как раздвигаются стены.

— Девушка, да что с вами? — снова услышала она все тот же женский голос, перевела с усилием взгляд.

Пришла в себя. Почти пришла в себя. Подумала: а ведь могло же случиться и такое. Запросто — и в самом деле набросилась бы на эту картину, принялась бы стучать по ней кулаками, и уже никто не отодрал бы ее, никто не смог бы помешать этому необъяснимому приступу вандализма... Никто, пожалуй, кроме санитаров из психушки. Спасибо тебе, добрая женщина.

— Со мной все в порядке. А вам не кажется, что вот эта девица на портрете похожа на меня? — спросила она чужим голосом, не вполне отдавая себе отчета в причине и смысле прозвучавшего вопроса.

— Похожа? Но ведь это же вы и есть...

— Нет, — ответила Маша со странной усмешкой и покачала головой. — Ошибаетесь. Это не я. Мы просто немного похожи, вот и все. Знаете, такое иногда случается. Люди бывают на кого-то похожи. Говорят, что у каждого из нас на земле есть свой двойник. Разве вы не слышали об этом?

Усмешка застыла на лице маской из глины. Ей ничего не ответили, а может быть, ответили, только она уже ничего не слышала. Повернулась, прошла по залу к выходу. Остановилась на мгновение возле билетной кассы. Спросила, не глядя в окошко:

— Как фамилия этого художника?

Услышала издалека:

— Посохин.

Постояла еще немного возле кассы, потом быстро направилась к выходу, внезапно совершенно четко осознав, куда именно ей сейчас нужно идти.


— Следующая остановка — улица Горького, — донеслось из динамиков троллейбуса.

Значит, следующая. На этот раз она не перепутает остановки. Выйдет там, где надо. Пройдет немного вперед — такой знакомый путь, сколько тысяч раз она проходила его мысленно, сколько тысяч раз видела во сне этот дом. Нужно будет повернуть направо и спуститься вниз по лестнице — вот они, эти цифры. Двадцать девять дробь пятьдесят. Все те же цифры, написанные зеленой краской. Вот он, тот самый подъезд. Только не думать. Считать ступеньки на лестнице, не ошибиться. Вообразить, что это исключительно важно, что это вопрос жизни и смерти — подсчитать количество ступенек на шести лестничных пролетах, которые, как ни крути, все же приведут ее на третий этаж. Считать ступеньки и не думать, только не думать... Вот она, дверь.

Обычная дверь, покрытая выцветшим от времени коричневым дерматином. Деревянная дверь — редкость, музейный экспонат, каких в наше время днем с огнем не сыщешь. Кругом только железные двери, деревянных почти совсем не осталось — вот и напротив железная дверь, и вот еще одна — железная... Маша смотрела, не отводя взгляда, на железную дверь с левой стороны лестничной площадки, чтобы не видеть, только не видеть того, как ее рука, приподнявшись, поискав вслепую кнопку звонка на стене, нажимает...

Нажала на кнопку. Услышала только тишину. Снова нажала, отведя взгляд в сторону. Чьи-то шаги — быстрые, торопливые, кто-то бежит, глухо и тяжело ступая по деревянному полу. «Сердце, — отстраненно подумала она, — это же просто сердце мое стучит».

— Кто там? — услышала вдруг чей-то голос.

Незнакомый голос... Сердце перестало стучать.

— Это я, — с трудом выдавила она. — Я.

И больше ничего сказать не сумела. Послышался тихий скрежет ключа в замочной скважине. Открылась дверь, распахнулась шире.

На нее смотрела очень пожилая женщина. Она уже видела ее однажды, только издалека. «Такие же глаза, — промелькнуло в сознании, — значит, мама».

— Здравствуйте, — сказала Маша, мучительно пытаясь сообразить, какие именно слова должны следовать за этим пресловутым «здравствуйте» и сможет ли она вообще хоть что-нибудь сказать, кроме этого «здравствуйте».

Женщина смотрела на нее пристально, долго, молча. Казалось, она так и будет стоять, смотреть на нее и молчать — вечно. Казалось, это никогда не кончится...

— Здравствуйте, Маша. Проходите, — услышала она.

Женщина отступила на шаг, пропуская ее в квартиру. Маша вошла, с трудом пытаясь справиться с нахлынувшим оцепенением. Вошла, закрыла за собой дверь осторожно. Остановилась на пороге, огляделась по сторонам и увидела кошку.

Большую, рыжую и пушистую кошку с белыми пятнами.

— Гелла, — позвала она тихонько, — иди сюда.

Кошка таращилась на нее своими огромными желтыми глазами и подходить близко явно не собиралась.

— Она у нас недоверчивая. Так сразу не подойдет, ей сначала нужно будет понаблюдать, обнюхать. Познакомиться, в общем.

— А мы с ней уже знакомы. Были знакомы когда-то давно... Она, наверное, забыла.

— Наверное, — согласилась женщина, не отводя пристального взгляда. — Да вы проходите, Маша.

— Да нет, я... Я просто хотела... Извините, не знаю, как вас зовут.

— Анна Сергеевна, — ответила женщина, не став повторять своего приглашения.

— Анна Сергеевна, — подхватила Маша. — Вы извините меня. Я хотела...

И снова замолчала, потому что даже представить себе не могла, что сказать.

— Нет его сейчас. Он на работе. Вечером приходите, он часов в семь будет уже, — прочитав ее нехитрые мысли, сказала Анна Сергеевна. Сказала как-то просто, как нечто само собой разумеющееся, как будто Маша заходила к ним каждый день, последний раз вот только вчера ушла, а сегодня пришла снова, позабыв о том, что Алексей по субботам работает.

— Он работает по субботам? — спросила она, разозлившись на себя за этот вопрос, который показался ей немыслимо глупым.

— Он по сменам работает. Сегодня его смена. С семи до семи.

— А где... Где он работает?

— Где он только не работает. Сегодня на автомойке.

— На автомойке?

Анна Сергеевна кивнула в ответ. Маша чувствовала ее напряжение — оно сквозило во взгляде, в скованности, почти полном отсутствии движений. Напряжение и недоверчивость. Или, может быть, даже страх...

Хотелось попросить у нее прощения. Хотелось сказать, что она не виновата в том, что случилось тогда, шесть лет назад. Сказала бы, если б могла. Да только кто же еще, кроме нее, виноват?

Она опустила глаза.

— Вы меня ведь не видели никогда. Как же узнали?

— Вот, узнала.

Повисло тягостное молчание.

— Я пойду, — тихо сказала Маша.

— Идите, — услышала в ответ почти равнодушное.

Кошка продолжала сидеть в дальнем углу прихожей.

— До свидания, — произнесла она и, повернувшись, взялась за ручку двери.

— До свидания.

Открыла дверь. Перешагнула через порог. И вдруг почувствовала, как кто-то легонько коснулся ее плеча. Обернулась. Увидела — все те же, но какие-то другие теперь глаза, и голос услышала — другой, взволнованный, торопливый:

— Маша... знаете, вы можете прямо на работу... Он здесь недалеко, на углу Волжской и Мичурина. Видели, может быть, там на углу... автомойка. Так вы можете прямо туда, если, конечно...

От этого изменившегося за считанные доли секунды взгляда было больно, невыносимо больно. Она почувствовала, как на глаза наворачиваются слезы. Маша отвернулась и, быстро пробормотав:

— Спасибо. Спасибо вам большое, Анна Сергеевна, — понеслась вниз, уже не считая количества ступеней. Она и так знала, что их шестьдесят две.


Она шла по улице широкими, размашистыми шагами и видела: листья на дорогах, взмах крыльев, красный глаз светофора, чья-то узкая ладонь с длинными пальцами, прядь волос, откинутая со лба, быстрый взгляд, растворившийся в другом, сменившем его взгляде. «Так вот откуда они берутся, эти сюрреалистические картины», — подумала вдруг, четко осознав, что мир перед ее глазами раздробился на множество составных частей, упорно не желающих связываться в одно целое привычным для восприятия образом. Мир, разрезанный на куски, мир фрагментарный и ускользающий, мир острых углов и плавных линий — вот она, ее картина. Грусть, радость, тоска, тревога — все вместе, асимметрично, на одном огромном холсте.

Она просто поговорит с ним. Спросит, как дела, ведь столько лет прошло, наверняка что-нибудь произошло за это время в его жизни. Спросит про семью — может быть, скорее всего даже, она есть у него, ведь столько лет прошло, — про работу. Поговорит, как со старым приятелем, просто поговорит... «Ведь столько лет прошло, — в третий раз разрядом электрического тока пронзила сознание мысль-молния, и захотелось вдруг провалиться сквозь землю, раствориться в воздухе, отпустить без сожаления душу в облака, потому что не вернешь уже этих прошедших лет, не изменишь ничего, не исправишь. Просто поговорить. Увидеть глаза, улыбку, услышать голос. Пять минут — и уйти, не обернувшись, только не оборачиваться, уж это было бы совсем глупо. Хотелось вернуться домой, включить телевизор и жить дальше. Пять минут...

Она, оказывается, на самом деле знала это место. Длинный металлический гараж, протянувшийся метров на пятьдесят вдоль улицы Мичурина, с большой пластиковой табличкой «Автомойка» над входом. Вдоль улицы — троллейбусная линия. Она не часто, но все же пользовалась этим маршрутом. Видела, сто раз уже видела эту табличку и этот длинный серый гараж. Машины, столпившиеся у въезда. Если бы знала...

«И что?» Промелькнувший вопрос она оставила без ответа, постояла некоторое время возле въезда, потом пошла вдоль гаража к противоположному краю, откуда выезжали уже помытые машины. Подошла, остановилась. Увидела темно-зеленую иномарку, сверкающую под мощными прожекторами ламп дневного освещения. Увидела Алексея, склонившегося над капотом. Зажмурила крепко глаза, снова открыла. Снова увидела Алексея, склонившегося над капотом. Продолжала стоять не двигаясь, не дыша.

Он вытирал машину сухой тряпкой. Темно-серый комбинезон и куртка, забрызганная каплями воды, — очередная в его жизни спецформа. Внезапно остановился, замер. Обернулся — с тряпкой в руках, посмотрел на нее. Посмотрел и снова, почти сразу же, отвел взгляд, отвернулся, продолжал драить машину, еще более яростно. Капот, левая фара, правая фара, передний бампер. Тихий хлопок двери, урчание двигателя — машина медленно выползла из гаража, сверкнув блестящими боками, и уехала. Он продолжал стоять спиной, опустив вниз руки и по-прежнему сжимая тряпку. Потом снова медленно обернулся. Посмотрел на нее. Смотрел долго и пристально, а потом спросил:

— Это ты?

— Я, — ответила она и шагнула к нему.

Он как-то беспомощно огляделся по сторонам и от-швырнул тряпку в сторону. Вытер руки о влажный ком-бинезон — едва ли они стали от этого сухими. Продол-жал стоять на месте и смотреть на нее. Она подумала: «Значит, это я. Я должна что-то сказать. Что-то ска-зать...»

Надо было разобраться в этом сумасшедшем по-токе мыслей. Что-то нужно было сказать, невозмож-но было стоять вот так и молчать, смотреть и мол-чать. Срочно найти какие-то слова — она же ведь зна-ла, минуту назад знала, что сказать, почему же теперь забыла? Как дела, вспомнилось вдруг, ведь столько лет прошло — спросить, как дела, что-то про семью, только что сначала, про семью или про дела, ведь столько лет прошло, а может быть — про портрет... «Андрей», — вспомнилось вдруг ни о чем так и не сказавшее ей имя художника Посохина. Мысли уно-сились в сторону — нет, это уж совсем ни к чему, какая, в конце концов, разница — и черт бы с ним, с этим портретом, нужно просто спросить у него — как дела, что нового... Нет, это потом, а сначала, навер-ное, нужно просто объяснить, как она здесь оказа-лась, он ведь наверняка не ожидал ее увидеть, — вот и начало разговора, вот наконец-то, придумала. Нуж-но спросить... То есть сказать: знаешь, я просто мимо шла, увидела тебя. Решила подойти, узнать, как дела. Как у тебя дела?

— Знаешь...

И замолчала опять, потому что слова не шли с языка, снова перепутались, как будто издеваясь над ней, перепрыгнули с места на место, нарушив без со-жалений целостность фразы, которую она с таким трудом создавала, — знаешь, как дела, увидела тебя, шла мимо, просто мимо шла, как дела, решила спросить... И вдруг все исчезло, все слова испарились, взметнулись куда-то вверх, в темноту, и улетели — ненужные, пустые. И она вдруг поняла, что должна сказать ему сейчас. И сказала — легко, просто, уже не задумываясь над формулировкой, над порядком слов, этих чертовых слов, без которых почему-то никак нельзя обойтись, когда что-то хочешь сказать:

— Знаешь, а я люблю тебя. До сих пор люблю, любила все эти годы. Вот, сказала...

Он смотрел на нее. По-прежнему. Ничего не изменилось в его лице, ничто не дрогнуло. Она успела подумать: зря, зря все это, а потом услышала:

— Браво. Отличная импровизация, в твоем стиле. Только, извини, мне работать надо.

Повернулся и ушел в ослепляющую пустоту гаража. Она уже не видела его, но все стояла, продолжала стоять, смотрела, как подползла к воротам машина, потом снова увидела его мокрый комбинезон, тряпку в руках, бросилась к нему, обхватила за плечи, прошептала сквозь слезы:

— Прости...

Он обернулся. Смотрел на нее — с нескрываемым удивлением. Абсолютно другие глаза, губы, другое лицо, другие волосы. Другой человек в точно такой же, как у Алексея, спецовке...

— Извините, пожалуйста, — пробормотала она и бросилась бежать. Через дорогу, сквозь машины, сквозь скрип тормозов и злые окрики водителей, недоумевающе высовывающихся в окна и покручивающих пальцами у виска.

\* \* \*

Возле двери, прислонившись спиной к косяку и устремив уставший взгляд в пространство, ее поджидал Глеб.

— Привет... Здравствуй, Маш.

Она подошла к нему, молча забрала из руки недокуренную сигарету, затянулась глубоко, закашлялась. Услышала:

— Ты что это? Ты же никогда не курила...

— Курила, — ответила она, снова затянувшись и почувствовав головокружение. — Курила когда-то давно, потом бросила. Теперь вот опять решила начать.

Затянулась еще раз и отшвырнула окурок в сторону. Он покатился, мелькая оранжевым огоньком, вниз по ступенькам.

— Ты ко мне?

— К тебе... Ты странная какая-то. У тебя что-то случилось?

— Случилось у меня давно уже. А сейчас ничего не случилось. Так просто...

— Странная какая-то ты, — повторил он, посторонившись.

Она открыла дверь, прошла, не разувшись, в комнату, опустилась на диван. Услышала:

— Маш...

Подняла глаза. Увидела Глеба. Вспомнила — да, конечно, это же Глеб...

— Да ты проходи, не стесняйся. Чувствуй себя как дома.

— Но не забывай при этом, что ты в гостях, — попытался пошутить он, но улыбки на ее лице не заметил.

— Ну говори, что ты хотел сказать.

Он помолчал некоторое время.

— Знаешь, я совсем не так представлял себе этот разговор.

«Я тоже... совсем не так себе представляла...» — подумала она о своем, с трудом возвращаясь мыслями к реальности.

— Какой разговор?

— Разговор между нами. Тогда все получилось как-то внезапно, чувства захлестнули. Но ведь нам нужно поговорить. Нас ведь что-то связывает. Разве не так?

— Не знаю, что нас может связывать, — устало возразила она, чувствуя только одно желание — чтобы он поскорее ушел.

— Маша, мы ведь все-таки долго были вместе. Да, я подлец, я скотина, называй меня как хочешь. Я поступил с тобой как последняя сволочь. Если хочешь, можешь меня ударить...

— Не хочу. Я вообще не понимаю...

— Значит, сильно ты на меня обиделась, — вздохнул он. — Я тебя понимаю, только ведь ты не все знаешь. На самом деле все не так... Не совсем так, как ты себе представляешь.

— А как? — спросила она без интереса, чтобы что-то спросить.

— На самом деле... Да, я согласен, в первое время у меня были — извини, прошу тебя — исключительно деловые интересы. Но только потом все изменилось, я привязался к тебе...

«Вот уж на самом деле привязался, — подумала она с нарастающим раздражением. — Привязался и никак отвязываться не хочет».

— И я... Я на самом деле хочу остаться с тобой.

Она молчала.

— Ты мне не веришь?

— Извини, Глеб... — Она откинулась на спинку дивана, устало прикрыла глаза. Так хотелось остаться одной, закрыть шторы на окнах, зажмурить глаза покрепче и лежать без движения — лежать вот так всю оставшуюся жизнь, пока не умрешь от голода или от старости. — Извини, только я сейчас не в состоянии тебя выслушать. Я неважно себя чувствую, голова кружится, плохо соображаю. Давай, если ты не против, перенесем этот разговор. Я тебе сама позвоню... Может быть, на следующей неделе. Ты придешь, и мы поговорим.

— На следующей неделе... — повторил он задумчиво, и в этот момент она вдруг открыла глаза.

Открыла — так некстати, так не вовремя — и увидела испуг на его лице. Точно такой же, тот же самый испуг, который видела уже в этих глазах тогда, неделю назад, когда застала его на месте преступления... Подумала: послезавтра ведь уже понедельник, тот самый понедельник, вспомнила про «ядерную кнопку» и поняла наконец, зачем он пришел. «Вот ведь сволочь-то какая», — пронеслась, обжигая, мысль, и она вдруг почувствовала все то, что должна была почувствовать еще тогда, когда узнала правду, — гнев, обиду. Боль, разочарование. Запоздавшая реакция на события, которые уже не имели никакого значения в ее жизни. Господи, до какой же степени нужно любить деньги, чтобы вот так унижать себя, ее... До какой же степени?!

— Глеб, у меня в голове не умещается. Просто не умещается в голове. Скажи мне, я еще тогда у тебя спрашивала об этом, только не помню, что ты ответил... Объясни мне, попробуй объяснить, для чего они нужны человеку — деньги... Много денег, куча денег, любой ценой — скажи, для чего...

Он понял, что она его расшифровала, понял еще в тот момент, когда, не успев спрятать испуг, столкнулся взглядом с ее глазами. Сорвал с лица маску и прокричал срывающимся от волнения и гнева голосом:

— Да что ты из себя дурочку малолетнюю строишь? Двадцать два года, пора бы уже знать такие элементарные вещи, как алфавит! Без денег-то не проживешь! На них, на деньги, все купить можно!

— Разве все?

— Все, конечно, все!

— А если... Только, прошу тебя, успокойся, не нужно так на меня кричать. Помнишь, тебе тоже, наверное, в школе говорили про разные высокие материи. Дружбу, любовь, например... Все то, что самое главное.

Он рассмеялся, — Маша терпеливо вынесла этот его надрывный смех, отчетливо понимая, что отстаивает сейчас слишком уж устаревшие понятия. Что разговоры подобные, возможно, и имели смысл в прошлом веке, что глупо в двадцать с лишним лет рассуждать на такие темы — ну и пусть глупо, мало ли глупостей она совершила в жизни, уж эта — точно не самая страшная...

— Любовь, девочка моя, на Большой Казачьей продается. Сколько хочешь большой любви. Чем больше платишь, тем больше любви получаешь. В каждой газете — ты посмотри, ты полистай газеты, отвлекись от своих книжек дурацких — в каждой газете объявления, одно на другое наскакивает, аж глаза разбегаются — кругсм одна любовь! Были бы только деньги! Были б деньги — девки будут, слышала, наверное, такую присказку...

— Да я не об этом. Ты же знаешь, не об этом...

— Ах, ты об... этом! — Он выделил последнее слово, произнес его с издевательским пафосом. — Это — смотря сколько заплатить. Есть ведь и такие, которые вообще один хлеб с макаронами жрут целыми днями. Дворы метут, мешки с цементом на горбу таскают, машины чужие надраивают на автомойках... Таким подкинь десятку — они тебя не то что любить, они тебе пятки лизать до гробовой своей доски...

— Что? Что ты сказал?

— Я сказал: смотря сколько заплатить. У каждого, милая, свои тарифы, вот и вся разница, — ответил он резко, не обратив внимания или просто не заметив, как побледнело ее лицо, как судорожно сжались, хрустнув, побелевшие пальцы.

Он продолжал говорить — она его уже не слышала, не видела даже, настолько невыносимой была эта боль, что заглушала все посторонние звуки. Очнувшись, уловила окончание фразы:

— ...и я тебе куплю любого, слышишь, любого!

— Любого, говоришь...

Промелькнувшая в сознании мысль еще не успела оформиться. Глаза горели, по бледным щекам пошли розовые пятна.

— Любого... Ты чего, Машка?

— Десятки, говоришь, хватит... А знаешь что, давай попробуем?

— Что попробуем?

— Купить. Мне. Любого... Я сама выберу. Для дворника время суток неподходящее, на цементный завод нас не пустят, а вот на автомойку, пожалуй... Ты на машине?

— На машине... Ты что, совсем, что ли, сбрендила?

— Я не сбрендила. Я тебе сделку предлагаю.

— Сделку?

— Ну да. Помнишь про «ядерную кнопку»?

— Помню... Да что с тобой, Маш?

— Так вот. Я на нее пока еще не нажала. Я, честно говоря, просто забыла про нее, но ты мне напомнил. А зря. Теперь все будет от тебя зависеть.

— Да что я должен сделать-то?

— Я же сказала тебе уже. Ты должен купить. Мне. За десятку.

— Кого?

— А там на месте и разберемся. Я выберу, который мне больше понравится.

— Маш, успокойся. Ты на самом деле не в себе. У тебя глаза какие-то странные. И голос, и лицо все в пятнах.

— Поехали, я тебе говорю. Иначе прямо сейчас звоню Бирюкову.

— Ты пожалеешь потом...

— Я уже пожалела. Мне больше в этой жизни жалеть не о чем.

— Я пошел. — Он поднялся, сделал несколько шагов в направлении прихожей, оглянулся: — Тебе, может, врача вызвать?

Она молчала. Он снял с вешалки куртку, накинул на плечи, застегнул молнию.

— Эй, Глеб, — донеслось из комнаты, — я ведь серьезно говорю.

Она появилась в дверном проеме — взлохмаченные волосы, горящие глаза и щеки.

— Черт, — выругался он и швырнул на пол железную ложку для обуви. — Черт с тобой, поехали. Чокнутая...

Она вышла вслед за ним, села рядом в машину.

— Есть она у тебя, эта десятка?

— Откуда? — Он сразу заглушил мотор и даже вздохнул облегченно. — Откуда у меня десятка, я семь тысяч в месяц получаю, девять — потолок, а до зарплаты еще неделя осталась...

— Ничего. Десятку я тебе достану. Прямо сейчас.

— Да где же ты возьмешь?

— Поехали, я тебе говорю. Заводи мотор. Заедем сейчас в одно место, а потом сразу на автомойку.

Он не стал задавать больше вопросов, молча и сосредоточенно смотрел на дорогу, послушно поворачивая руль, когда она его об этом просила. Притормозил возле шлагбаума, не пропускающего машины на охраняемую территорию. Заглушил мотор.

— Дай телефон, — попросила Маша. Набрала шесть цифр, с трудом вспоминая, дождалась знакомого голоса. — Мам, это я. Ты позвони, скажи, чтоб меня пропустили...

Отдала телефон обратно.

— Я сейчас.

Он посмотрел на нее: лицо было все таким же бледным, только глаза уже не горели, а стали какими-то мутными и тусклыми.

Дверь открыла мама. В длинном велюровом халате изумрудного цвета, с блестящими каштановыми волосами, распущенными по плечам. Молодая, красивая, свежая, без косметики на лице. Всплеснула руками, не в силах справиться с удивлением:

— Маша?

— Я же тебе только что по телефону звонила, ты кого-то другого ожидала увидеть?

— Маша! Господи, что случилось-то?

— Ничего не случилось. Сама же просила зайти как-нибудь. Вот я и зашла. Как-нибудь... Что, так и будем на пороге стоять?

— Нет... Нет, конечно, проходи, Машка. Я просто растерялась от неожиданности.

— Сама же в гости звала, а теперь растерялась от неожиданности. Какая ты у меня загадочная...

— Машка...

Она вошла. Огляделась по сторонам. Прихожая — в бархатно-вишневых тонах, огромные зеркала, мягкий ковер с пушистым ворсом на полу, мебель красного дерева. Все безумно дорогое и безумно шикарное.

Безумно. Просто безумно. Она зацепилась за это слово, все время повторяла его, пока мать суетилась вокруг, усаживала ее в кресло, наполняла конфетами вазочку.

— Нехилый коттеджик вы себе отгрохали на деньги налогоплательщиков. Затейливая такая избушка, с претензиями...

— Машка...

— Да ладно, это я так — шучу.

— Пообедаешь?

— Мам, ты что, думаешь, я к тебе обедать пришла?

— Так раз пришла, может, пообедаешь... Хоть чаю выпей...

— Не хочу.

— Ну вот, пришла к матери первый раз за четыре года и даже от чая отказываешься...

— Да я не к матери. Не к тебе.

— Не ко мне? — удивилась она.

— Не к тебе, мам. Я к тебе как-нибудь в другой раз, а сегодня я — к нему...

— К нему? Да что случилось-то, Машка?

— Ничего не случилось. Так просто, поговорить решила...

— А это ты насчет... Как его там, Глеб, кажется, — мелькнула догадка.

— Глеб, — подтвердила Маша.

— Так все нормально, я спрашивала у него, еще вчера вечером спрашивала. Все нормально, он же обещал...

— Он где?

— Он там, в кабинете...

Маша поднялась из кресла.

— Маш! — окликнула мать.

Она обернулась.

— Да что с тобой? На тебе лица нет...

— Все в порядке... Помнишь, папа говорил: все в порядке, Вера... Помнишь? Здесь его кабинет?

— Здесь...

Маша слегка повернула ручку, вошла, плотно прикрыла за собой дверь, остановилась на пороге. Некоторое время смотрела молча и пристально на человека, сидевшего за столом, покрытым ворохом каких-то бумаг. «Надо же, почти совсем седой стал», — промелькнула мысль. Помолчала еще немного, а потом сказала отчетливо:

— Мне нужно десять тысяч. Сейчас.

* * *

...Так бывает, что порой вся прожитая жизнь промелькнет перед глазами за считанные минуты, компактно в них уместившись, лишний раз доказывая полную бессмысленность самого этого понятия — времени. Так бывает, она это знала, знала еще в детстве, по фильмам, — когда в конце человек умирал, он непременно успевал перед смертью просмотреть всю свою жизнь напоследок, как зритель в кинотеатре. Или, вернее, как режиссер, который смотрит свой фильм на экране и думает: вот здесь нужно было бы не так, вот этот эпизод вообще убрать можно, а здесь совсем не тот ракурс. Только изменить уже ничего невозможно — наверное, именно эта мысль и является последней в жизни каждого человека, бездарного режиссера своей собственной судьбы.

Так бывает, она это знала, но только почему теперь, ведь умирать-то она пока не собирается. Собирается, наоборот, жить, жить теперь уж точно без оглядки, приняв чужие правила, нацепив бронированный панцирь, ведь сама же решила, что будет жить. Откуда вдруг эти картинки дурацкие?

...Мама, папа и Маша. С двумя большими бантами, которые топорщатся на голове, как розовые уши игрушечного слона. Любимой игрушки, которую подарил папа на прошлый день рождения. Мама, папа и Маша — все выше, выше. «Вон, смотри, дочка, — наш дом, видишь? А вон — Волга, видишь? А вон твой детский сад...» — «Как здорово, как высоко. Мы на небе, да?» — «Нет, — мама смеется, — мы на колесе обозрения!» Хрустящие шарики попкорна, оранжевый вкус фанты во рту. «Я самая счастливая!» Повисла, как на качелях, схватившись слева — за папину руку, справа — за мамину. «Руки оторвешь, Машка! Чертенок!»

...Папа и Маша. Все темнее за окном, уже не видно птиц, которых можно было рассматривать, и время от этого текло незаметно. «Когда же мама вернется?» — «Иди, мышонок, спать. Мама вернется скоро. Она просто на работе задержалась, у нее очень важные дела. Ты заснешь, а утром проснешься — и мама будет дома». Она заснула, проснулась утром, протопала с полузакрытыми глазами в родительскую спальню — там никого не было. «Проснулся, мой дружок», — услышала из-за спины, обернулась. «А где же мама?» — «Мама скоро придет. Давай-ка в школу собираться». — «А где же мама?» — «Мама скоро придет». — «А почему у тебя такие глаза?» — «Нормальные у меня глаза, что ты в самом деле. Собирайся, а то опоздаем».

...Мама и Маша. Большая чашка остывшего чая на столе, надкусанный пирожок с повидлом — как нежно-малиновая улыбка на сдобном и пухлом лице, только уголки губ почему-то смотрят вниз. «Мама, ты плачешь?» — «Послушай, дочка. Послушай, Машенька. Знаешь, такое бывает, когда взрослые люди больше не могут жить вместе. Не потому, что не хотят, а потому, что просто больше не могут». — «Как это?» — «Есть такое чувство — любовь. Это очень сильное чувство, сильнее всех других чувств на свете, если оно настоящее. Когда люди любят друг друга по-настоящему, они хотят быть вместе. Они не могут не быть вместе...» — «Мама, о чем ты? О чем ты говоришь?» — «Я люблю одного человека, Маша». — «Папу?..» —

214

«Папу... Папу тоже люблю, но не так. Я по-настоящему люблю другого человека. Одного хорошего, очень хорошего человека, понимаешь, мышонок...» — «Я не мышонок! Прекрати называть меня мышонком, я человек!» Большая чашка остывшего чая на полу, коричневая лужица быстро разрастается в озеро, омывая белые в красный горошек островки-осколки.

...Папа и Маша. «Я останусь с тобой. Я не хочу жить с ними. С ней и с этим...» — «Прошу тебя, мышонок. Ей сейчас очень тяжело. Ей будет слишком тяжело без тебя. Ты ведь знаешь, она у нас слабая. А мы с тобой должны быть сильными». — «А ты?» — «Я справлюсь». — «А я? Как же я, папа?» — «И ты тоже. Ты маленький и сильный мышонок...» — «Прекрати! Прекрати называть меня мышонком!..»

...Маша. Одна. Тикают часы на стене. Вокруг — какие-то заморские птицы на шелковых обоях. Она внимательно рассматривает птиц. Не скрипнув, приоткрывается дверь. Глаза — чужие, незнакомая улыбка. «Ну что, Машенька, пойдем в парк? Покатаешься на каруселях, на колесе обозрения...» — «Мне, между прочим, одиннадцать лет. На кой черт мне ваше колесо обозрения, я же не маленькая!» — «Может, тогда в кино сходим все вместе?» — «Не хочу в кино». — «А куда ты хочешь?» — «Никуда не хочу, чего вы ко мне привязались?»

...Мама. В нежно-голубом платье, с блестящей заколкой, из последних сил сдерживающей буйство густых темно-каштановых волос. Со счастливой улыбкой на лице и огромным букетом темно-бордовых роз. Фотография, всего лишь фотография — может, и не было ничего этого? Только розы — вот же они, за спиной, стоят на столе в огромной хрустальной вазе... Только не оборачиваться и не видеть.

...Мама. Выронила из рук телефонную трубку: «Маша, Машенька...» — «Что случилось? Что случилось, ну что ты молчишь, как дура какая?!» — «Маша, Машенька...» Папа — в последний раз. Цветы... Нет, лучше не вспоминать.

...Мама и Маша. «Эх, Машка. Ну сколько можно, когда же ты привыкнешь, ведь три года уже прошло. Ты ведь совсем взрослая стала, должна уже кое-что понимать». — «Отстань, мам». Голос из-за спины: «Ну и о чем вы здесь секретничаете, дорогие мои женщины?» Мама, ласково улыбнувшись: «Сережа...» — «Ты уже сказала?» — «Да перестань, в другой раз». — «Что — в другой раз? Что ты должна была мне сказать? Говори сейчас!» — «Маша...» — «Мама!» — «Да что ты, Вера. Ну что здесь скрывать — она ведь все равно узнает. Еще несколько недель, и не скроешь уже...» Довольная улыбка на лице. «У тебя, Машка, скоро будет братик. Или сестричка». Розовый румянец на щеках — мама счастливая... «Придурки! Не может быть у меня больше никакого братика и никакой сестрички, у меня папа умер почти три года назад. Придурки, придурки вы все!» Слезы, слезы, нескончаемая ночь.

...Мама — в больнице, на сохранении. Вдвоем — в одной тюремной камере. Убежать бы поскорее, и черт с ним со всем, только бы не видеть его. Суббота. Тупая боль внизу живота — на уроке физики. Боль тягучая и непроходящая. Капли холодного пота на лбу. «Что с тобой, Сорокина?» Ох уж эти критические дни, почему она не родилась на свет мальчишкой? «Кажется, у меня температура. Я пойду домой, можно?» — «Иди, Сорокина, иди!» Открыла дверь ключами, увидела сразу на пороге женские туфли, подумала — мама, да только ведь у мамы не было таких туфель. Какие-то звуки в родительской спальне. Распахнула дверь... Сволочь, подонок, гадина. Убью, все равно убью. Швырнула с полки тяжелый бронзовый бюст Омара Хайяма. Хотела в голову, попала в окно. Разбилось стекло — вдребезги. Набросилась — как кошка. Кусалась, царапалась, кричала. Таблетки — крошечные, круглые. Двадцать шесть, двадцать семь... Вдруг — папа. «Ей будет слишком тяжело без тебя. Ты ведь знаешь, она у нас слабая. А мы с тобой должны быть сильными». Должны быть сильными... «Скорая помощь», больничная палата.

...Мама. Грустные глаза. Оконное стекло — целое, как будто и не было ничего, только куда же исчез этот бронзовый бюст? Да ладно, до него ли теперь, когда такое... «Ну не грусти ты так, мам. Ну, подумаешь, выкидыш. Успеешь еще, родишь, какие твои годы...» — «Эх, Машка. Почему ты такая жестокая...» — «Ну вот, я, оказывается, во всем виновата. Конечно, кто же еще... Господи, скорее бы мне вырасти совсем!» — «Совсем — это как?» — «А так. Вырасти, чтобы уехать от вас. Подальше отсюда, куда-нибудь совсем далеко, чтобы даже и на улице случайно...» — «Да куда же?» — «Не знаю. В Германию, например. Буду учить теперь немецкий, выучу и уеду в Германию». — «Глупая ты какая. Маленькая еще совсем и глупая, Машка».

...Маша. На уроке химии. В облаках — с одного облака на другое. Выше, выше. «Вон, смотри, дочка, — наш дом, видишь?» «Сорокина! Сорокина! Да что же это, в конце концов! Повтори, что я сейчас сказала!» — «Понятия не имею...» — «Выйди из класса. Сейчас же выйди из класса и возвращайся только с разрешением директора!» Вышла, прошла по коридору, вниз по лестнице — и замерла, опустилась, не соображая ничего, на ступеньку, поняв совершенно отчетливо только одно — влюбилась. Влюбилась с первого, самого первого взгляда — разве такое бывает? Бывает, стучало сердце. Стучало сердце, а время сходило с ума. Такое бывает, когда один час пролетает быстрее минуты, а одна минута тянется тысячи бесконечно долгих часов ожидания. Бывает, когда потолок стремительно падает вниз, когда стены смыкаются и вновь расходятся, когда солнце — под ногами, когда вдруг из ниоткуда — море. Волны...

...Маша. Долгий туман рассеялся наконец перед глазами, снова впустив в сознание реальность, которую она так упорно отказывалась принимать. «Значит, на самом деле случилось...» Да и пошли бы они все к черту! Нет, никто не пытался ее изнасиловать. Она сама. Да, сама, сказала же уже, сколько повторять можно. Потому что захотела. Потому что... Да пошли бы они все! Лица — знакомые, чужие. Глаза — любопытные, осуждающие, испуганные. Она поднялась, пошатнулась. «Не вставайте, девушка, лежите, лежите, успокойтесь...»

...Мама, Маша и голос за спиной: «Ты должна написать заявление в милицию». Обернулась: «Не дождешься. Это еще зачем?» — «Ты должна...» — «Я же сказала. Сто раз уже сказала, что я сама хотела. Никто не собирался меня насиловать, какое может быть заявление, отстаньте от меня, придурки...» Мама плачет. «Маша, Машенька, прошу тебя...» — «Не дождетесь!» — «Да послушай, послушай же ты...» Что-то про общественное мнение. Дико, невообразимо дико. Ей-то какое дело до общественного мнения, и что

218

вообще означают эти слова? «Все уже знают. Об этом все уже знают, ты понимаешь?» — «Кто — все?» Что-то про какие-то выборы, которые должны состояться... Он так и сказал — должны состояться. Эх, плюнуть бы в эту рожу официальную. «Если не хочешь до суда дело доводить — заберешь через пару дней свое заявление. Заберешь по-тихому, чтобы никто не узнал. Я тебе обещаю, с ним ничего не случится. Я позвоню, с ним все будет в порядке. Подумаешь, пару дней...» — «Зачем? Я не понимаю, зачем тогда?» — «Не понимаешь? Господи, да что же здесь понимать? Ведь взрослая уже, трахаться научилась, а понять, что к чему...» — «Мы просто целовались...» — «Сергей! Прекрати, прошу тебя!» — «А ты-то куда лезешь? Нашла кого защищать... Обо мне подумала, чем это все для меня обернуться может?» — «Сергей, прошу тебя...» — «Подумала, что это означает для меня и для людей, которые наверняка теперь обо всем этом узнают... Для людей, которым листовки с моей предвыборной программой в ящики кидают... Да замолчи ты наконец!» — «Не смей... Не смей так разговаривать с мамой, слышишь?» — «Сергей... Маша, Машенька...» Мама плачет. «Да ты ведь подонок, ты ведь... Тогда...» — «Что — тогда?» Холодный взгляд — в упор. Она уже вдохнула воздух в легкие, чтобы сказать. Сказала: «Тогда...», и вдруг снова — папа: «Ты ведь знаешь, она у нас слабая. А мы с тобой должны быть сильными...» Должны быть сильными. Должны. «Мам, успокойся. Не плачь, пожалуйста. Все будет нормально...» — «Ничего уже не будет нормально! Я сейчас сам... Сам к нему пойду и набью ему морду, поняла?!» — «Не пойдешь! Не сделаешь!» — «Сделаю, еще как сделаю...»

...Мама и Маша. «Послушай, дочка... Тебе лучше уехать. Сама понимаешь, в этой школе учиться теперь... И вообще, сама понимаешь...» Маша смотрит в упор. «Это потому, что он так захотел?» — «Перестань, неужели ты не понимаешь, так будет лучше. Там хорошую школу найдем, потом в институт устроим, в какой захочешь. У Сергея большие связи...» — «Да провались он к черту вместе со своими связями! К черту, оба вы! Ни видеть, ни слышать не хочу никого! Завтра, завтра же уеду, радуйтесь, что избавились...»

— Что ты сказала?

— Я сказала, что мне нужно десять тысяч. Сейчас.

— У тебя случилось что-то?

Она промолчала.

— Послушай, Машка. Да ты пройди, что ж, так и будешь на пороге стоять?

Она послушно прошла в глубину комнаты, опустилась на краешек кожаного кресла.

— Ну вот, прошла. Что я еще должна сделать, чтобы получить то, что мне нужно?

— Повзрослеть, — ответил он тихо, — только этого, наверное, никогда не случится. Не понимаю почему...

— Потому что я была маленькой, а потом сразу стала старой. Куда уж теперь взрослеть.

— Старой, говоришь, стала... А выглядишь прекрасно, только лицо бледное.

— Послушай, мне нужны деньги. Мне не слишком приятно, ты прекрасно понимаешь, сидеть здесь и общаться с тобой...

Он усмехнулся:

— Подобная дипломатичность еще никого не приводила к успеху, знаешь...

Она встала.

— Не дашь?

— Да успокойся ты, сядь. Дам, конечно, неужели не дам. Я просто поговорить с тобой хотел, сказать кое-что, раз уж ты пришла...

— Ну говори, раз уж я пришла, — ответила она, продолжая неподвижно стоять на месте.

— Я хотел сказать тебе. — Он поднялся из-за стола, шагнул к ней и остановился в двух шагах, почувствовав, видимо, что дальше приближаться не следует. — Хотел сказать тебе, чтобы ты всегда... всегда обращалась, не стесняясь, за помощью. Если тебе что-нибудь понадобится, если что-то случится, ты всегда можешь... И еще. Знаешь, я... Я очень сильно люблю твою маму. Очень сильно. Всегда любил, полюбил, как только увидел в первый раз, и до сих пор люблю. Только ведь людям свойственно совершать ошибки. Никто от них не застрахован, пойми... Нет такого человека, который в жизни не совершил бы ни одной ошибки. Главное — понять и попытаться исправить. Хоть как-то искупить свою вину... Я виноват, знаю. Перед ней, перед тобой. Если можешь, прости... Прости меня, если можешь, Машка. Ведь жизнь — такая сложная штука...

Что-то дрогнуло внутри — лишь на секунду.

— Послушай, мне деньги нужны. Меня там ждут внизу. Мне некогда...

Он повернулся, молча подошел к столу, достал из ящика ключ, открыл стоящий в углу сейф, пошелестел бумажками.

— На, возьми. Тебе, может, больше надо?

— Больше не надо. Я отдам месяца через три.

— Да брось ты, не нужно ничего отдавать...

— А я отдам. — Она не глядя расстегнула сумку, просунула в щель тонкую стопку фиолетовых купюр, снова застегнула замок. — Спасибо.

— Не за что, Маша. Приходи в любое время... И еще я хотел сказать. Про ту историю, с тем парнем, помнишь, шесть лет назад. С тем парнем, с которым ты целовалась в школьном вестибюле... Я тогда, наверное, погорячился...

— Дело прошлое. — Маша оборвала начатую фразу и вышла, не попрощавшись.

Мать тут же появилась из кухни. Спросила, безуспешно пытаясь скрыть тревогу в голосе:

— Что, поговорили уже?

— Поговорили. Я побежала, меня там ждут внизу. Да не смотри ты так, со мной все в порядке.

— Зайдешь как-нибудь?

— Зайду, — пообещала Маша, впервые за прошедшие годы подумав о том, какой бы день недели выбрать для того, чтобы заскочить к матери.

Та вздохнула, не сумев прочитать ее мысли:

— Все время обещаешь...

— Правда зайду, мам. Ну, пока.

Поцеловала мать в подставленную щеку, распахнула дверь и быстро соскользнула вниз по мраморным ступеням.


— На, вот твоя десятка.

— Слушай, приди в себя, а?

— Я в себе. Поехали.

— Черт. — Глеб нажал на педаль сцепления, резко крутанул руль вправо. — И как ты себе это представляешь?

— Я? А почему я? Это ты должен себе представлять все прекрасно и отчетливо. Ты сам это все придумал...

— Ничего я не придумывал, я же просто так говорил...

— За свои слова, Глеб, отвечать нужно. Слово, говорят, не воробей... Вот здесь теперь налево поверни.

— Без тебя вижу, что налево, здесь же нет другого поворота.

«Нет другого поворота, — пронеслась мысль, — неужели и правда уже нет?»

— Ну вот и отлично, а теперь пока все время прямо.

— Послушай, а если я — пас?

— Если ты пас, значит, не видать тебе места в секретариате.

— Никогда не думал, что ты такая стерва.

— Сама удивляюсь.

— Не понимаю... Не понимаю, чего ты хочешь-то?

— А так просто. Развлечься.

— Ничего себе, развлечение. В цирк бы лучше сходила.

— Не люблю цирк.

— Ну тогда на выставку картин...

— Надоело. Там все время одно и то же.

— Маш, давай поговорим.

— Мы уже поговорили. Сколько можно об одном и том же? Ты хочешь устроиться в жизни — так устраивайся. Делай первый шаг...

— Это же глупо.

— Глупо объясняться в чувствах, которых нет, и говорить о душевной привязанности, преследуя одни только корыстные интересы. А то, что предлагаю я, — по крайней мере честно.

— Послушай, а если у меня не получится?

— Как это — не получится? Ты же сам говорил — все дело в сумме. Сумму в десять тысяч ты посчитал вполне достаточной для человека, который, как ты выражаешься, целыми днями надраивает чужие машины.

— А если...

— Если мало будет, я тебе еще принесу. Не проблема. Так что дерзай. Вот здесь направо, на Мичурина надо поворачивать.

— Знаю я эту автомойку. Не самая, между прочим, дешевая в городе...

— Я же тебе сказала: в средствах себя можешь не ограничивать. А для аванса, я думаю, достаточно будет... Стой, останови машину, не надо слишком близко подъезжать...

— О-о, — протянул Глеб, поймав отражение ее взгляда в центральном зеркале. — Я вижу, на лице появились признаки волнения... Может, ты все-таки передумаешь?

— Ошибаешься. Нет никаких признаков волнения. Мне не о чем волноваться.

— Так уж и не о чем? Да что с тобой, Машка, я же вижу...

Она и сама прекрасно видела: в боковом зеркале отражалось изменившееся до неузнаваемости лицо. Третье лицо в ее жизни, не похожее ни на первое, ни на второе. «Остановись, — пронеслась в сознании здравая мысль, — остановись, не надо...»

— Вон, смотри, какой симпатичный. Жгучий брюнет, мускулы какие. Смотри, как старательно машину надраивает. Темпераментом Бог не обидел, наверное... Как тебе?

— Прекрати, мы не на базаре...

— Разве? — продолжал он свой натиск, почувствовав, что взял верный тон в разговоре, что еще немного — и она сломается, сдастся, осознав наконец всю степень безумства собственной идеи. — Разве не на базаре?

— Глеб, пожалуйста...

— Значит, не устраивает тебя жгучий брюнет. Что ж, подождем, посмотрим. Может, блондин какой появится, или шатен, или рыжий... Как ты, кстати, к рыжим относишься?

Она молчала, отвернувшись в сторону. «Дура, ты просто дура. Всегда дурой была. Зачем тебе все это нужно, кому и что ты хочешь доказать? Себе? Глебу? Или, может быть...»

— ...отличный экстерьер, — снова донесся до нее голос Глеба, она увидела в зеркале отражение его лица — самоуверенная ухмылка, победный блеск в глазах. Он уже понял, что она сдалась. Он просто добивает ее. Ждет, полностью уверенный в том, что дождется — сейчас она начнет умолять его повернуть обратно, предлагая бесплатно все блага жизни, которые он рассчитывал получить с ее помощью. Не придется ему изображать из себя идиота и ломать эту глупую комедию. — Ну вот, скрылся из виду. Жаль... Ничего, сейчас снова появится, будет у тебя еще возможность оценить его достоинства. Или, может быть, кто-нибудь другой...

— Все, иди давай, — тихо сказала она, остановив поток изощренных издевательств. — Иди, я сказала.

— Так ты же... Ты же еще не выбрала... — Он определенно опешил от такого поворота событий.

— Иди, я сказала, — повторила она. — Что, забыл, как двери в машине открываются? Там, слева от тебя, ручка есть.

— Ты же еще не выбрала, — тупо повторил он.

— А нечего мне выбирать. Сам выбирай, мне все равно.

— Как это все равно? Вот тот, смотри, вон еще один показался — высокий, плечистый такой, видный весь из себя... Ты посмотри, Маш. — Он снова хватался за соломинку, пытался вновь бороться все тем же, пришедшим уже в негодность оружием, цинично нахваливая какого-то парня, оказавшегося в его поле зрения.

Высокий, плечистый. Маша не смотрела.

— Если он тебе так понравился, на нем и остановимся. Иди давай.

— Да ты же даже не посмотрела! Посмотри хоть...

Она посмотрела. Быстро отвела взгляд, вдохнула воздух поглубже и снова посмотрела. Подумала: а может быть, и нет? Она же ошиблась уже сегодня однажды, ошиблась, не заметив разницы с расстояния гораздо более близкого, может быть, и теперь ошибается. Наверняка ошибается. А если нет? Дура, сто раз дура. Ничего более глупого и более ужасного и придумать было нельзя. Более глупого, более ужасного и более гадкого...

— Я так понимаю, ты передумала?

— Ничего ты не понимаешь. Три раза уже тебе сказала: иди.

— Так, значит, этот тебя устраивает?

— Я тебя сейчас вышвырну. Вышвырну из машины, ты меня понял?

Открылась дверь. Снова захлопнулась — как во сне. Она все продолжала смотреть в окно, в противоположную сторону. Смотрела долго, заставляя себя не отводить взгляда, не двигаться, не дышать. Потом не выдержала, резко обернулась — никого. Медленно выползла из гаража какая-то черная блестящая иномарка. Показалась из ворот передняя часть капота другой, следующей машины.

Она попыталась себе представить то, что представить было страшно. Страшно и невозможно: Глеб входит в гараж. Останавливается, щурится от яркого света ламп. Оглядывается по сторонам, пытаясь отыскать взглядом. Уже достаточное количество стремительно летящих в бесконечность минут прошло с тех пор, как он вышел из машины, а значит, все то, что она себе только что представила, уже было. Уже имело место, уже случилось — и этот яркий свет, и взгляд, блуждающий и наконец остановившийся. А потом? Подходит ближе: «Слушай, парень, разговор есть. Поговорить надо, ты только не подумай ничего плохого... или там, что я шучу. Все абсолютно серьезно, знаешь. Найдется у тебя пять минут для деловой беседы?» А потом?

Тихая музыка доносилась из колонок. Что-то знакомое. Она машинально покрутила ручку, прибавила громкость. Что-то знакомое...

А потом? «Знаешь, у меня там в машине одна дамочка сидит. Ничего себе дамочка, блондинка натуральная...»

Узнала — это Челентано плакал свою «Конфессу». Значит, кто-то на этой земле все еще верит в любовь...

«А потом? Что же было потом?..»

# АЛЕКСЕЙ

Какая-то грязь намертво прилипла к капоту. Он попытался осторожно поддеть ее ногтем, не получилось — на самом деле намертво. Может быть, капля битума — такое часто случается на дорогах, только странно, почему она одна, обычно их бывает целая россыпь, раз уж такое случается. Краску бы не поцарапать... Да черт бы с ней, с этой грязью, пускай покупает германский очиститель и сам — одним движением, как обещает реклама, — оттирает свой капот. Реклама, она много обещает...

Он обернулся. Что-то заставило его обернуться — впрочем, с ним такое часто случается. Обернулся и увидел Машку. Как обычно, как всегда, ничего нового. Отвернулся, прогоняя видение, забывая о нем и снова попытавшись сосредоточиться на этой чертовой черной капле, прилипшей к капоту. Добросовестность эта его когда-нибудь в могилу сведет, честное слово. И все-таки — как-то странно. Слишком реально, слишком по-настоящему в этот раз... Впрочем, нечему удивляться: шизофрения — она на то и шизофрения, чтобы прогрессировать со временем. Тем более если никто не пытается ее вылечить. А подлечить бы нужно, ох как нужно, поэтому — вот она, эта капля битума или чего-то там еще, вот тебе, пожалуйста, место приземления для взгляда и точка опоры для души, блуждающей в потемках. Как огонек в ночи, указывающий путь затерявшемуся страннику. Вот она — грязь, три ее тряпкой, трать свой душевный пыл — не по пустякам, а по делу.

Он все-таки снова обернулся. Просто так, чтобы проверить, чтобы убедиться. Обернулся — и снова увидел ее, Машку. Она стояла, как-то беспомощно опустив руки вниз, смотрела на него, и ей было двадцать два года. Двадцать два, а не шестнадцать, и это смутило его уж совсем окончательно... Сколько раз он вот так оборачивался, точно видел ее, шестнадцатилетнюю, снова оборачивался — и уже ничего не видел. Он так привык к этому, знал на сто процентов, что это бывает, что это может быть так, только так, а не иначе. А теперь — как будто почва ушла из-под ног. Подумал: «Значит, мне теперь двадцать восемь. Двадцать восемь, и я стою здесь, с тряпкой, возле машины, шесть лет прошло, она стоит напротив, и это — правда?»

— Это ты? — спросил он тихо на всякий случай, чтобы не услышал и не подумал никто, что он, как дурак, разговаривает с пустотой.

— Я, — ответила пустота и шагнула к нему. Приблизилась.

Теперь уже более отчетливо можно было рассмотреть — глаза, волосы, губы. Он огляделся по сторонам — в поисках физической опоры. Вырос бы здесь сейчас столб, уж он бы к нему привалился. Опустил на мгновение взгляд, увидел тряпку у себя в руках. Черт, какая-то тряпка. Отшвырнул в сторону, вытер руки о влажный комбинезон, совершенно не задумываясь зачем. Нужно же было, в конце концов, что-то делать, нужно было вновь ощутить течение времени, которое, остановившись, совсем погибло бы, как погибает остановившееся сердце. Нужно было помочь ему сдвинуться с места, создав если не движение, то хотя бы видимость этого движения. Тряпка, упавшая на пол невдалеке. Руки, скользнувшие по влажной ткани комбинезона. Вот оно, время. Идет, бежит. Убегает — не вернешь...

«Стоишь как дурак», — пронеслась неотчетливо мысль. Но, черт возьми, что он должен делать в подобной ситуации? Дома на полке стояла книжка — «Учебник выживания в экстремальных ситуациях. Опыт специальных подразделений мира». Купил как-то, проходя мимо книжного лотка. Как выжить в пустыне, тундре, тайге или в джунглях, используя имеющиеся под рукой средства. Чего там только не было... А вот этого не было. Не было этих глаз, зеленых, как прежде. Не было раздела «Что делать, когда вообще не знаешь, что тебе теперь делать». Не в пустыне и не в джунглях, а в средней полосе России, в гараже, с тряпкой в руках. Черт, нет уже никакой тряпки, вообще ничего нет вокруг — только эти глаза, напротив на самом деле, и пора бы уже привыкнуть, понять, что это на самом деле. И начать снова дышать, без кислорода сдохнуть можно — только ведь что-то нужно делать, если бы только знать, как это бывает... И вдруг он услышал:

— Знаешь, а я люблю тебя. До сих пор люблю, любила все эти годы. Вот, сказала...

Боже мой, как просто, подумал он. Как же все легко и просто, оказывается. Шесть лет — а ну и что, подумаешь, шесть лет каких-то. Отшвырнуть щелчком в сторону, как окурок, пусть себе тлеет оранжевый огонек, а ему остается только встать и задвинуть этот окурок под скамейку. Носком ботинка. Чтобы никто не увидел и не вспомнил. Он уже делал это однажды, шесть лет назад. На самом деле ничего сложного...

— Браво. Отличная импровизация, в твоем стиле. Только, извини, мне работать надо, — услышал он свой голос. Повернулся и ушел в ослепляющую пустоту гаража. Отошел подальше от света, льющегося прямо в глаза, опустился на импровизированную, из деревянных ящиков, скамейку.

— Эй, Лех, ты чего? — услышал голос напарника. Отозвался:

— Ты постой на моем участке, я сейчас, перекур только небольшой сделаю.

— Спину, что ли, заломило? — послышалось в ответ сочувственное.

«Если бы», — подумал он и только кивнул, безропотно соглашаясь.

Мыслей не было. Вернее, они были, но их было так много, так непереносимо много, они толпились, наскакивали одна на другую. «Как стены, — подумал он, — как потолок тогда...»

Люблю. Любила. Все эти годы. И что ему остается? Что же он должен был сказать в ответ, что должен был сделать? Промелькнула в мыслях картинка: он и она. Разделенные расстоянием. Бегут навстречу друг другу — замедленная съемка. Последний кадр, еще более замедленный, превращающийся наконец в «стоп». «Стоп», долго не уходящий с экрана, время совсем остановилось, стоит на месте и вот наконец пошло опять — титры. Титры, ползущие тугим и нескончаемым потоком по счастливым лицам в стоп-кадре, титры, раскрывающие тайные имена создателей всей этой любовной галиматьи. А может быть, и правда? Он и она, разделенные расстоянием, бегут... Нет, подумал он, усмехнувшись, ни черта ты здесь не разгонишься, когда всего два метра разделяют. Такие эпизоды на побережье снимать нужно, предварительно повыгоняв с пляжа всю ненужную массовку. И потом — это ж какая дыхалка нужна, чтобы бежать столько времени? Бежать, и при этом еще улыбаться?

«Бред, — пронеслось в голове, — чушь собачья». Он снова огляделся по сторонам — все тот же гараж, новая машина на подходе, те же лица, те же голоса. Ее больше нет... А может быть, не ушла еще, не исчезла? Может быть, стоит до сих пор там, за воротами? Стоит и ждет, когда же он, тупица, баран безмозглый, это же надо было быть таким дураком, таким кретином, да что же это он в самом деле, это же она, она, Машка... Мысли снова взметнулись в привычном бешеном вихре, и он понял только одно — нельзя, невозможно допустить, чтобы она снова исчезла. Иначе снова придет та, другая, ненастоящая, и все начнется сначала... Любила? Но ведь и он тоже — провались этот долбаный гараж под землю — любил. Любил, до сих пор любит, и что же может быть еще нужно, что же может быть еще важно на этой земле, если два человека любят друг друга?

Он выскочил из гаража, больно задев бедром багажник стоящей на выезде «шестерки», толкнув плечом возмущенно выругавшегося напарника.

— С ума, что ли, вы все посходили? Ты еще теперь, — услышал слова из-за спины, не придал значения, не разобрал смысла. Смотрел и видел дорогу, машины, троллейбусы. Как ни старался, как ни силился — только дорога, машины, троллейбусы. И больше ничего. Как будто и не было...

— Слышь, Санек, ты здесь не видел... Не видел здесь, случайно, девушку? — спросил он, уже заранее догадываясь, что тот сейчас ответит — нет, не видел никого, не было никакой девушки. Не было...

— Видел, видел, — подтвердил тот на удивление энергично, без всяких сомнений.

— Видел?

— Да что ты на меня так уставился, Прохоров? Видел, говорю же. Чокнутая какая-то, подбежала, схватила меня, чуть не задушила.

— Подбежала? Схватила? — переспросил он недоверчиво.

— Ну да, говорю же тебе. Белая такая, растрепанная, на башке не поймешь чего.

— А потом?

— Потом убежала.

— И все? Не сказала ничего?

— Сказала. Сказала — прости... Да я ж тебе говорю, чокнутая какая-то. У тебя спина-то как? Отлегло, не болит уже?

— Нет, не болит, — честно ответил Алексей. — Душа только побаливает, знаешь, Санек...

— Душа — это ничего, — бодро отозвался напарник, — душу твою мы в момент плясать заставим! Три бутылки пива — и запляшет, знаешь ведь, проверенное средство... После смены, а?

— После смены не получится, — произнес Алексей задумчиво, пытаясь расшифровать какую-то туманную мысль, промелькнувшую в сознании. — Мне после смены нужно...

— Да брось, куда тебе нужно?

Алексей молчал.

— На свидание, что ли, собрался?

— А если на свидание?..

— Да брось, ты же у нас великий отшельник! — рассмеялся Санек. — Монах нестриженый. Скажешь тоже — на свидание... С мамой, что ли, свидание-то у тебя?

Алексей уже не слышал его. Он посмотрел на часы, с тоской подумав о том, что до конца смены осталось еще целых пять часов. Подумал: оказывается, и такое бывает, что время до конца смены может тянуться медленно. Давненько с ним такого не случалось. Давненько... «Шесть лет», — тут же шепнула память. Шепнула и уже не прекращала больше своего настойчивого шепота, потому что впервые за эти долгие шесть лет ей не сказали вежливо «заткнись». Поискал глазами чистую тряпку и медленно двинулся к мокрому темно-синему «мерседесу», поджидающему его вместе с его тряпкой. А память шептала: шесть лет...


...Тогда, шесть лет назад, он вошел в квартиру, не задумываясь о том, что нужно было бы поискать в кармане ключ. Вошел, потому что дверь была открыта для всех, кто пришел в этот день попрощаться с его отцом. А значит, и для него тоже. Кадры мелькали перед глазами: люди, лица. Он понятия не имел, что у них, оказывается, столько родственников. Зашел, увидел мать... Почувствовал, как внутри, расправляясь, поднимается стальной стержень, тот самый запасной стержень, который, наверное, имеется у каждого человека, спит где-то внутри, пока не настанет тяжелое время, время его пробуждения. Поднимается, сурово предлагая опереться и прося взамен лишь одного — чтобы каждая клеточка тела, каждый нерв — все превратилось в сталь, уподобившись ему. Чтобы не скучно было ему одному, стальному, среди груды мяса и костей, среди совсем уж неприличных и никчемных этих нервишек. И не остается больше ничего другого, кроме как согласиться на эту поддержку и превратиться взамен в комок стали. Вот, оказывается, как это бывает...

Он даже почти не помнил этот день, весь заполненный суетой и плачем. Помнил только глаза матери, ее руки, слезы. Соболезнования, слившиеся в одно, длинное, бесконечное. Помнил еще осуждающие взгляды — они были, не привиделось ему, и нельзя было от этого никуда деться, потому что на самом деле его вина. Его, и только его вина, он вины с себя не снимает, не прогоняет прочь, сживается с ней, зная, что это на всю жизнь. Спутался с малолетней девчонкой, натворил глупостей, и вот чем все обернулось... Так они и останутся теперь вдвоем — он и его вина. И мать, поседевшая за один день.

— Не вини себя, Алеша, — сказала мать, когда они остались дома вдвоем после похорон. Он посмотрел на нее: седые волосы, постаревшее лицо. — Не надо себя ни в чем винить, — повторила она спокойно, и Алексей впервые подумал о том, что мать его, оказывается, сильная женщина.

Стальной стержень, выросший внутри, обмяк на мгновение, как будто расплавившись под напором этой силы, этой горячей любви — в сотни тысяч градусов, разве способен хоть какой-то сплав выдержать такое? Прижался к матери, спрятал лицо у нее на груди, почувствовав себя снова на короткое мгновение маленьким ребенком.

Только на короткое мгновение. Потом все стало прежним — расправился опять стальной стержень внутри, стал, закалившись, еще более твердым. Время шло — через неделю он уже устроился на стройку разнорабочим, пережил первый рубеж — девять дней, и уже на следующий нашел еще одну работу со свободным графиком. Теперь работать приходилось за двоих, и жить... Еще и жить, подумал он тогда тоскливо и вдруг, оглядевшись по сторонам, заметил, что в квартире чего-то не хватает.

«Конечно, не хватает, — тут же подсказал грустный голос, — не хватает и будет теперь не хватать всегда, и не привыкнешь, наверное, к этому...» И все же какое-то сомнение не давало покоя, продолжало подавать настойчивые сигналы о том, что вокруг него что-то не так. И дело не в том, что раньше в квартире их было трое, а теперь осталось двое. Трое... «Четверо же нас было, — подумал он вдруг, — четверо, а теперь двое осталось...» И спросил у матери, поняв наконец:

— Мама, а где у нас кошка-то?

— Кошка? — переспросила мать. — Так я ее соседке отдала, чтоб под ногами не путалась. Не до кошки было.

— Так ты ее навсегда, что ли?

— Да я не знаю, Леш. Я и забыла про нее совсем, про кошку-то...

Он пожал плечами — на самом деле пускай остается у соседки. Попрощался, ушел на работу. Вечером вернулся, открыл дверь ключами, вошел и увидел ее — кошку, сидящую возле кухонной двери. Следом за ней появилась Анна Сергеевна:

— Вот забрала обратно. Знаешь, с ней как-то веселее. И спокойнее. Она все-таки не чужая нам, привыкла уже... И я к ней привыкла.

Алексей снова пожал плечами — в принципе ему было все равно. Кошка, сидящая возле кухонной двери, в душе никаких эмоций не вызывала. Кошка — она и есть кошка, нечего здесь голову ломать, пусть живет себе, если считает мама, что она им не чужая. С кухни доносился манящий аромат грибного супа — после восьмичасовой смены на стройке это был на самом деле аромат рая. Думать ни о чем, кроме супа, он просто не мог.

Уже потом, опустошив вторую тарелку, перемыв всю посуду и надраив, как водится, раковину до блеска, он вдруг увидел небо за окном, россыпь колючих звезд, мохнатые тени деревьев, застывших в безветренной неподвижности, — увидел и подумал о том, что этот день какой-то не такой. Все, кажется, было привычным — утро, работа, дорога домой, вечер, грибной суп, раковина. Из традиционной схемы выпадала только одна кошка, но дело было не в ней, он знал, что не в ней, он и думать про нее забыл сразу после того, как она исчезла из поля зрения. Только вот когда же он последний раз смотрел в окно и видел звезды? Смотрел, наверное, каждый день, только звезд почему-то не замечал.

— Спать пойдешь, Алеша? — услышал он за спиной голос матери и отвернулся наконец от окна.

— Да, спать, наверное.

— Пойду постелю тебе...

— Не надо, мама. Подожди, не надо пока. Я, может быть, почитаю немного. Завтра суббота, вставать рано не надо. Я, наверное, почитаю... А ты что делать собираешься?

— Я? Да не знаю даже... Там новости по телевизору. Говорят, американцы луноход запустить собираются...

— Мам, — он улыбнулся, почти рассмеялся, — какая ты у меня современная!

— Вот такая, — улыбнулась она в ответ.

— Ладно, привет там от меня передай... Американцам.

Он опустился на диван, мельком лишь взглянув на книжную полку. Там все было в порядке, потому что он уже и забыл, когда в последний раз брал в руки книгу. Забыл, как это бывает, когда из букв, как из череды дней, складывается чужая, вымышленная жизнь, которая на один или два вечера становится чуть-чуть твоей. Алексей поймал себя на том, что то и дело поворачивается к окну. Он вздохнул, смирившись, — видно, так уж было предначертано судьбой, что весь этот вечер ему суждено пялиться в окно.

Время при этом, как ни странно, летело совершенно незаметно. Из-за стены послышалась знакомая музыка — новости на первом канале закончились. Тихо открылась дверь, — Алексей обернулся и увидел кошку, которая робко вошла и уселась на краешке паласа. «Тоже, что ли, новости смотрела?» — с усмешкой подумал он, представив, как кошка, увидев рекламу, традиционно сменившую блок новостей, лениво спрыгивает с кресла и уходит из комнаты. Через некоторое время послышалось:

— Ах вот ты где, Гелла.

Вошла Анна Сергеевна. Алексей обернулся, приподнялся с дивана.

— Да ты лежи, лежи, сынок. — Она подняла кошку с пола и взяла на руки. — Ты ведь почитать хотел?

— Не знаю, что-то ничего выбрать не смог по душе.

— А чем же занимался?

— Да так. Лежал на диване, в окно смотрел.

— Целый час в окно смотрел? — Анна Сергеевна подошла, опустилась напротив в старое кресло с деревянными подлокотниками.

— Ну да, в окно...

Алексей почему-то испытал странное чувство, похожее на стыд, как будто мать застала его за каким-то неприличным занятием почище рукоблудства. Ну и что в этом особенного — стоял себе у окна в самом деле. И почему это она смотрит на него так странно, как будто почувствовала этот его глупый стыд, а главное, поняла его причину, так и не разгаданную самим Алексеем.

— Мам, ты чего так смотришь?

— Я, Алеша... Я у тебя спросить кое-что хотела. Давно уже, да все что-то никак не решалась. Можно, я у тебя спрошу?

— Ну спроси, — ответил он, заранее уже почти догадавшись, о чем она сейчас спросит, и вмиг осознав, почему этот вечер казался ему каким-то странным, особенным, «не таким». Вот оно — настало, пришло наконец. Наивно было бы полагать, что от всего этого можно будет скрыться навсегда, что оно не вернется, что ты сам сильнее. Да нет же, ни черта не сильнее, ведь все равно, рано или поздно, должно было...

— Как же это все получилось-то?

— Мам, ты вообще о чем?

— Знаешь ведь, о чем. Если не хочешь, можешь не говорить, конечно...

«Если не хочу, могу, конечно, не говорить, — подумал Алексей, — да только вот не думать — попробуй заставь себя, выключи это окно со звездами, выруби участок сознания, создай запретную зону — попробуй! Получится?»

— Да что говорить-то, мам. Здесь и сказать нечего. Получилось — и все тут. Всякое в жизни бывает.

— Так это, значит, правда?

— Что — правда?

Анна Сергеевна помолчала недолго.

— Это же она была — та, которую ты рисовал?

— Она.

— Зовут-то ее как?

— Зачем тебе? Ну, Маша.

— Правда?

— Честное слово, Маша. Я и сам сначала не поверил, а потом привык.

— Да я не об этом, Леш.

— Я знаю. Ну а как ты сама думаешь — правда?

— Знаю, что неправда.

— Зачем тогда спрашиваешь...

— А как же?

— А так же! — Он вдруг взорвался, встал с дивана, потом сел, наклонив голову, спрятав лицо в ладонях. — Потерял голову, понимаешь? Ничего не соображал, а когда очнулся — уже поздно было.

— А она?

— А что она? Ей-то какое до этого дело? Шлепнулась в обморок, а потом я ее уже больше не видел. Рассказала все как было отчиму своему. Нажаловалась, какой развратный охранник в школе работает. Чуть не изнасиловал невинную девушку... Пришел ее отчим и сказал все как есть. А дальше ты знаешь, что было.

— Знаю... А как же ты? О тебе-то подумала?

240

— Обо мне? Да ей плевать на меня, Господи, мама, откуда здесь взяться высоким материям! Ну что ты в самом деле! Ей жить дальше, в школе этой долбаной еще почти два года учиться, у нее папа... отчим то есть, — шишка какая-то в администрации. Ей гораздо выгоднее было все представить так, как она представила. Жертвой быть гораздо проще, это дураку понятно... Ты помнишь, он сказал тогда, что она сама ему все рассказала. Значит, на самом деле рассказала. Только перевернула все так, как ей было нужно, вот и все дела.

Он встал, подошел к окну, уставился невидящими глазами в черный прямоугольник, усыпанный вечными звездами.

— Леша, — донеслось до него спустя какое-то время. — Помнишь, ты рисовал... Можно мне еще раз посмотреть?

— Зачем, мама? — Он смотрел на нее, ничего не понимая.

Она мягко, но настойчиво повторила:

— Можно?

— Да смотри. Там, в верхнем ящике. — И снова отвернулся к окну.

Молчание было слишком долгим. Невыносимо долгим — он не выдержал, обернулся снова, увидел мать, склонившуюся над его рисунками, медленно перебирающую их — как страницы прожитой жизни, жизни, которую уже не проживешь заново, а значит, не исправишь. Рисунки лежали у нее на коленях. Один она взяла в руки, поднесла поближе к глазам и рассматривала долго. Так долго, что Алексей не выдержал:

— Что там у тебя? Что так долго смотришь?

Она не ответила, не подняла взгляда, как будто не услышала, или сделала вид просто, что не услышала, —

конечно, сделала вид, и это почему-то разозлило Алексея, какая-то обида поднялась в душе. В самом деле, что же такое она могла там увидеть, что даже внимания на слова собственного сына не обращает. В первый раз в жизни, наверное...

— Мам! Мама!

— Иди сюда, Леша, — позвала она тихо.

«Ни за что, — запротестовало сознание, — не жди, не подойду, не стану, не буду смотреть, ни к чему...»

Он подошел. Посмотрел на рисунок, который мать держала в руках. Увидел Машку. Сидит на столе, вполоборота, в ушах — сережки. Смотрит задумчиво. На него.

— Видишь?

— Да что я должен видеть, по-твоему? — спросил Алексей немного грубо, никогда в жизни он еще не позволял себе с матерью в таком тоне разговаривать.

Она не обратила внимания на грубость, оторвала наконец взгляд от рисунка, подняла глаза:

— Сам же видишь...

— Да что я должен видеть? — повторил он теперь уже растерянно, пытаясь понять, что же произошло за эти несколько минут молчания, что она успела натворить, наколдовать, нашептать матери — прямо с портрета, и плевать она хотела на то, что портреты вообще-то не разговаривают, и не колдуют, и не творят, что они, портреты, вообще не живые, а нарисованные... — Ты о чем, мама?

— О ней. Не про нее это все, Леша. Не про нее.

— Как это?

— А так. Ты не разобрался, не понял или просто не захотел понять. Не может этого быть.

— Чего?

— Всего того, что ты сказал. Не может.

— Так было же...

— Не может. Разве сам не видишь? Она, эта девушка, не такая...

— Не такая? А какая, по-твоему? Хорошая?

— Не знаю, хорошая и плохая. В каждом человеке, Леша, добро есть и зло. И слабость тоже есть. А ведь ей всего-то лет пятнадцать...

— Шестнадцать, — поправил он почти с жаром, как будто этот лишний год на самом деле перечеркивал все права человека на то, чтобы иметь слабости.

— Не важно, — мягко возразила мать, — возраст не имеет значения. Только я думаю: здесь все гораздо сложнее. Сложнее той примитивной истории, которую ты мне рассказал. Вот ты говоришь: она ему все сама рассказала. Но откуда ты знаешь, что именно она ему рассказала и рассказала ли вообще? Может, он, отец ее...

— Не отец, а отчим.

— Не важно. Пусть отчим. Может, он специально это сказал, чтобы больнее тебе сделать. Может, он от кого другого узнал... Или нет, не может такого быть?

Алексей прекрасно помнил о том, что в тот день свидетелями их любовной сцены была целая уйма народу, в том числе, кажется, даже директор школы... И что с того?

— Мама. — Он с усилием оторвал наконец взгляд от рисунка, опустился на диван, вздохнул устало: — Какое теперь это имеет значение? Даже если ошибаешься не ты, а я?

Она ответила почему-то совсем о другом, не по теме, как будто вдруг забыла, о чем они только что разговаривали:

— Небо сегодня какое звездное. Давно такого не видела.

— Да, звезд много.

— Ты вот лежал на диване целый час, в окно смотрел. О чем ты думал?

— Ни о чем. Правда ни о чем.

Она поднялась, осторожно сложила рисунки в неровную по краям стопку, отодвинула ящик.

— Знаешь, Леша, ты сходи к ней. Поговори, выясни. Так ведь легче будет. И тебе, и ей.

— Мам, да ты что? Ты что — серьезно?

— Серьезно. — Она задвинула ящик и опустилась рядом с ним на диван. Положила руку на колено, сжала слегка пальцами и снова сказала: — Серьезно. Я же вижу, ты мучаешься... Или в церковь сходи.

— Зачем в церковь? — опешил Алексей. Мать прекрасно знала, что он бывал там не чаще, чем раз в пять лет. — В церковь-то зачем?

— Тебе простить ее надо. Поговорить. Ты ведь до сих пор думаешь, что она в смерти отца виновата. Думаешь?

— Не знаю...

— Поговорить надо. С ней или с Богом...

— Ну ты даешь. — Он попытался усмехнуться, усмешка не получилась, вышла какой-то кривой и быстро исчезла. — Сравнила... Или с ней, или с Богом, что, по твоим словам, практически одно и то же получается. Богохульство, мама, — грех великий. Пора бы знать, в твоем-то возрасте...

— Я за свои грехи, сынок, сама расплачиваться буду. А сейчас я за тебя только переживаю.

— Прости, мам.

244

Она снова сжала пальцами его колено.

— Я ведь знаю, не пойдешь ты в церковь. Ну и ладно, время еще не пришло твое, значит. Ты к ней сходи. Поговори, выясни все — как оно было. Просто поговори...

— Да ни к чему все это, мама...

— Сходи, — повторила она, как будто не услышав его слов. — Небо-то сегодня какое звездное...

Поднялась и вышла из комнаты, неслышно прикрыв дверь. Следом за ней прошмыгнула кошка. «Сидела тут, подслушивала», — подумал Алексей раздраженно. Подошел к письменному столу, задвинул поплотнее ящик — тот, что с рисунками. Усмехнулся мысленно — да что это он в самом деле, боится ее, что ли? Никуда она из этого ящика не выпрыгнет, и во сне не приснится...

«Все-таки выпрыгнула. Все-таки приснилась...» Он лежал на постели, разглядывая облака, ползущие по небу торжественной и неторопливой чередой, пытаясь собрать воедино рассыпавшиеся бусинки сна, которые только что вихрем выпорхнули в окно, примостившись уютно на облаке. Облака плыли по небу и уносили с собой... Попробуй собери.

Серый и ветреный день, — он помнил, знал, что это был день из его жизни. Из той, прошлой. День, повисший над городом тоскливым ожиданием. Оно, это ожидание тоскливое, которое ему приснилось, которое заполонило собой весь этот сон, — оно принадлежало уже не ему. Оно обитало в другой душе, жило себе и разраталось — все росло и росло, пока наконец не перестало умещаться в своем крошечном домишке и не выплеснулось на весь город этим ветреным и серым днем. Вот она, первая бусинка. Нанизалась на ниточку. Только где же вторая, третья?

Вот же. Знакомый абрис, рожденный памятью рук. Неужели не холодно, на таком-то ветру? Сколько же можно вот так в самом деле? Оделась бы хоть потеплее. И ботинки мокрые совсем. Так ведь воспаление легких заработать недолго. Ну что же ты ждешь, скажи? Скажи! Не сказала — бусинка, покатившись, сверкнула в лучах отраженного солнца и, прыгнув на ниточку рядом с первой, закончила свою историю.

И все. Как ни старался, как ни напрягал память Алексей, больше ничего вспомнить не мог. Только тоскливое ожидание, серый и ветреный день и пронизывающий до костей холод. Оставшиеся бусинки слились неразличимо с облаками и поплыли мимо. В далекие края, где тепло. Может, отпустить и этих двух несчастных пленниц? Да черт с вами, летите, летите себе...

Он посмотрел на часы. Половина девятого — это ж надо было додуматься проснуться в субботу в такую рань! И главное, для чего? Для того, чтобы пялиться на облака, которые — можно было бы и сразу догадаться! — ничего и ни о чем ему не расскажут. И что же ему теперь делать? Непонятно откуда взявшееся чувство вины — не той, привычной, а какой-то другой, новой — щемило душу. Только этого ему не хватало, можно подумать, мало ему было... «Мало», — донесся почти явственно откуда-то шепот, он недоумевающе посмотрел на облака — тоже мне, разговорились, кто бы вас еще спрашивал. Повернулся на другой бок, заранее прекрасно зная, что уснуть уже не получится. Зажмурил глаза, услышал бесцеремонный скрип двери, заранее уже догадавшись, что в половине девятого в субботу столь непосредственно вести себя в доме может только одно существо — кошка. Кошка эта проклятущая...

— Ну иди сюда, — позвал он, слегка похлопав рукой по дивану, отгоняя настойчивое воспоминание. — Иди, ну что ты вытаращилась на меня, как будто первый раз в жизни видишь?

Кошка продолжала оставаться неподвижной, застыв на пороге — ни вперед, ни назад.

— Леша, ты с кем там разговариваешь? — услышал голос матери, которая уже давно встала и готовила на кухне завтрак.

— Сам с собой. Вернее, пытаюсь разговаривать с кошкой, но она мне почему-то отвечать не хочет. Смотрит на меня и молчит. Не с той ноги, наверное, встала.

— Да уж, пойди разберись, с какой ноги вставать, когда их у тебя четыре, — отозвалась мать, появившись в дверном проеме. — Ты поваляешься еще или вставать будешь? Я там лапшу с мясной подливкой приготовила.

— Ну не на завтрак же, мама. Вставать буду, раз проснулся.

— Что-то ты сегодня рано. — Анна Сергеевна снова убежала на кухню, услышав, как выкипает что-то в кастрюле. — Ах ты, я тебя сейчас!

Алексей поднялся, натянул спортивные штаны и футболку. Умылся, позавтракал на кухне вместе с матерью бутербродами с чаем, услышал привычный вопрос:

— Чем сегодня собираешься заниматься?

— Так дел полно ведь. Кран в ванной починить надо, третью неделю собираюсь. Розетку в комнате отремонтировать, на соплях висит, того и гляди током шарахнет. А в остальном — как всегда, телевизор.

— Ну тогда начни с телевизора. Ванна мне сейчас нужна, постирать кое-что собралась.

Алексей послушно поплелся в комнату, включил телевизор. Пощелкал каналами, нашел какой-то футбол, отложил в сторону пульт и принялся наблюдать за бегающими по полю игроками.

...Что за дурацкий сон в самом деле. Абсолютно пустой, бессобытийный, только почему так тяжело на душе, как будто ему кладбище все ночь снилось? Может, все-таки он что-то забыл и это что-то и было самым главным, из-за этого теперь и скребут на душе кошки? В памяти не осталось, а в душе отпечаталось. Оказывается, не слишком это приятно, когда душа и память начинают работать не в лад, поодиночке. И главное, не знаешь, кому предъявлять претензии. Ну не облакам же в самом деле, облака давно уплыли, переместились торжественно в неразличимые дали за горизонтом — попробуй догони. Да и что с них возьмешь, если догонишь, с этих призрачных сгустков атмосферы, которые и сами не знают о том, что они существуют. Может быть, в сонник заглянуть, как это обычно делает мама? Узнать, что это означает, когда приснятся во сне тоска и тревога. Чем черт не шутит, может, это знак грядущего богатства и счастья? Только вряд ли, подумал Алексей, в перечне снов найдутся такие понятия. Там все в основном про зубы да про покойников...

— А, футбол смотришь, — услышал Алексей голос матери. Она остановилась на минутку, проходя мимо. Посмотрела пару минут на экран. — Это кто ж играет?

Алексей молчал. Спросила бы в самом деле что-нибудь полегче. Откуда ж ему знать, кто там играет и во что они вообще играют...

— Не знаю, мам.

— Не знаешь? — переспросила она задумчиво. Больше ничего не сказала, прошла мимо на балкон развешивать белье на веревках. Алексей заставил себя сосредоточиться на футбольной баталии и через несколько минут уже знал, что одна из играющих команд — мадридский «Реал», а вторая — команда из Германии.

— Немцы с испанцами, — бросил он из-за плеча матери, которая шла уже обратно.

— Понятно, — ответила она, не останавливаясь. А в голосе как будто звучала затаенная обида — наверное, показалось, с чего это может быть обида в ее голосе?

— Алеша, — донеслось до него через некоторое время, — сынок, сходи в магазин за сахаром. Хотела блинчиков испечь, а сахар почти кончился.

— Мам, может, попросишь у соседки... Что-то мне одеваться неохота.

— Ну, неохота, так я сама схожу. — Теперь уже точно была в голосе ее обида, и причины для обиды вроде бы тоже имелись.

— Да ладно, мам. — Он поднялся с дивана, выключил телевизор. — Схожу, конечно. Что-то ты мне сегодня не нравишься.

— А ты мне, — ответила она.

— Ну вот, неплохой обмен любезностями получился, — улыбнулся Алексей. Он уже стоял в прихожей, застегивал куртку. — Еще что-нибудь нужно купить?

— Да нет, ничего.

— Ну тогда я пошел.

Он вышел на улицу и остановился, пройдя всего лишь несколько шагов, с удивительной отчетливостью вспомнив продолжение своего сна. Проехала мимо, притормозив невдалеке возле светофора, машина, и он услышал опять, как наяву, скрип тормозов, услышал короткий крик и увидел глаза, полные тоски и страха. Дрогнули, сомкнувшись, ресницы... «Точно, — подумал Алексей, — ее сбило машиной. Вот что дальше-то мне снилось, вот почему такое паршивое настроение от этого сна... Сон — чушь в самом деле. Не причина для того, чтобы стоять как столб посреди дороги. Не причина...»

Он пошел дальше — совсем немного, всего лишь метров сто оставалось до продуктового магазина, сейчас он зайдет туда, купит сахар, вернется обратно домой, снова включит телевизор... И что? И внезапно другое, новое воспоминание со всей отчетливостью отразилось, как в зеркале, в памяти — сахар. Большой полиэтиленовый пакет, набитый сахаром — килограмма три, уж никак не меньше. Он сам, своими собственными глазами видел его в шкафу, когда доставал печенье. Сегодня утром, и это уж точно ему не приснилось...

«Черт, — подумал раздраженно, — это что еще за методы воспитания? Это еще зачем?»

Промелькнул в памяти вчерашний разговор с матерью, — вот зачем, подумал Алексей, и ему вдруг стало как-то неловко от собственного раздражения, стало жаль мать, которая так глупо надеется на то, что достаточно будет ему выйти из дома — и ноги сами поведут его туда, куда ему идти не надо. Куда он не собирается, и в мыслях даже нет, ни к чему было затевать всю эту дурацкую историю с покупкой сахара, совсем ни к чему. И даже если...

Даже если предположить, что он туда пойдет. Если такое предположить...

Предположить не получалось. Никак не получалось, как он ни старался представить себе: лестничный пролет, железная дверь, кнопка звонка, дверь открывается... И все. Дальше была пустота, какая-то огромная черная пустота, как будто он пытался перейти грань возможностей человеческого разума, снова разгадать смысл тайного знака — перевернутой восьмерки. Не разгадаешь ведь, как ни старайся. Снова взвизгнула невдалеке тормозами машина, снова вспомнился сон, — нет, подумал Алексей, не на того напала, не верит он в сны, не дождешься. Подумал, оглянулся и увидел продуктовый магазин, оставшийся уже далеко позади.

Просто поговорить. Узнать, как все было на самом деле. Может быть, он ошибается, и все можно начать сначала... С нуля, как говорится. Только как начать с нуля, когда ты находишься в полном минусе? В каком-то далеком, немыслимо далеком от нуля минусе, когда до него, до этого нуля, нужно добираться так долго? Перепрыгнуть, перешагнуть одним шагом — эту страшную ночь в коридоре возле реанимационной палаты, похороны, поседевшие волосы матери... Как добраться до него, до этого нуля?

Алексей шел быстрыми шагами, не замечая проходящих мимо людей, которых иногда задевал плечом, не слыша возмущенных окриков, не различая взглядов. Шел, уже догадываясь, куда приведет его эта дорога, отчетливо осознав в какой-то момент — сопротивляться бесполезно. Нет никакой возможности сопротивляться этой силе, которая тащила его вперед по скользкой дороге, по хрустящему под ногами серому снегу, сквозь мутный туман, через прошлое и будущее...

Остановился на мгновение возле подъездной двери, рассматривая кодовый замок. Дернул за ручку — дверь не открылась. Вздохнул облегченно — все, теперь можно идти назад, не мудрствуя лукаво. Снова дернул за ручку, дверь снова не открылась, — разозлившись вдруг, он пнул ее ногой. Потом взял себя в руки, присмотрелся к кнопкам, быстро различил три потемневших — единица, ноль, шесть. Просто как дважды два. Нажал — дверь открылась. Задержался на мгновение, вошел в темноту подъезда, поднялся на второй этаж, зачем-то сосчитав количество ступеней, как будто это было важно. Вспомнил про ключи, которые забыл здесь когда-то. «Про ключи, — мелькнула мысль, — нужно сначала спросить про ключи. Привет, я, кажется, забыл у тебя свои ключи...»

Дверь приоткрылась — нешироко, он едва смог разглядеть в образовавшейся щели незнакомое лицо молодой женщины с темно-каштановыми волосами, распущенными по плечам. «Такие же глаза, — промелькнуло в сознании, — значит, мама».

— Здравствуйте, — тихо сказал он, мучительно пытаясь понять, что же нужно сказать дальше. «Про ключи... ну не про ключи же в самом деле». Сознание упорно отказывалось выдавать подсказку.

— Здравствуйте, — услышал он. — Вам кого?

— Мне Машу. Маша дома? — выдавил он из себя странно изменившимся голосом.

252

Женщина смотрела на него и молчала. На ее лице не было признаков удивления или замешательства — она смотрела спокойно и как-то немного задумчиво. А потом вдруг откуда-то из глубины квартиры донесся другой голос:

— Кто там, Вера?

Что-то дрогнуло в ее лице, когда она услышала этот голос.

— Маша здесь не живет. Извините, молодой человек.

Дверь захлопнулась, — Алексей стоял один в полумраке и гулкой тишине подъезда, не понимая, как он здесь оказался. Ведь сейчас, только сейчас, минуту какую-то назад, был так далеко отсюда, шел в магазин, сахар покупать собирался. Только как это — не живет? Как же такое может быть, когда он сам, своими глазами видел — живет. Здесь, за стеной, в дальней комнате с обоями в цветочек и старой полированной мебелью, со своими рисунками, расческами, книжками, со своим баяном — ведь всего-то два месяца назад... Ведь было же, не придумал он, не приснилось. «Маша здесь не живет». А где же тогда — ведь живет же где-то?

Внутри разрасталось какое-то странное чувство, соединяющее в себе все сразу: и обиду, и боль затухающей надежды — той самой, которая едва успела родиться, вот только сейчас, совсем недавно, не зная, что так недолго суждено ей было прожить на этом свете. Четыре слова: Маша здесь не живет. «Напрасно ты, мама, меня за сахаром посылала. Сахар в магазине кончился. И после обеда не привезут...»

Может быть, он ошибся? Перепутал дом, подъезд, этаж, увлекся слишком сильно, подсчитывая ступеньки, и забрел случайно на третий, четвертый или пятый? «Двадцать семь», — тут же пришла на выручку услужливая память. Все правильно, подумал Алексей, пять — это первый пролет, и два других — по одиннадцать ступенек на каждом. И дверь — та же, и дом, и табличка на углу — Шелковичная, девятнадцать. Видел он уже эту табличку, и подъезд крайний, и этаж — второй, и деревья эти, вот они, те же деревья, тополя... Нет, не мог он ошибиться, здесь что-то другое. Сердце подсказывает...

Алексей даже остановился, застыл на месте, услышав, словно со стороны, эту свою последнюю мысль-фразу — сердце подсказывает. Ему почему-то было так странно это услышать от себя. Глупость какая, что за мыльную оперу он сочиняет, ничего сердце не может подсказывать, оно просто стучит себе в груди, бьется, разгоняя потоки красных кровяных шариков. Ничего оно не может подсказывать, оно вообще не разговаривает, и облака тоже не разговаривают... Он поднял глаза — вот они, катятся себе куда-то вдаль, унося с собой невесомой ношей такую великую тяжесть — время... Как это им, интересно, удается?

«Как это им удается? — подумал он, и тут же следом пронеслась другая мысль, как будто и не связанная никак с этим риторическим вопросом, но в то же время прозвучавшая как ответ на него: — Но ведь можно же в принципе пойти в адресное бюро и узнать адрес. Живет же где-то...»

Он подумал еще о том, что адресное бюро может в субботу не работать. Сел в автобус, проехал пару остановок, вышел, увидел напротив надпись — «Адресное бюро». Дверь была открыта... Вошел. Подошел к окошку. Начал было:

— Девушка, скажите...

Девушка ничего не ответила, молча протянула ему бланк. По-видимому, его нужно было чем-то заполнить. «Фамилия» — увидел он, взял ручку, привязанную длинным шнурком к столу, написал: «Сорокина». «Имя» — неумолимый бланк продолжал терзать его вопросами. «Мария», — написал он, почему-то не узнавая собственного почерка. «Отчество...» — Алексей сделал вид, что не расслышал вопроса. «Год рождения» — он отнял от четырехзначного числа двузначное и получил ответ — одна тысяча девятьсот восемьдесят один. Написал разборчиво. «Отчество?» — услышал опять строгий вопрос. Снова сделал вид, что не расслышал, вернулся к окошку с девушкой, протянул бланк и опять услышал:

— Отчество, молодой человек. Здесь же написано...

Напряг память из последних сил, уже ни на что не надеясь. И вдруг вспомнил: «Да ничего, нормальное имя. У меня папу так звали...»

— А-лек-се-ев-на, — продиктовал по слогам почти торжественно.

— Вот и пишите сами. Я, что ли, должна?

Через несколько минут бланк к нему вернулся. На нем был написан адрес — на самом деле другой, не тот, который значился на табличке, прикрепленной к пятиэтажке. И улица не та, и номер дома иной. А внизу было приписано: выписана 12.11.1997. Куда — не значилось...


Он искал ее и там, плутал по незнакомой улице в незнакомом районе города, нашел — и дом, и подъезд, и квартиру. Долго, не отрывая побелевший палец от кнопки звонка, стоял, уставившись в стену напротив.

255

Даже позвонил в соседнюю дверь и спросил, с трудом сформулировав вопрос:

— Вы не подскажете: здесь одна девушка жила?

— Девушка? — удивленно подняв брови кверху, переспросила через цепочку на двери пожилая женщина. — Никакая девушка тут никогда не жила. Здесь раньше семья жила...

— Сорокины? — уточнил, обгоняя собственные мысли, Алексей.

— Сорокины, — все так же удивленно подтвердила соседка.

— А говорите, не жила — как же не жила Маша? Маша Сорокина?

— Маша Сорокина, — вздохнула соседка. — Да, конечно, я как-то не подумала, что она теперь уже девушкой стала. Только они очень давно отсюда переехали. Лет пять уже не живут. Никто не живет...

Мать встретила его вопросом:

— Что, Алеша, не купил сахар-то?

— Не купил. Там, мама, в шкафу, целый пакет сахара лежит. Килограмма три, не меньше. Куда нам еще, сейчас вроде не сезон варенье заготавливать...

Она опустила глаза, смутившись на минуту. Потом подняла снова, пытливо вглядываясь, пытаясь понять.

— Ну что ты так на меня смотришь? Не нашел я ее. Нету ее нигде. Испарилась, исчезла. Может, и не было вообще никогда...

Может, и не было вообще никогда...

Алексей повернулся на другой бок, посмотрел на зеленый циферблат электронных часов, стоящих на тум-

256

бочке. Ноль три, точка, двадцать семь, точка. Точка между цифрами монотонно мигала, вспыхивала, исчезала и появлялась снова — бесконечная череда жизней-вспышек, каждая из которых умещается в одной секунде. Нет времени на раздумья, на бессонные ночи, вообще ни на что нет времени у этой светящейся в темноте точки, которой отпущена такая короткая и такая бессмысленная жизнь.

Он медленно поднялся с дивана, поняв, что этой ночью спать ему не придется. Прошел неслышно на кухню, открыл форточку пошире, прикурил сигарету. За окном — все те же звезды, мягкий снег в отсветах фонарей, неподвижные силуэты деревьев. Тихо и спокойно. Оглянулся назад — стол, плита, раковина. Соль на столе, заварочный чайник на плетеной подставке. «Может, и не было вообще никогда», — снова прозвучал в сознании привычный рефрен. Пора бы уже смириться, пора привыкнуть к тому, что ничего не изменишь. Не исправишь уже эту ошибку, которую кто-то из них двоих совершил на общем отрезке жизни. Две жизни, как две прямых линии, пошли теперь параллельно. А параллельные прямые, как известно еще с пятого класса, не пересекаются. Можно, конечно, попытаться опровергнуть эту аксиому, можно посвятить этому занятию еще сотню таких же бессонных ночей. Можно состариться, можно умереть, так и не примирившись с этим, уповая на то, что там, в заоблачном мире, в мире теней и призраков, они, эти две параллельные прямые, все же пересекутся. Только как там было у Лермонтова? «...Но в мире новом друг друга они не узнали...» — вот он, еще один, поэтический вариант доказательства все той же аксиомы. Жизнь — она все равно продолжается, ползет потихоньку, отмеряя свою долгую секунду, вмещая в себя сотни тысяч светящихся точек. Долгая и бессмысленная вспышка — жизнь... Какая теперь разница, кто из них совершил эту ошибку? Этого уже не узнаешь, а если даже и можно узнать, то исправить нельзя все равно. Поэтому только и остается — жить, жить, тупо подчиняясь нестройному и незавершенному ямбу поэтической фразы — может, и не было. Вообще. Никогда.

Алексей вернулся в комнату, медленно и тихо выдвинул верхний ящик письменного стола, достал рисунки. «Вот же, было», — подумал, перебирая. Долго рассматривал, как будто заново, как будто чужие. Подумал: может, выбросить все это, к чертям, в мусорную корзину, тогда будет проще, быстрее забудется. Ведь не слишком удачные, несовершенные рисунки. Лицо, не поддающееся описанию. Ни словами, ни карандашом. Может быть, нотами? Только нот он не знает, а жаль — неплохая, наверное, получилась бы музыка. Странная, ни на что не похожая, если бы он мог... А может быть, все-таки красками?

«Четыре часа утра», — шепнул голос рассудка. «Самое подходящее время...» — ответил ему Алексей не слишком уверенно, не потому, что время было неподходящим, а потому, что не знал зачем. Зачем, почему, откуда это вдруг взялось, накатило, накрыло с головой так, что не продохнешь, не глотнешь кислорода, пока не отпустишь на волю, не выпустишь наружу, на свет то, что устало таиться во мраке. Достал палитру, подготовил кисти — торопливо, натянул холст на мольберт, пылившийся за шкафом уже много месяцев подряд. Истосковавшаяся кисть скользнула по холсту — мазок, еще мазок, черной краской...

258

На следующий день он проснулся, когда за окном уже светило яркое солнце. Все так же мигала, умирая и снова возрождаясь, поблекшая от дневного света точка на табло электронных часов, привычно отсчитывая секунды. Растаял в обжигающих лучах солнца розовый рассвет — последнее, что он запомнил перед тем, как этот долгий день наконец завершился, превратившись в сон. Настал новый день — такой же, как сотни уже прожитых и непрожитых. Ничего не изменилось. Алексей перевел взгляд вправо — нет, все-таки что-то изменилось. Не было раньше здесь этого холста, заполненного черной краской. Полностью, без просвета, без полутонов — только черная краска на прямоугольном холсте, распластавшемся на мольберте.

Умылся, позавтракал привычно на кухне с мамой и пошел снова рисовать.

— Я пойду рисовать, мама, — сказал все-таки, не хотел говорить, но не выдержал.

— Рисовать? — переспросила она, тревожно по привычке уже вглядываясь в глаза сына. — У тебя, кстати, ночью свет горел, я заметила. Ты что делал?

— Рисовал.

— Не закончил, значит?

— Почти. Так, штрихи кое-какие осталось набросать. Хочешь, посмотри...

Анна Сергеевна послушно вошла в комнату вслед за Алексеем и долго смотрела на результат его ночного вдохновения. Заметила скептически:

— Леш, это ж уже давно было нарисовано.

— То другое было. А это — мое, — ответил он, улыбнувшись. На душе отчего-то было легко в этот день.

Как будто на самом деле удалось ему освободить что-то таившееся в беспросветном мраке.

— И что, теперь красный рисовать будешь?

— Мам, не иронизируй. Это фон, между прочим. На нем будет картина.

— А почему такого цвета?

— А потому что такого. Такого, и никакого другого. Я ведь понятно объясняю?

— Куда уж понятнее. Ладно, рисуй, — вздохнула Анна Сергеевна. — Я пойду схожу к соседке, она на пироги звала. Не буду тебе мешать.

— Да ты мне не мешаешь. Никогда не мешала.

— Леш, ты не обижайся на меня...

— За что? — искренне удивился он.

— Ну за сахар.

Алексей улыбнулся.

— Ну что ты, мама.


Весна пришла как-то незаметно, сменила зиму за одну ночь — в ту ночь вьюжило, свистело за окном, потом забарабанили по стеклу капли, а утром — потекли с крыш. Алексей шел по улице, вдыхая весну, на душе щемило, как это обычно бывает в первые дни после зимы. Как это обычно бывает всегда, подумал Алексей, потому что за прошедшие шесть месяцев успел уже привыкнуть к тому, что на душе щемит всегда. Он шел по улице домой, собираясь зайти по дороге в продуктовый магазин, теребил пальцами в кармане маленькую бумажку — список продуктов, которые успели кончиться за неделю. Почти дошел до магазина и вдруг увидел в толпе знакомое лицо. Даже не понял сначала, кто это, подумал просто, что лицо на самом деле знакомое, остановился, чтобы дать себе время на размышление, а потом услышал голос, тоже знакомый:

— Привет.

И понял наконец, что это Людмила.

— Привет, — ответил, силясь сообразить, что за чувство он сейчас испытывает. Пытаясь понять, что сказать дальше, и понимая с досадой, что сказать в общем-то нечего.

— Как живешь? — поинтересовалась она, он ответил, что живет нормально, и почему-то они пошли вместе дальше, по дороге к его дому, разговаривая о чем-то, и слова, как ни странно, находились. Он открыл дверь ключами, она вошла следом, увидела кошку, ничего не сказала.

— Мамы, кажется, нет дома. — Алексей прислушался. — Наверное, опять в гости ушла к своей подружке.

— Ты так смешно говоришь, к подружке, как будто она девчонка маленькая, — улыбнулась Людмила. — Алеша, ты не изменился совсем.

— А с чего бы мне измениться? — спросил он, подумав: и правда, с чего?

Она прошла следом за ним в комнату. Опустилась в кресло, мельком лишь взглянув на портрет, приколотый к стене канцелярскими кнопками.

— А в жизни у тебя тоже ничего не изменилось? Все по-прежнему?

— Я бы не сказал, что по-прежнему. Работу поменял, отца вот похоронил полгода назад. Да ты знаешь, наверное...

— Знаю, — ответила она. — А я вспоминала про тебя часто.

— Да? — спросил он, опускаясь в кресло напротив. Больше сказать в самом деле было нечего.

— Да, вспоминала, — продолжила она, как будто не замечая его не слишком бурной реакции на свои слова. — Вспоминала, как мы познакомились с тобой в парке. Как ты меня рисовал. Теперь вот другую рисуешь... — Она бросила короткий взгляд на портрет на стене. — Что-то фон у тебя такой мрачный.

— Вот такой.

Людмила помолчала некоторое время, и молчание это было неловким, каким-то колючим.

— Ты с ней сейчас?

— Нет, не с ней.

— А с кем?

— С мамой, если я вообще правильно понял, о чем ты меня спрашиваешь.

Они поговорили еще какое-то время, Алексей заварил на кухне чай, принес в комнату на подносе вместе с румяными пирожками, теплыми еще, испеченными к его приходу. После чая она поднялась, поправила густые, гладкие, всегда блестящие, ухоженные волосы.

— Ладно, я пойду. Приятно было...

— Мы вроде как уже давно знакомы, — улыбнулся Алексей.

— Давно, — согласилась она, ответив на его улыбку, — а кажется, вчера только все это было.

Он проводил ее до двери. Уже выходя, она обернулась и спросила как-то слишком спокойно:

— Может, я еще как-нибудь зайду?

— Зайди, — ответил он так же равнодушно.

Она пришла на следующий же день.

Пришла, принесла с собой аромат весны и целый ворох фотографий, привезенных из новогодней поездки в какую-то Богом забытую деревню. Они сидели втроем на кухне с мамой, Анна Сергеевна улыбалась, но Алексей все же время от времени ловил ее тревожные взгляды, понимал и не понимал эту тревогу, догадывался и не знал, чем она вызвана. Рассматривал внимательно фотографии.

— Не поймешь вас, молодых. Зачем ехать куда-то за сотни верст Новый год встречать? Почему бы не посидеть дома, елку зажечь, телевизор посмотреть. Вместе.

— Вместе, — повторила Людмила с какой-то натянутой улыбкой. — С кем вместе-то, Анна Сергеевна? Новый год ведь — семейный праздник...

Анна Сергеевна как-то грустно вздохнула, накрыла ладонью тонкую кисть Людмилы, ничего не сказала. Выпили по две чашки чая, и Людмила снова ушла, в этот раз не спросив уже: можно?..

Остаток вечера они не разговаривали, разойдясь по своим комнатам. Алексей чувствовал себя как-то неуютно, не давала покоя непонятно откуда взявшаяся обида на мать. Он ведь расшифровал ее с полуслова, с полувзгляда. Снова затосковала, как когда-то давно, по семье, по несостоявшимся до сих пор внукам. Не выдержал, отложил в сторону начатую книгу, вошел к матери в спальню. Она лежала на кровати с газетой в руках.

— Какие новости в мире, мама?

— Много новостей. В мире все время что-то происходит, — ответила она не глядя.

— Мам, скажи, что случилось-то?

— Случилось? Ты о чем?

— О том. О твоем плохом настроении, об этих взглядах тоскливых... Знал бы, что она так на тебя подействует, — на порог бы не пустил.

— Ну что ты, Леша. Она хорошая девушка, ты же знаешь, она мне всегда нравилась. Жалко ее.

— Жалко? Да почему ее должно быть жалко?

— Одинокая она. А хорошая девушка не заслуживает одиночества.

— Так не вечно же одинокой будет. Выйдет рано или поздно замуж, кучу детей нарожает...

— Не выйдет она замуж.

— Да почему?

— Да потому что ты ее не пускаешь.

— Мама, — рассмеялся Алексей, — слушай, ты никогда не пробовала любовные романы писать? Или сценарии для каких-нибудь сериалов? У тебя бы отлично получилось: ты умеешь очень тонко чувствовать все эти сопли и слюни на пустом месте.

— Ладно, Алексей. Иди спать, поздно уже.

— Ну вот, обиделась... Все кругом хорошие, один я плохой. Угораздило же меня на свет родиться...

— Дело не в том, что ты плохой, и никто тебе этого не говорит. Только разве ты не видишь — она ждет? Все время, столько времени уже ждет...

— Чего она ждет? У моря погоды? Скажи, в чем я виноват?

— Ты ни в чем не виноват. Только я думаю, если ты к ней никаких чувств не испытываешь, если не видишь никакого будущего у этих отношений, так и сказал бы, и не нужно было снова...

— Да какое будущее? Какие отношения, мама? Встретились случайно вчера, зашли, посидели, она сегодня опять пришла, я ее и не звал, между прочим...

— Не случайно, — ответила Анна Сергеевна, отложив в сторону газету. — Совсем, Леша, не случайно.

— А как же? — опешил Алексей от такого поворота событий. — Судьба нас свела, что ли?

— Не судьба никакая. Это я.

— Ты?

— Ну что ты так смотришь... Она позвонила днем, спрашивала про тебя, говорила... Много чего говорила. Сказала, что хочет тебя увидеть, только прийти не решается. Вот я ей и посоветовала устроить эту случайную встречу возле магазина. Я же знала, что ты после работы в магазин пойдешь за продуктами...

— Мама! — Алексей просто за голову схватился от всего этого. — Зачем? Я не понимаю — зачем?

— Я подумала: может быть, ты...

— Знаешь что? Ты уж определись как-нибудь. — Он прямо-таки взорвался. — То за сахаром меня посылаешь, который не нужен, — или забыла уже, всего-то несколько месяцев прошло, то встречи мне какие-то романтические возле магазина организовываешь. Мам, не пора ли успокоиться? Жизнь идет своим чередом, нам знать не дано, что будет дальше. Могла бы догадаться, что ничего хорошего из этого не получится!

— Но почему? — спросила она мягко, с робкой надеждой в голосе.

— Да потому, что не люблю я ее, мама! Не люблю и не любил никогда! Неужели это не понятно?

— Так и будешь, — вздохнула она, опустив глаза, — так и будешь всю жизнь смотреть на эту свою картину?

— Буду, — разозлившись еще сильнее, ответил он почти грубо. — Буду смотреть. На эту свою картину. Мое дело, моя жизнь, моя картина!

И вышел, хлопнув дверью. Долго не мог уснуть, ворочаясь в кровати. Решил на следующий же день позвонить Людмиле и прекратить все эти «пузыри и сопли», взявшиеся из ниоткуда, на пустом месте возникшие.

Позвонил, как и обещал себе, на следующий же день. Но поговорить не смог: трубку никто не взял. В этот вечер Людмила не пришла, и на следующий день тоже. Пришла только через неделю, в пятницу вечером. На пороге ее встретила Анна Сергеевна. Алексей вылетел из комнаты, собираясь сказать все как есть. Но увидел радостное, почти счастливое лицо матери и не сказал ничего. Сидели опять втроем на кухне, пили чай, смеялись чему-то. Людмила задержалась — нехотя одевшись, он пошел ее провожать, посадил в такси, но так и не произнес почему-то этих слов: не приходи больше. Подумал: может, сама догадается, почти сразу забыл о ней и не вспоминал до тех пор, пока она не пришла снова.

Эти нечастые ее визиты Алексея в общем-то не напрягали — если бы не укор в глазах матери, он и не задумывался бы ни о чем. Жил бы себе спокойно дальше, смотрел на портрет на стене, ходил бы на работу, книжки бы читал, в баре иногда посиживал все с тем же бессменным приятелем Андреем, все в том же баре, «Вавилоне»...


Как-то, вернувшись с работы домой, Алексей застал его у себя в комнате. Андрей сидел, бесцеремонно положив ноги прямо на письменный стол и не отрывая взгляда от противоположной стены. Той, на которой висела картина.

— Привет, Андрюха.

Тот даже не услышал.

— Медитируешь?

— Слушай... — Андрей наконец повернулся к нему, и по его знакомым темно-карим глазам пробежала какая-то незнакомая тень. — Это ты рисовал?

— Нет, не я. Клод Мане прислал-таки подарочек с того света.

— Ты рисовал? — Чувство юмора его приятель в тот вечер утратил напрочь.

— Ну я, кто же еще? У нас тут больше никто этим не занимается.

— Дурак ты, значит, Прохоров, — прореагировал весьма оригинальным образом приятель на его ответ.

— Это еще почему?

— Потому что кирпичи кладешь на стройке.

— Нормально, между прочим, кладу. Ровно получается, еще ни один кирпич не пожаловался.

— Потому что жизнь свою ты этими кирпичиками закладываешь. Сам себе гробницу возводишь, вот что я тебе скажу.

— Да хватит тебе нудить, в чем дело, скажи?

— В том, что тебе рисовать надо, Прохоров. Рисовать, а не кирпичи на стройке укладывать.

Алексей, вздохнув, опустился на диван напротив.

— Кто бы этого не знал. Только сам же прекрасно понимаешь, что все это пустые разговоры. Жизнь, Андрюха, — вещь материальная. Тебе что, правда понравилось?

— Это люди должны видеть. А она висит тут у тебя на стенке, как постер какой-нибудь из журнала, кнопками, дурак, прикрепил.

— Да оставь ты, ради Бога. Сам же сколько времени пытаешься выставку себе пробить — не такое уж это и легкое дело, приятель. Люди, говоришь, должны видеть.

— И пробью. Вот увидишь, будет у меня еще выставка. И не одна выставка будет. А ты так и будешь свои кирпичики... Кстати, о кирпичиках. Я вообще-то к тебе по делу. Я тебе работу хочу предложить.

— Другие кирпичики? Другого цвета?

— Не кирпичики, и не надейся. Хочешь рисовать?

— Да что ты заладил, Андрей. Рисовать, рисовать... Мало ли кто из нас чего в этой жизни хочет.

— Кто чего хочет — тот то и получит.

— Кто бы в этом сомневался... Ну и что ты мне рисовать предлагаешь? Классики мелом на асфальте? Чтобы люди видели?

— Все, что хочешь. Ну может, и не совсем то, что хочешь, а иногда даже, наверное, совсем не то, что хочешь...

— Слушай, Посохин, ты сам-то понимаешь вообще, что говоришь?

— Можешь в этом не сомневаться. Прекрасно понимаю, что говорю и что делаю. Вот, читай. — Он достал из кармана брюк сложенный в несколько раз газетный листок. Развернул, ткнул пальцем в объявление, подчеркнутое красным.

— «Живопись любой сложности на стенах, потолках квартир, офисов, фасадах строений. Аэрография на автомобилях. Требуются на высокооплачиваемую работу художники», — прочитал Алексей.

— Ну и как тебе?

— Круто — на потолках, стенах, фасадах зданий... Это все-таки, наверное, лучше, чем кирпичи на стройке... А главное — люди будут видеть.

— Ну слава Богу, Прохоров. Хоть одна здравая мысль тебя посетила. Только откуда эта ирония?

268

Алексей усмехнулся грустно:

— Просто интересно, что именно рисовать придется. Может, баб голых...

— На фасадах зданий? Кто ж это, по-твоему, рисует обнаженную натуру на фасаде здания?

— Я так понял — рисовать нужно будет то, что скажут.

— Ах, посмотрите на нас! Какие мы принципиальные! Не желаем продаваться, не желаем растрачивать собственный дар на какую-то глупую коммерцию! Мы уж лучше будем кирпичи на стройке класть, а картины к стене канцелярскими кнопками подвешивать и созерцать в полном одиночестве, — взорвался Андрей. — Ну и сиди себе здесь со своими дурацкими принципами, клади свои кирпичики, строй свою гробницу...

— Да погоди ты, чего психуешь-то, — попытался Алексей его успокоить. — Ты сам подумай, если все время одну только эту чушь рисовать, на все остальное уже ни времени, ни сил не останется...

— Достоевский, к твоему сведению, — знаешь такого великого русского писателя? Так вот, он тоже, между прочим, писал романы под заказ, а на все остальное, как ты выражаешься, ему и времени, и сил хватало!

— Так то Достоевский. Больно круто ты хватил, Посохин.

— Да к чертям собачьим все твои принципы, — не сдавался Андрей, — кому они нужны, принципы эти твои великие?

— Ни при чем здесь принципы. Я же тебе говорю...

— Ладно. Я так и знал, так и думал, что ты не согласишься. Ну и черт с тобой. Не хочешь — не надо. Время покажет, кто из нас был прав.

Андрей поднялся и направился к выходу. Алексей хотел было задержать его, но, зная по опыту, что это практически бесполезно, промолчал.

— А картину твою жалко. Классный портрет на самом деле, — обернулся уже на выходе Андрей. — Это она, я так понимаю?

— Она.

— Да уж, по лицу вроде не скажешь, что сволочь.

Некоторое время в комнате стояла тишина. Потом Алексей вдруг услышал:

— А правда, ну ее на хрен к чертям собачьим всю эту лабуду на стенах и потолках, а? Искусство — оно не продается!

Алексей рассмеялся.

— Ну что ты ржешь, как конь, в самом деле! Знаешь что, пойдем в «Вавилон», посидим, отметим начало новой жизни. Выпьем за нашу будущую выставку — мою и твою!

— Разделим шкуру неубитого медведя?

— Не убитого, но уже попавшего в капкан. Вот увидишь — если не через месяц, так через год, все равно я своего добьюсь. Ты ведь меня знаешь... Так что, идем?

— Идем, — согласился с легкой душой Алексей и вышел, так и не успев переодеться после работы, вслед за приятелем в коридор.

Выставка на самом деле случилась. Не через месяц и даже не через год, а через пять лет, — как-то солнечным осенним днем Андрей позвонил по телефону и сообщил срывающимся от радости голосом великую новость. Два зала — большой и малый — в Доме национальных культур были выделены под выставку работ молодых художников. Большой зал полностью — под работы Посохина.

— Главная новость еще впереди. В малый зал можно пристроить несколько твоих картин. Твоих, слышишь, Прохоров?

«Это было невероятно. На самом деле невероятно», — вспоминал Алексей, продолжая механическими, заученными движениями скользить тряпкой по поверхности очередной машины. Вспоминал, как зашел в зал и оцепенел, увидев привычную, почти шесть лет провисевшую на стене в комнате картину.

Шесть лет, шепнула память, вот такая история, и вот она закончилась. Что-то осталось... «Ах да, Людмила», — промелькнуло в сознании. Людмила просто перестала приходить, сказав, что она больше не в силах выносить этот взгляд нарисованных глаз, что он преследует ее и не дает дышать. Что у нее больше нет сил бороться с призраками из его прошлого. Алексей только пожал плечами в ответ, подумав о том, что борьба эта на самом деле бессмысленная. Потому что он тоже пытался бороться и ничего у него не получилось. «Ни черта не получилось», — отстраненно подумал он, придирчиво разглядывая кузов только что вытертой машины. Провел еще раз тряпкой по капоту, еще раз осмотрел, махнул рукой водителю — можно выезжать. Машина выехала, на подходе была следующая.

До конца смены оставался всего лишь час с небольшим. Алексей взглянул на циферблат, уточнил — час двадцать минут. Опустил руку в карман комбинезона, собираясь достать пачку сигарет. В этот момент перед ним возник чей-то силуэт — из-за того, что свет лампы был направлен в глаза, он смог рассмотреть только лишь силуэт приближающегося к нему человека. Молодой, по-видимому, спортивного вида и телосложения парень...

— Слушай, приятель, не найдется у тебя свободной минутки? Поговорить надо... — услышал Алексей и сначала не понял, к кому тот обращается.

— Ты мне? — уточнил он.

— Тебе, — услышал в ответ. — Поговорить надо.

— Давай поговорим...

Откуда-то издалека, с проезжей части, послышался скрип тормозов.

# МАША

Она выскочила из машины и бросилась бежать, не замечая ничего вокруг. Только бы скрыться, побыстрее скрыться от всего этого кошмара, который происходил сейчас там, за этой железной стеной. Только не думать о том, что же было дальше.

Заголосили возмущенным скрипом тормозов проезжающие машины — снова, как и несколько часов назад, повысовывались из окон злые лица, послышались ругательства. Она бежала не оглядываясь, не замечая всей этой дорожной суматохи, которая творилась вокруг нее. Позади оставались перекрестки и улицы, мелькали лица людей и афиши, светофоры и фонарные столбы. Оказавшись случайно на автобусной остановке как раз в тот момент, когда длинный красный «Икарус», тяжело вильнув к тротуару, притормозил и распахнул дверцы, она, не задумавшись, поднялась на подножку.

Прошла в салон, проехала несколько остановок, отстраненно как-то подумав о том, что автобус едет в направлении ее дома. «Вот и все, — пронеслось в голове. — Это конец. Теперь уже на самом деле конец...»

Вышла на своей остановке, вошла в подъезд, открыла дверь ключами. Разулась, повесила на вешалку куртку, не замечая своих движений, машинально. Разве теперь можно было что-то изменить? Теперь уже нет, точно нет. «Тебе нужно повзрослеть», — вспомнила она чей-то голос. Если бы только она знала, как это сделать. А может быть, не повзрослеть, а просто поумнеть наконец? Перестать жить, поддаваясь одним только импульсам, включай голову — хотя бы иногда. Если бы...

Не было бы тогда всего этого кошмара в школьном вестибюле. Не было бы бегства в Москву — бегства, которое она совершила, точно так же поддавшись импульсу — защитить мать, оградить ее от навалившейся по вине дочери тяжести, хоть как-то облегчить эту тяжесть. Много чего, о чем впоследствии приходится жалеть, просто не случилось бы, если бы она могла заглушать голос чувств голосом разума. И угораздило же ее такую на свет родиться...

И вот теперь — очередной «экзерсис», как раз в ее стиле. Каких-то полчаса назад она была одержима собственной идеей. Теперь та же идея казалась ей нелепой — ничего более нелепого придумать было просто невозможно. Теперь уже при любом исходе ситуации она остается в проигрыше. Что и кому она пыталась доказать? Теперь уже это не имеет никакого значения, абсолютно никакого...

Впервые, наверное, в жизни ей захотелось с кем-то поговорить, с кем-то поделиться своей тяжестью, которая в этот раз казалась ей непосильной. Впервые в жизни она с легким сожалением подумала о том, что у нее нет подруг, нет приятельниц, что у нее вообще никого нет — ни одного близкого человека на свете, нет ничего, кроме неба за окном и вечного одиночества. Кроме, пожалуй, мамы...

Сердце дрогнуло — вот же оно, есть! Только как это бывает? Как это вообще происходит между двумя людьми, когда один из них рассказывает другому о том, о чем рассказать так трудно, как это происходит? Она не знала — просто у нее не было такого опыта. Потянулась к телефонной трубке, набрала, с трудом восстановив в памяти, номер телефона. Услышала голос матери, сказала:

— Мама. Это я, Маша.

— Что случилось? — В голосе матери сквозила все та же тревога, с которой она совсем недавно провожала ее.

Она молчала. «Ну вот же, — подсказывало внутри, — вот же, тебя спросили — ответь...»

— Случилось. Мам, ты помнишь того парня, который... С которым я встречалась в десятом классе, и потом вся эта дурацкая история...

— Помню, конечно, Маша. В десятом классе.

— Помнишь? — переспросила она недоверчиво.

— Конечно, помню. Да что случилось-то, Маша?

— Случилось...


«Рассказала. Все-таки рассказала, — удивлялась она самой себе, когда повесила спустя сорок минут телефонную трубку. — Так просто это, оказывается. Просто рассказать...»

274

Стало немного легче. Мать не говорила слов утешения, она просто выслушала ее внимательно, и это было самое главное. Не стала учить жизни, не стала твердить о том, что она поступила неправильно. Это было и так понятно. Она просто выслушала ее внимательно, а потом, помолчав некоторое время, спросила:

— Как ты думаешь, Маша, он согласится? Ну, на эти деньги, чтобы...

— Да что ты, мама! Конечно, не согласится!

— Ты уверена?

— Уверена.

— Тогда тебе не о чем переживать. Если он сразу откажется — он и не узнает, кого ему, собственно, предлагали... Подумай сама, представь себе: к чему в данной ситуации подробности, которые тебя касаются? Подумай, представь себе — он просто откажется, и все. У Глеба нет, случайно, твоих фотографий?

— Нет.

— Ну вот. Не станет же он ему называть твою фамилию, имя и адрес. К чему? Если бы, конечно, он согласился — тогда, наверное, другое дело. Вы как вообще договаривались?

— Да никак мы не договаривались, мама! Мы вообще ни о чем не договаривались, я просто разозлилась на него так, что даже дышать трудно стало. Захотела доказать что-то ему, себе... А теперь даже и не знаю что.

— Ну и не переживай тогда. Ничего он об этом не узнает. Просто пошлет подальше твоего Глеба и так никогда и не узнает...

— Спасибо, мам. Ты лучше всякой Службы спасения. Я как-то сама не догадалась обо всем этом.

— Да не за что... Маша, я у тебя хотела спросить... Можно?

— Спрашивай.

— Этот человек... Этот Алексей — он для тебя на самом деле так важен? До сих пор?

— До сих пор. Важен, — ответила она просто.

— Знаешь... Знаешь, Маша, я тебе кое-что рассказать хотела. Конечно, сейчас все это уже не имеет значения, столько лет прошло, и все-таки...

В этот момент в дверь кто-то позвонил. Сердце упало куда-то вниз, на мгновение перестало биться. «Глеб», — промелькнула догадка.

— Мам, ты извини, — сказала она торопливо. — Я тебе потом перезвоню, там, кажется, Глеб пришел.

— Перезвони, Маша, обязательно. Я буду ждать...

Повесила трубку, подбежала, повернула дверной замок, открыла и увидела Алексея.


Шесть лет снова промелькнули перед глазами — быстро, настолько быстро, что он не успел еще вдохнуть воздух, не успел сказать первое слово, которое все никак не мог придумать и потом придумал наконец:

— Привет.

Она была такой же. Как будто он просто вышел в магазин купить хлеба и теперь вернулся — разве может измениться человек за какие-то пять минут? Она была такой же, опять не успела причесать волосы, и даже кофточка на ней была такая же — розовая, и кухонное окно у нее за спиной темнело звездным квадратом, последним штрихом такой знакомой до боли картины.

— Привет, Машка, — снова повторил он и добавил уже совсем глупо: — Это я.

276

Она смотрела на него, и глаза ее менялись с каждой секундой. Секунды отсчитывали время, приближали наконец к тому заветному нулю, который еще совсем недавно казался недосягаемым. В глазах было и удивление, и радость, и страх отчего-то, он точно сумел разглядеть промелькнувший в них страх, не успев разобраться в его причинах, увидел слезы — те самые соленые слезы, которые когда-то он целовал так легко...

— Привет, — ответила она наконец и продолжала стоять на месте не шелохнувшись. — Как ты меня нашел?

Он подумал о том, что сердце, наверное, сейчас разорвется. Придумал же кто-то — любовь. Зачем? По законам логики — не должно было бы быть на свете этого чувства между людьми, в кровном родстве не состоящими. Любовь матери к ребенку — это понятно, это двигатель борьбы за существование, гарантия того, что человеческий детеныш, окруженный любовью матери, выживет. Что род человеческий не пресечется, а будет продолжать себе жить дальше, медленно поднимаясь по ступеням эволюции. Такая любовь понятна и логически объяснима. А эта, другая? Когда живешь шесть лет на свете — и будто бы не живешь совсем, потому что жить не можешь без какого-то человека, обыкновенного человека с двумя ногами, с двумя руками и головой, как у всех. Которого раньше не знал и жил себе спокойно, а потом вдруг встретил случайно и понял отчетливо, что жить без него не можешь. Ведь тысячи, миллионы людей, мужчины и женщины, живут же на свете, прекрасно живут без нее, без Машки Сорокиной, и только он один не может. Не может, хоть ты тресни. До чего же все это глупо получается... Ну же, сердце, остановись. Заткнись ради Бога, совсем ничего не слышно за этим сумасшедшим боем. Кажется, она что-то сказала...

Она зачем-то пригладила волосы. Он шагнул через порог, не дожидаясь приглашения, заставив ее отступить как-то по-детски, закрыл за собой дверь неслышно и снова повернулся к ней.

— Можно зайти к тебе? — спросил он наконец, услышал не сразу «да» и прошел в глубину квартиры. Тот же диван, тот же стол полированный, те же полки книжные. Обернулся, увидел Машку. И даже почти не удивился, потому что теперь знал, что она настоящая.

— Ты плачешь...

— Не обращай внимания. Я только что лук на кухне резала. — Она прошла мимо него и опустилась на краешек кресла. — Ну садись, что ты стоишь.

Он опустился послушно, не сводя с нее глаз. Что-то настораживало, что-то было не так. «Не потерять. Только не потерять ее больше, не отпускать, ни за что снова...» — пульсировала кровь в висках, и он, вдохнув побольше, сказал:

— Прости меня.

— Тебя? Мне не за что... Не за что тебя прощать.

— Есть за что. За эти твои слезы прости... За все. Ты помнишь...

Сердце стучало, путались мысли, он напряженно вглядывался в ее глаза и видел: вот оно, счастье. Видел, что все по-прежнему, что ничего не изменилось, что нет и не было никаких шести лет, сколько же можно в этом убеждаться, пора бы поверить. Потом отводил взгляд в сторону, снова возвращался — и уже ничего не

278

видел, и чувствовал, что поздно, непоправимо и невозвратимо поздно он пришел сюда, напрасно все это, ничего не изменишь, не вернешь. Шестерка обрастала нулями, смеялась — две тысячи дней, парень, не такой уж и короткий срок для того, чтобы ты мог на что-то надеяться. Не веришь — взгляни. Взгляни в ее глаза — и все поймешь... Чужие, далекие, и высохли в них уже слезы, а может быть, привиделось и не было никаких слез...

— Машка, — сказал он тихо, — я просто дурак. Я круглый идиот, знаешь. Я настоящий тормоз. Тогда, помнишь... Помнишь, ты спрашивала: люблю? Так я ведь знал, с первой секунды, хочешь — не верь, а я-то знаю, что с первой секунды любил. Только что-то мешало, почему-то не сказал сразу, понадобилось ломать эту дурацкую комедию, выдерживать паузу торжественную, вместо того чтобы сказать сразу: люблю. И сегодня... Сегодня, когда ты пришла ко мне, появилась так внезапно... Да что ты так странно смотришь?

— Говори.

— Сегодня ты пришла и сказала — так просто, а я... До меня опять дошло не сразу. А потом — тебя уже не было. Я выскочил на улицу, а тебя нет. Только машины и троллейбусы, и я даже подумал: может, мне почудилось все это? За шесть лет знаешь, сколько раз такое бывало. Оборачиваюсь — вижу тебя. Снова оборачиваюсь — тебя уже нет. И снова... Я не хочу, чтобы ты опять исчезла. Я, знаешь... Люблю тебя. Не могу без тебя, оказывается, жить. Жаль, что так много времени ушло на то, чтобы понять это.

— Разве много? — тихо спросила она. — Всего несколько часов назад ты сказал: извини, мне работать надо. А теперь вот пришел и говоришь, что жить без меня не можешь... Что-то не вяжется одно с другим. Не сочетается по цвету, знаешь.

— Я же объяснил тебе уже... Извини.

Она поднялась, огляделась по сторонам, как будто искала что-то. Рассеянно подошла к окну. «Как тогда», — мелькнула мысль и растаяла тут же в предчувствии неотвратимой беды.

— Как ты меня нашел? Я спросила, ты не ответил. Скажи все-таки.

Голос был неузнаваемым, лица ее он не видел. «Может, не она?» — подумал он, почти поверив в то, что такое возможно.

— Я зашел к тебе... на старую квартиру, помнишь, где ты раньше жила. Мама твоя сказала, что ты там больше...

И вдруг услышал:

— Хватит! Замолчи, я прошу тебя! Какая старая квартира, о чем ты вообще говоришь! — Она обернулась, и он увидел ее лицо, в тот же момент убедившись — действительно не она. Какая-то другая — увидела, скопировала прическу, нацепила зеленые линзы, вот, оказывается, в чем дело... — Я только что с ней разговаривала по телефону. Со своей мамой. Подумал бы, что такое может случиться. Подумал бы прежде, чем говорить...

— Да что с тобой, Машка?! Я не понимаю, что случилось...

— Случилось то, что ты прокололся. Не бывает на свете таких внезапных превращений. Я только что разговаривала по телефону со своей мамой. Я думаю, если бы на самом деле ты был у нее, она бы мне об этом сказала. Она обязательно сказала бы мне, если бы ты приходил. И приплел ведь старую квартиру...

— Да с чего ты взяла...

— Замолчи, прошу тебя! — почти закричала она. — Не говори ничего, просто уходи. Дурацкая была шутка, ничего не скажешь, ничего более нелепого и придумать было нельзя. Я и сама от себя такого не ожидала. Но вот от тебя тем более. Никак, никак не ожидала. Значит, получается, прав был Глеб? Господи, поверить не могу...

Он смотрел на нее. Она была похожа на мальчишку. На злого, растрепанного мальчишку, к которому не подходи. Чувствовал, что все рушится на глазах, что расстояние увеличивается, что теперь уже не шесть обычных лет их разделяют, а сотни и сотни — световых...

— Какой еще Глеб?

— Тот самый. Его так зовут — Глеб. Он тебе не представился?

— Маша, я не понимаю...

— И я не понимаю. Мне просто не дано этого понять. Уходи.

Он поднялся. В душе закипела злость, какой он, наверное, никогда не испытывал. Захотелось, как когда-то давно, в кафе, просто подойти, размахнуться и шлепнуть по мягкому месту, накричать, выругаться, втолковать, что не бывает такого, что нельзя вот так, бессмысленно, нипочему и из ниоткуда — уходи. «Уходи», — снова услышал он, вспомнил, как когда-то давно она уже однажды выгоняла его, полуодетого, вспомнил о том, что ее «уходи» всегда имеет только один смысл — что это на самом деле «уходи», и ничего ты с этим не сделаешь, это уже окончательно и бесповоротно, ничего не изменишь и не поймешь никогда, сколько ни смотри в эти глаза, сколько ни пытайся.

— Маша... — все-таки попытался. В последний раз. Услышал снова:

— Уходи.

«Да провались оно все к черту», — подумал. Вышел в прихожую, надел ботинки. Набрал было воздуха в легкие, чтобы выдохнуть снова: Маша. Услышал заранее: уходи. Не сказал ничего. Накинул, не подумав застегнуть, куртку на плечи. Хлопнул дверью. Медленно спускался по ступенькам, отчетливо припомнив, что их двадцать семь. Шаг вниз — Маша. Еще шаг — уходи. Маша — уходи. Маша — уходи. Маша...

Ветер дружески потрепал по волосам — что ты в самом деле, где наша не пропадала! Он кивнул в ответ и пошел прямо по улице, зачем-то пообещав себе, что не станет оглядываться. В горле пересохло. Мучительно захотелось пить...


Она стояла не двигаясь и смотрела в окно. Увидела, как из подъезда вышел Алексей. Пошел прямо по улице, медленно удаляясь, сливаясь с горизонтом. Почувствовала: еще секунда, и она не выдержит. Не сможет выдержать, побежит за ним, догонит, схватит и не отпустит больше. Потому что не может жить без него. А если ты не можешь жить без человека — какая разница, ну и пусть он купил тебя за десять тысяч. Или себя продал за те же десять — какая разница. Она просто не сможет жить без него. И наплевать на все остальное. Ведь редкий шанс — купить такое долгожданное счастье всего за какую-то паршивую десятку. Которую к тому же даже зарабатывать не пришлось потом и кровью. Она просто не сможет жить без него. Она побежит за ним сейчас, вот сейчас уже побежит, Господи, ну почему же ничего не происходит, ведь и правда побежит, а только как тогда жить дальше, должно же что-то произойти, что-то, что остановит ее, не позволит побежать, удержит, должно же...

В комнате зазвонил телефон. Вот оно — случилось. «Спасибо тебе, Господи, если ты есть. Только если ты есть, Господи, за что же ты так со мной? Разве ты не видишь, Господи, что не могу я жить без него? Как же жить-то дальше я буду?..»

— Алло.

— Маша? — Ее не узнали.

— Да, мама, это я.

— Ты перезвонить обещала... Что-то я тревожусь за тебя, на душе тяжело.

— Да все в порядке, мама.

— Глеб приходил?

— Глеб приходил, — повторило эхо.

— Ушел уже?

— Ушел уже, — снова отозвалось.

— Маша, все в порядке?

— Все в порядке.

— Маша, послушай... Я тебе сказать хотела, но не успела, Глеб как раз пришел. Может, это и не имеет теперь значения, ведь столько лет прошло. Я тогда тебе не сказала... Он ведь приходил, искал тебя.

— Кто приходил?

— Алексей. Тогда, шесть лет назад, через несколько дней после того, как ты в Москву уехала. Я его не видела ни разу, но поняла, что это он. Высокий такой, серые глаза... Он ведь?

— Мама... Мама, что ты говоришь? Что ты вообще такое говоришь?

— Он приходил, искал тебя. Я сказала, что ты здесь уже не живешь... Маша, ты меня слышишь? Маша, дочка? Алло!.. Маша!

Гудки.

Она уже не слышала. Ее уже и в комнате не было, она уже открывала дверь, но замок почему-то не поддавался, впервые в жизни она забыла о том, что поворачивать задвижку нужно не влево, а вправо, или, может быть, все-таки влево, замок никак не хотел поддаваться, крал у нее секунды — золотую пыль, бесценную россыпь, забирал себе, натужно скрипя и не поддаваясь. Снова зазвонил телефон, — она сначала и не собиралась снимать трубку, по потом подумала: Господи, а может быть, это он, может быть, они сумеют обмануть этот чертов замок, который не предусмотрел такой возможности, что есть на свете телефон, который способен сокращать самые дальние расстояния. Бросилась от замка к телефону, схватила трубку, услышала голос Глеба:

— Маш, это я.

— Извини, Глеб, мне сейчас некогда...

— Да ладно, я тебя не буду долго задерживать. Я просто хотел сказать тебе: можешь жать на свою «ядерную кнопку». Ни черта у меня не получилось, он даже слушать не стал... Глупая была затея.

— Я знаю, знаю. Я тебе потом позвоню. Обязательно позвоню, Глеб. Глеб! Я не буду ни на какую кнопку нажимать, не буду, Глеб, ты замечательный, я позвоню, спасибо тебе...

— Маша?..

Гудки.

Она выскочила на улицу, справившись наконец с замком, который устал сопротивляться. Побежала наугад, пытаясь проникнуть взглядом за горизонт. Проникла. Увидела его. Далеко, за тысячи километров, которые нужно было перемахнуть одним прыжком, иначе она просто свалится в пропасть. Набрала воздуха в легкие поглубже — перемахнула. Одним прыжком, из прошлого — в будущее. Он стоял возле ларька и пил минералку.

Это было немыслимо, невероятно. Стоял возле ларька и просто пил минералку. Как будто небо и не свалилось только что на землю, как будто сама она, земля, не разверзлась только что у них под ногами, как будто на самом деле, кроме них двоих, могла существовать себе на свете эта минералка. «Нарзан», — прочитала она. Выплеснула свою обиду:

— Стоишь и пьешь тут минералку.

Вытерла дурацкие слезы на глазах. Улыбнулась, как дура. Услышала:

— Бегаешь по улицам в тапочках и без верхней одежды. Так и воспаление легких недолго...

Ответила:

— Я люблю тебя. Любила все эти годы и до сих пор люблю...

Снова вытерла дурацкие слезы. Он посмотрел на нее, потом поднес к губам пластиковую бутылку и сделал еще глоток. «Нарзан», — снова прочитала она. Проводила глазами — до пластиковой урны, точно такой же, в которую бросала она недавно лотерейные билеты. И в этот момент почувствовала: больше не надо быть сильной.

Потому что ей опять шестнадцать, и она снова стала собой, и кончилась наконец эта затянувшаяся болезнь —

раздвоение личности, не смертельной вовсе она оказалась. Потому что ноги оторвались от земли — а она не упала, а небо вдруг стало зеленым, как его джемпер, в тонкую белую полоску, — небо рядом, она прикоснулась к нему руками, вдохнула его запах, уткнулась в него лицом, вытерла о него слезы, о небо — мягкое, вязаное небо, зеленое в белую тонкую полоску, вот оно, оказывается, какое...

— Я люблю тебя. Так люблю, — шептала она, окутавшись этим небом, сливаясь с ним и не прося от жизни больше ничего.

— Глупенькая, — услышала. — Ну почему же сразу...

Она подняла голову — ей так захотелось увидеть его глаза. Волосы мешали, как обычно, закрывая мир, делая его расплывчатым и полосатым. Она убрала челку с глаз привычным движением. Чтобы видеть его. Услышала:

— Машка, Машка... Челка твоя растрепанная, как интересно ты ее убираешь, как небрежно... Знаешь, я тебя когда увидел в первый раз, подумал, что ты похожа на Эммочку.

— На Эммочку? — переспросила она в губы, чувствуя, что совсем потеряла вес, что уже больше ничто не удерживает ее на земле, не понимая, о чем он.

— На Эммочку. А потом подумал: нет, скорее на Лолиту. Но ведь и на нее тоже не похожа. Кто же ты есть на самом деле, скажи?

Ей показался почему-то очень важным этот вопрос. Нужно было ответить что-то, хоть что-нибудь, она вспомнила наконец и спросила:

— Может быть, Машенька? Есть же и такой роман...

Он улыбнулся, покачал головой:

— Такую, как ты, просто еще не придумали.

286

Литературно-художественное издание

Егорова Ольга
**Розовая пантера**

*Роман*

Художественный редактор О.Н. Адаскина
Компьютерная верстка: Е.В. Аксенова
Технический редактор Т.В. Сафаришвили
Младший редактор Е.А. Лазарева

Общероссийский классификатор продукции
ОК-005-93, том 2; 953000 — книги, брошюры

Санитарно-эпидемиологическое заключение
№ 77.99.02.953.Д.000577.02.04 от 03.02.2004 г.

ООО «Издательство АСТ»
667000, Республика Тыва, г. Кызыл, ул. Кочетова, д. 28
Наши электронные адреса:
WWW.AST.RU E-mail: astpub@aha.ru

ОАО «ЛЮКС»
396200, Воронежская обл., п.г.т. Анна, ул. К. Маркса, д. 9

Отпечатано с готовых диапозитивов на ФГУПП
ордена Трудового Красного Знамени
«Детская книга» МПТР РФ.
127018, Москва, Сущевский вал, 49.